SCIENCE FICTION

Herausgegeben
von Wolfgang Jeschke

Von John Brunner erschienen in der Reihe
HEYNE SCIENCE FICTION & FANTASY:

Spion aus der Zukunft (06/3137)
Bürger der Galaxis (06/3203)
Die Zeitsonde (06/3234)
Die Pioniere von Sigma Draconis (06/3238)
Im Zeichen des Mars (06/3268)
Geheimagentin der Erde (06/3286)
Ein Stern kehrt zurück (06/3293)
Durchstieg ins Irgendwann (06/3427)
Die dunklen Jahre (06/3565)
Der ganze Mensch (06/3609)
Schafe blicken auf (06/3617)
Der Schockwellenreiter (06/3667)
Die Plätze der Stadt (06/3688)
Morgenwelt (06/3750)
Doppelgänger (06/3850)

JOHN BRUNNER

REISENDER IN SCHWARZ

Fantasy-Roman

Deutsche Erstveröffentlichung

WILHELM HEYNE VERLAG
MÜNCHEN

HEYNE-Buch Nr. 06/3884
im Wilhelm Heyne Verlag, München

Titel der englischen Originalausgabe

TRAVELLER IN BLACK

Deutsche Übersetzung von Hans Maeter
Das Umschlagbild schuf Franz Berthold
Die Illustrationen zeichnete Guiseppe Festino

Redaktion: Wolfgang Jeschke

Eine frühere Version von IMPRINT OF CHAOS erschien in »Science Fantasy«, von BREAK THE DOOR OF HELL! in »Impulse« und von THE WAGER LOST BY WINNING und DREAD EMPIRE in »Fantastic«

Printed in Germany 1982
Umschlaggestaltung: Atelier Heinrichs & Schütz, München
Satz: Pustet, Regensburg
Druck u. Bindung: Mohndruck, Graphische Betriebe GmbH, Gütersloh

ISBN 3-453-30807-7

Inhalt

Zu jener Zeit war keine der Mächte gebunden. Sie wüteten unbehindert durch alle Winkel und Räume des Kosmos.

Hier herrschte Laprivan von den Gelben Augen, launisch und unberechenbar. Was er anblickte, erstarrte in angstvoller Agonie. An einem anderen Ort kämpften Wesen, deren Zahl eine Million umfaßte, verzweifelt um den Besitz eines einzigen Staubkorns; die Wut dieses Streits verwüstete ganze Sonnensysteme.

Auf Planeten, die um eine Million Sonnen kreisten, mühten sich vernunftbegabte Wesen, Ordnung aus diesem Chaos zu schaffen, und als sie glaubten, es beinahe erreicht zu haben, bestimmte ein Zufall, daß ihre ganze Arbeit umsonst gewesen sein sollte und wieder in das gestaltlose Dunkel gesogen wurde.

»Doch das war vor meiner Zeit«, sagte der Reisende in Schwarz und quetschte die Blase, bis sie zerplatzte.

EINS

Prägung des Chaos

Ante mare et terras et quod tegit omnia caelum
unus erat toto naturae vultus in orbe, quen dixere
Chaos; rudis indigestaque moles.

– OVID: Metamorphosen, I 5

1

Er hatte viele Namen, doch nur eine Natur, und diese einzigartige Natur unterwarf ihn gewissen Gesetzen, durch die gewöhnliche Menschen nicht gebunden sind. In einer Art Ausgleich war er dafür frei von gewissen anderen Gesetzen, die für die meisten von uns gelten.

Trotzdem bestand kein großer Unterschied zwischen den für ihn gültigen Gesetzen und jenen anderen, was ihre strikte Einhaltung betraf. Und eines, dem er strikt folgen mußte, schrieb ihm vor, daß er zu bestimmten Zeiten jenen Teil des Alls kontrollieren mußte, der seiner persönlichen Verantwortung unterstellt worden war.

In Erfüllung dieser Pflicht machte er sich am Tag nach der Konjunktion von vier hervorstechenden Planeten in diesem Raumsektor auf eine Reise, die gleichzeitig genauso war wie die vielen, die ihr vorausgegangen waren, und dennoch so völlig anders.

Er war angewiesen worden, diesesmal, falls nicht außergewöhnliche Anlässe dagegen sprechen sollten, die normalen Wege zu nehmen, und bereitwillig – es war nicht Teil seiner Natur, sich gegen Notwendigkeiten aufzulehnen – legte er seine Route so fest, daß sie sich durch all die Zonen wand und schlängelte, für die er verantwortlich war, und fast zu dem Punkt zurückführte, an dem sie begonnen hatte. Sie endete, um genau zu sein, in einer Stadt namens Ryovora, dem einzigen Ort seiner ganzen Domäne, wo die Leute ihren Kopf zum Denken benutzten.

Er hatte einen sehr guten Grund dafür. Es war für ihn eine Versicherung, daß beim Zurückdenken an die Situation der Ort, an dem er einen gerechtfertigten Stolz verspürte, in seiner Erinnerung zuoberst liegen würde.

Also begann er an einem sonnigen Morgen, als die Vögel sangen und nur wenige Wolken an dem von Blumenduft gefüllten Himmel schwebten, die staubige Straße entlang zu seinem ersten Bestimmungsort zu ziehen.

Dies war eine große, schwarze Stadt, die um einen hohen Turm herumgebaut worden war und von ihren Bewohnern Acromel genannt wurde, ein Ort, wo selbst der Honig bitter schmeckte. Es war oft ein Grund zur Verwunderung – selbst für ihn, dem Mann der vielen Namen und der einen Natur – daß diese schwierigste aller Städte nur wenige Wegstunden von Ryovora entfernt lag. Trotzdem war es aber so.

Und die Fähigkeit, ohne Furcht vor Widerspruch sagen zu können, das irgend etwas *so war*, stellte das Kriterium seiner Arbeit dar.

Die Straße, die vor ihm lag, begann jetzt im Zickzack den Hang eines mit graublätterigen Büschen gesprenkelten Hügels hinanzuführen. Kleine Böen wirbelten winzige Windhosen zwischen den Büschen auf und löschten die Fußspuren derer, die vor ihm hier geschritten waren. Unter diesem Hügel hatte der Wanderer Laprivan von den Gelben Augen eingekerkert, dem alle Erinnerungen an Gestern verhaßt waren; eine geringe Macht war ihm jedoch verblieben, und die gebrauchte er natürlich dazu, alle Spuren des Gestern auszulöschen.

Der Wanderer hob seinen Stab – er bestand aus Licht, in das eine Anzahl von Kräften verwoben war – und schlug mit ihm einmal auf einen neben dem Weg aus dem Boden wachsenden Felsen.

»Laprivan!« rief er. »Laprivan von den Gelben Augen!«

Bei seinem Ruf hörten die kleinen Windhosen auf zu wirbeln. Widerwillig sanken sie zu Boden, so daß der Staub, aus dem sie bestanden, wieder die bloßgelegten Wurzeln der graublätterigen Büsche bedeckte.

Die meisten Menschen, die in diesem Gebiet leben, sind der Ansicht, daß die Blätter vom Staub grau geworden sind, oder daß sie von Natur aus so wären, doch dem ist nicht so.

Laprivan bewegte sich in seinem unterirdischen Kerker, und der Weg bebte. Risse, groß genug, um einen Ackerwagen zu verschlingen, klafften auf. Und aus ihnen schallte eine mächtige Stimme.

»Was willst du von mir, ausgerechnet heute, Reisender in Schwarz? Hast du mich noch immer nicht genug gequält?«

»Ich quäle dich nicht«, lautete die ruhige Antwort. »Es sind deine Erinnerungen, die dich quälen.«

»Dann laß mich in Ruhe!« sagte die gewaltige Stimme mürrisch. »Laß mich in Ruhe, damit ich diese Erinnerungen auslöschen kann!«

»Wie du willst«, antwortete der Reisende und winkte mit seinem Stab. Die Risse im Weg schlossen sich, die Windhosen begannen wieder zu wirbeln, und als er die Kuppe des Hügels erreichte und zurückblickte, waren seine Fußspuren bereits ausgelöscht.

Der Weg führte weiter, auf Acromel zu. Für eine Weile, bevor er die Stadt erreichte, verlief er parallel zu einem Fluß, der Metamorphia genannt wurde, was jedoch nur wenigen Menschen bekannt war, denn wenn es auch derselbe Fluß zu sein schien, der unter den hohen, schwarzen Wehrmauern der Stadt hindurchfloß, war es doch nicht derselbe – und aus einem sehr guten Grund. Es war die Natur des Flusses Metamorphia, die Natur der Dinge zu verändern, und folglich veränderte er auch seine eigene Natur, nachdem er eine vorgeschriebene Anzahl von Meilen geflossen war.

Der Reisende blieb bei einer Steinwand stehen, von wo aus er einen guten Blick auf den Fluß hatte, und betrachtete nachdenklich die Dinge, die im Wasser vorübertrieben: Fische und Abfälle seiner Ufer – Blätter, Zweige, Steine. Die Steine schwammen natürlich auf dem Wasser, und alles, was sich normalerweise an der Oberfläche gehalten hätte, versank.

Er brach einen Stein aus der zerbröckelnden Mauerkrone und warf ihn hinab. Die Veränderung, die der Stein auf seinem Weg erfuhr, war alles andere als angenehm zu beobachten.

Nach einer Weile hob der Reisende den Blick und entdeckte am anderen Ufer ein Mädchen, das aus einem kleinen Hain getreten war, während er seinen Gedanken nachgehangen hatte. Es war ein sehr schönes Mädchen. Und sie machte sich nicht die Mühe, diese Tatsache zu verbergen, denn sie war nur mit ihrem langen, welligen Haar bekleidet.

»Du bist dir also auch der Natur dieses Flusses bewußt«, sagte sie, nachdem sie ihn eine Weile betrachtet hatte.

»Man hat mir gesagt, daß es in der Natur dieses Flusses liegt, die Natur aller Dinge zu verändern«, gab der Reisende zu. »Und folglich verändert er auch seine eigene Natur.«

»Dann komm herunter und bade mit mir darin!«

»Warum willst du deine Natur verändern?« fragte der Reisende. »Bist du nicht schön?«

»Ja, schön bin ich«, rief das Mädchen leidenschaftlich. »Aber ich habe keinen Verstand!«

»Dann bist du Lorega von Acromel. Dein Ruf ist weit verbreitet.«

»Ich bin Lorega von Acromel, wie du gesagt hast.« Sie musterte ihn mit ihren honigfarbenen Augen und schüttelte ihr Haarkleid enger um ihren Körper. »Und wie wirst du genannt?«

»Ich habe viele Namen, doch nur eine Natur. Du kannst mich Mazda nennen, oder bei jedem anderen Namen, wenn du willst.«

»Kennst du nicht einmal deinen eigenen Namen? Hast du keinen Namen, der dir besonders gefällt?«

»Namen sind kaum von Bedeutung, wenn sich mit ihnen nicht auch die Natur ändert.«

Sie lachte verächtlich. »Du sprichst in wohlklingenden, doch hohlen Sätzen, Mazda, oder wer du sonst sein magst. Wenn deine Natur wirklich unveränderlich ist, beweise es doch! Laß mich sehen, daß du in das Wasser dieses Flusses steigst!«

»Das habe ich nicht gesagt«, murmelte der Reisende friedfertig. »Ich habe nicht behauptet, daß meine Natur unveränderlich sei.«

»Dann bist du ein Feigling. Aber trotzem: Komm herunter und bade mit mir in dem Fluß!«

»Das werde ich nicht tun. Und du, Lorega von Acromel, solltest eines bedenken: da du ohne Verstand bist, ist auch deine Absicht, im Metamorphia zu baden, ohne Verstand.«

»Das ist zu hoch für mich«, sagte Lorega unglücklich, und eine Träne rann über ihre glatte Wange. »Ich kann nicht denken, wie es weise Menschen tun. Darum laß mich meine Natur verändern!«

»Wie du es willst, so soll es sein«, sagte der Reisende mit ernster Stimme und machte eine Geste mit seinem Stab. Ein großer Klumpen löste sich aus dem Ufer und stürzte in das aufschäumende Wasser. Eine Welle überspülte Lorega von Kopf bis Fuß, und genauso wie die Erde, die zur Oberfläche des Flusses emporgeschwemmt wurde, machte sie Veränderungen durch.

Nachdenklich und ein wenig traurig wandte der Reisende sich ab und setzte seinen Weg nach Acromel fort. Hinter ihm erbebte das Firmament vom lauten Wehklagen dessen, was einmal Lorega gewesen war. Doch er war durch bestimmte Gesetze gebunden. Er blickte nicht zurück.

Vor dem riesigen, schwarzen Tor in der Stadtmauer, das hundert Fuß hoch und hundert Fuß breit war, kämpften zwei schäbig gekleidete Männer mit schweren Knüppeln gegeneinander.

Der Reisende lehnte sich auf seinen Stab und sah zu, wie die beiden aufeinander einschlugen, eine volle Stunde lang, bis sie zu erschöpft waren, um weiterzumachen, und sich keuchend gegenüberstanden und einander wütend anstarrten.

»Was für einen Streit habt ihr miteinander?« fragte der Reisende.

»Kleiner Mann in Schwarz, das geht dich nichts an«, sagte einer der beiden. »Geh weiter und laß uns in Ruhe!«

»Warte!« rief der andere. »Frag ihn erst, ob er nicht dasselbe vorhat wie wir!«

»Ein guter Gedanke!« gab der erste Mann zu, näherte sich dem Reisenden und hob drohend seinen schweren Knüppel. »Also sprich!«

»Dazu müßte ich wissen, was euer Vorhaben ist«, sagte der Reisende. »Wie sonst könnte ich sagen, ob ich dasselbe will wie ihr.«

»Sehr richtig!« rief der zweite Mann, der jetzt ebenfalls mit drohender Gebärde auf den Reisenden zutrat. »Wisse, daß ich Ripil bin, aus einem Dorf namens Masergon . . .«

»Und ich«, unterbrach ihn der erste, »bin Tolex aus dem Dorf, das Wyve genannt wird. In der vergangenen Woche bin ich vom Haus meines Vaters aufgebrochen, der sechs Söhne hat, die älter sind als ich . . .«

»Genau wie ich!« unterbrach Ripil. »Genau wie ich! Du hast dir meinen Namen hoffentlich gemerkt, Fremder. Du wirst bald Grund haben, ihn dir sehr gut zu merken!«

»Alle Menschen werden Grund dazu haben!« rief Tolex verächtlich. »Sie werden sich deinen Namen merken, um über dich zu lachen, damit kleine Jungen ihn mit Holzkohle an die Wände schmieren und alte Weiber darauf spucken können, wenn sie daran vorbeigehen!«

Ripil starrte ihn wütend an. »Bube! Von unvorstellbarer Dreistigkeit besessen! Geh fort von hier, bevor es zu spät ist und die Menschen dieser Stadt dich in Ketten vor dem Altar aufhängen!«

»Was ist euer Vorhaben?« rief der Reisende, gerade rechtzeitig, um einen erneuten Ausbruch des Kampfes zu verhindern.

Tolex' Gesicht verzog sich zu einem breiten, humorlosen Grinsen. »Das sollte doch klar sein! Dieser Idiot, der sich Ripil nennt, ist hergekommen, um sein Glück zu machen, indem er Herzog Vaul stürzen und die Hand der Lorega von Acromel fordern will! Als ob ein blöder Dorftrottel wie er davon nicht nur bestenfalls träumen dürfte!«

»Und was ist dein Vorhaben?«

»Ich will mein Glück machen, indem ich mich zum Erben von Herzog Vaul ernennen lasse, wodurch Lorega natürlich *mir* gehören wird!«

Der Reisende brach, wie zu erwarten war, in lautes Lachen aus. Kurz darauf begann auch Tolex zu lachen, in der Annahme, daß es allein die Lächerlichkeit von Ripils Ehrgeiz war, die die Fröhlichkeit des Fremden ausgelöst hatte, und Ripil, dessen Gesicht sich verdüsterte, riß seinen Knüppel empor und begann aufs neue auf seinen Gegner einzuschlagen.

Der Reisende überließ sie ihrem Streit und trat durch das Tor in die Stadt.

2

In dieser Stadt, die Acromel hieß, befand sich ein Tempel, der auf dem schwarzen Turm thronte, um den die Häuser sich drängten, wie ein Onyx auf einer Säule aus Achat. In diesem Tempel, vor dem roten Idol des Gottes Lacrovas-Pellidin-Agshad-Agshad, gähnte Herzog Vaul hinter vorgehaltener Hand.

»Nimm *sie*!« sagte er zu dem Oberpriester und nickte mit seinem großen, schwarzbärtigen Kopf nach links. Der Priester verneigte sich tief und winkte seinen Helfern. Sekunden später hing die Frau, die fünfzehn Jahre lang Vauls Bett und bis eben auch seinen Thron mit ihm geteilt hatte, an dem vor dem Altar errichteten Galgen, und ihr Blut tropfte in Agshads Hände, die er wie Opferschalen vor sich hielt.

Doch das war noch immer nicht genug.

Herzog Vaul runzelte die Stirn, bis sie aussah wie ein frisch gepflügtes Feld, und trommelte mit seinen plumpen Fingern auf die Armlehne seines Ebenholz-Throns. Er blickte das Idol an.

Von seinem Platz aus sah er Agshad in Erwartung von Opfern: den Mund weit geöffnet, die Augen geschlossen, die Hände gewölbt und ausgestreckt, in die jetzt das Blut rann. Zu seiner

Linken war Pellidin, der Agshads Körper mit ihm teilte, nicht jedoch seinen Kopf und seine Glieder, bei der Ausübung von Gerechtigkeit dargestellt: er preßte das Leben aus drei Menschen unbestimmbaren Geschlechts heraus; unbestimmbaren Geschlechts deshalb, weil er die Körper zu einer gelatinösen Masse zusammenquetschte, aus der nur die Arme und Beine herausragten, wie die Glieder eines Käfers. Zu seiner Rechten war Lacrovas beim Beseitigen seiner Feinde dargestellt, mit dem Schwert in der einen Hand, und einer Kriegskeule in der anderen. Und schließlich, mit dem Rücken zu der Stelle, an der Herzog Vaul seinen Thron aufstellen hatte lassen, stand der zweite Agshad in einer frommen Pose, die Hände aneinandergelegt und den Blick in einer flehenden Gebärde himmelwärts gerichtet. Dies war der Aspekt des Vierfachen Gottes, der Herzog Vaul am wenigsten interessierte.

Unterhalb des Podiums, auf dem sein Thron stand, bewegten sich über hundert Priester und Akolythen – vornehmlich Opferer, Experten in jeder nur vorstellbaren Art des Abschlachtens von Menschen – in den vorgeschriebenen Figuren traditioneller, magischer Kreise. Ihr monotoner Gesang schwebte unheimlich zur Kuppel des Tempels empor, zusammen mit dem Gestank von Kerzen, die aus dem Fett der Menschen hergestellt worden waren, die vorher an den Ketten des Galgens vor dem Altar gehangen hatten. Schließlich gab es keinen Grund dafür, ihre Überreste zu verschwenden.

Doch bis jetzt hatte das ganze Ritual noch keinerlei Erfolg gezeitigt. Jedenfalls war die erhoffte Wirkung ausgeblieben. Und wenn selbst die Opferung seiner eigenen Gefährtin nicht ausgereicht hatte, um die erwünschte Reaktion hervorzurufen, was konnte dann zum Erfolg führen? Herzog Vaul zermarterte sich den Kopf über diese Frage.

Einem plötzlichen Impuls folgend winkte er dem stellvertretenden Oberpriester und deutete mit einem behaarten Finger auf den Oberpriester selbst. »Nimm *ihn*!« befahl er.

Doch auch das half nicht.

Also schickte er eine halbe Stunde nach Mittag an diesem Tage die Tempelwachen hinaus, die damit begannen, müßiggehende Bürger der Stadt im Hof vor dem Tempel zusammenzutreiben. Wenn es keine Frage der Qualität war, sagte sich Herzog Vaul, mochte es vielleicht die Quantität bringen. Der zweite Priester – der inzwischen natürlich gemäß der Rangfolge zum Oberpriester aufgerückt war – war dazu befragt worden und hatte erklärt, daß seiner Ansicht nach die gleichzeitige Opferung von hundert Menschen den erwünschten Effekt hervorbringen müßte. Herzog Vaul, der ganz sicher gehen wollte, befahl, daß tausend Bürger zum Tempel gebracht werden sollten und hatte Zimmerleute und Schmiede angewiesen, genügend kettenbehängte Galgen zu errichten.

Die Tempelwachen führten ihren Auftrag mit dem gewohnten Eifer durch; sie gaben sich diesmal sogar besondere Mühe, da sie befürchten mußten, daß das Los auf sie fallen könnte, wenn der Herzog den Vorrat an gewöhnlichen Bürgern der Stadt aufgebraucht haben würde. Sie trieben alle Menschen zusammen, die ihnen in den Weg kamen, und unter ihnen war ein kleiner Mann in schwarzer Kleidung, der von unkontrollierbarem Lachen geschüttelt wurde.

Seine Fröhlichkeit war so extrem, da sie ansteckend wirkte, und der Herzog bemerkte es und brüllte in unbeherrschter Wut durch den Raum des Tempels: »Wer ist dieser Idiot, der es wagt, an diesem heiligen Ort zu lachen? Weiß dieser Bursche nicht, daß dies eine ernsthafte Handlung ist, die durch den geringsten Fehler in unseren Aktionen gestört werden kann? Priester! Greift ihn heraus und bringt ihn vor mich!«

Es dauerte eine Weile, weil die Menschenmasse so groß war, doch dann wurde der schwarzgekleidete Reisende vor den Thron des Herzogs geschleppt. Er verneigte sich einigermaßen höflich, als die rauhe Hand eines Wächters seinen Kopf nach vorn stieß, doch der fröhliche Ausdruck wich nicht von seinem Gesicht, und das brachte den Herzog sofort auf einen Gedanken.

Er begann zu überlegen, ob die Opferung eines Mannes, der den Vierfachen Gott nicht ernst nahm, vielleicht besonders wirksam sein mochte.

»Wie wirst du genannt, Narr?« schrie er schließlich durch das Gestrüpp seines Bartes.

»Ich habe viele Namen, doch nur eine Natur.«

»Und warum lachst du über diese heiligen Dinge?«

»Das tue ich doch nicht!«

»Dann lachst du also über mich?« brüllte der Herzog und beugte sich in seinem Thron vor, so daß die Dielenbretter des Podiums knarrten und quietschten. Seine Augen funkelten schrecklich.

»Nein, ich lache über die Dummheit der Menschheit«, sagte der schwarzgekleidete Wanderer.

»So! Und auf welche Weise kommt diese Dummheit zum Ausdruck?«

»Auf diese Weise«, sagte der Reisende und erzählte die Geschichte von Tolex und Ripil, die vor dem Tor der Stadt kämpften.

Doch Herzog Vaul fand die Geschichte nicht im geringsten erheiternd. Er befahl, daß die Tempelwächter die beiden sofort ergreifen sollten, und brütete finster vor sich hin, während sein Befehl ausgeführt wurde. Als sie jedoch hereingeschleppt wurden, legten die Wächter zwei Leichen auf den Boden des Tempels.

»Mächtiger Herzog!« riefen die Wächter ehrfürchtig, als sie sich vor dem Thron verbeugten. Dann überließen sie ihrem Hauptmann das Wort.

»Sire, wir fanden die beiden sterbend aneinandergeklammert. Jeder hielt einen blutigen Knüppel in der Hand; jeder hat einen eingeschlagenen Schädel.«

»Werft sie in den Fluß!« befahl der Herzog und nahm sein Gespräch mit dem schwarzgekleideten Reisenden wieder auf.

»Du maßt dir also an, dich über die Dummheit der Menschheit lustig zu machen«, sagte er mit einem bösen Grinsen. »Dann sage mir dies: Bist du selbst weise?«

»Ja«, antwortete der Wanderer, »denn ich habe nur eine Natur.«

»Dann kannst du vielleicht Erfolg bringen, wo alle meine sogenannten weisen Männer versagt haben. Siehst du dieses Idol?«

Festino -82-

»Das läßt sich wohl kaum vermeiden. Es ist ein beachtliches . . . ah . . . *Kunstwerk.*«

»Es wird behauptet, daß es eine Möglichkeit gibt, es zum Leben zu erwecken, und wenn diese Möglichkeit gefunden wird, zieht es hinaus, um die Feinde meiner Stadt zu vernichten und sie der Gerechtigkeit zuzuführen. Wir haben alles nur Erdenkliche versucht, das Idol zum Leben zu erwecken: wir haben es in Blut gebadet, das Leben ist, wie du zweifellos weißt, in Blut von Menschen beiderlei Geschlechts und aller Stände. Selbst meine Gefährtin, die noch vor wenigen Stunden hier neben mir auf dem Thron saß, . . .« – der Herzog wischte eine nicht vorhandene Träne aus dem rechten Auge – »hängt jetzt dort an dem kettenklirrenden Galgen vor dem Altar. Und trotzdem will das Idol nicht zum Leben erwachen. Wir brauchen jedoch seine Hilfe, denn unsere Feinde sitzen in allen Winkeln der Welt, von Ryovora bis zum Ende der Erde, und planen unsere Vernichtung.«

»Einiges von dem, was du gesagt hast, ist wahr«, nickte der Reisende.

»Einiges? Nur einiges? Was dann ist falsch? Sage es mir! Und hoffentlich hast du recht, denn sonst kannst du dem dummen Oberpriester Gesellschaft leisten, der meine Geduld erschöpft hat! Du siehst ja, was aus ihm geworden ist!«

Der Reisende blickte empor und hob die Hände. Es war tatsächlich klar. Die klaffende Wunde im Hals des Priesters sah aus wie ein zweiter, bluttriefender Mund.

»Erstens«, sagte er, »gibt es wirklich eine Möglichkeit, das Idol zum Leben zu erwecken. Und zweitens, ja, es wird dann die Feinde dieser Stadt vernichten. Drittens aber, diese Feinde verbergen sich nicht in den entfernten Winkeln der Erde. Sie sind hier in Acromel.«

»Was sagst du?« Herzog Vaul runzelte die Stirn. »Doch du magst recht haben, denn da sie wissen, was für eine mächtige Waffe wir gegen sie in der Hand haben – oder haben werden, sobald es uns gelingt, dieses Rätsel zu lösen –, werden sie versuchen, unsere Experimente zu stören. Gut! Sprich weiter!«

»Wie kann ich das, ohne zu demonstrieren, was ich meine?«

»Du?« Der Herzog beugte sich ruckartig vor und umklammerte die Ebenholzlehnen so hart, daß die Knöchel weiß hervortraten. »*Du* kannst dieses Idol zum Leben erwecken?«

Der Wanderer nickte müde. Alle Fröhlichkeit war von ihm gewichen.

»Dann tu es!« brüllte Herzog Vaul. »Doch denke daran: wenn es dir nicht gelingt, erwartet dich ein noch schlimmeres Schicksal als das, was mein Oberpriester erlitten hat!«

»Wie du es wünschst, so soll es sein«, sagte der Wanderer seufzend. Bei diesen Worten fuhr er mit seinem Stab einmal durch die Luft, und das Idol bewegte sich.

Agshad in seiner Gebetshaltung löste seine Hände nicht voneinander. Doch Lacrovas schwang sein Schwert, und Herzog Vauls bärtiger Kopf schnellte von seinen Schultern. Pelledin ließ die drei zerdrückten Leiber fallen und packte den kopflosen Körper, den er nun an ihrer Stelle zerquetschte. Und die gewölbten Hände Agshads, der Opfer erwartete, füllten sich mit dem Blut des Herzogs, das wie der Saft einer reifen Frucht aus seinem Körper gepreßt wurde.

Danach sprangen die vier Gestalten des Idols vom Altar und zertrampelten die Priester.

Nachdenklich setzte der Wanderer seinen Weg fort, nachdem er das Durcheinander benutzt hatte, um unbemerkt zu entkommen.

Vielleicht würde er während dieser Reise nichts Schlimmeres sehen müssen als das, was in Acromel geschehen war. Vielleicht aber würde er Zeuge von Szenen werden müssen, die millionenmal schlimmer waren. Es war, um solche Informationen zu sammeln, weshalb er diese Reisen unternahm.

In Kanish-Kulya führten sie Krieg, und jede Seite stieß Drohungen von Mord und Vernichtung gegen die andere aus.

»Oh, daß Feuer vom Himmel fallen und unsere Feinde verschlingen möge!« riefen die Männer von Kanish.

»Oh, daß die Erde sich auftun und alle unsere Feinde verschlingen möge!« schrien die Männer von Kulya.

»Wie ihr es wünscht«, sagte der Wanderer, »so soll es sein!«

Er stieß mit seinem Stab auf den Boden, und Fegrim, der in einem Vulkan gefangen saß, beantwortete das Klopfen mit einer gewaltigen Eruption. Später, als sich wieder neues Grün auf dem Land zeigte – denn Lava macht den Boden fruchtbar –, gruben die Männer viele Schädel und Knochen aus, als sie die Äcker für die Aussaat vorbereiteten.

An den Ufern des Taxhling-Sees saßen die Männer bei ihren Kanus und erzählten einander Lügengeschichten, während sie darauf warteten, daß ein besonderer, glückverheißender Stern über dem Horizont auftauchte. Einer von ihnen konnte besser lügen als alle anderen.

Doch er log nicht so wie seine Gefährten, um sich die Zeit zu vertreiben und die anderen auf eine harmlose Art zu amüsieren. Er log, um eine verzehrende Eitelkeit zu stillen, die hungriger war als alle Bäuche der Menschen, die an den Ufern des Sees lebten und Tag um Tag mit unermüdlicher Geduld darauf warteten, daß die Männer mit dem Fang zurückkehrten.

Sagte der Prahler: »Wenn ich nur noch einmal einen solchen Fisch finden würde, wie ich ihn ganz allein im Mohoro-See gefangen habe, als ich ein Junge von knapp fünfzehn Jahren war! *Dann* würdet ihr die Kunst des Fischens begreifen! Aber leider . . .« – mit einem Seufzen – »gibt es nur Kleinzeug im Taxhling-See!«

»Wie du es wünscht, so soll es sein«, sagte der Wanderer, der ihre Einladung, bei ihnen am Feuer zu sitzen und mit ihnen zu essen, angenommen hatte. Und am nächsten Morgen kam der Prahler nach Hause und schrie aufgeregt, daß er einen riesigen Fisch gefangen habe, der genauso groß sei wie der aus dem Moroho-See. Seine Gefährten drängten sich um ihn, um den Fisch zu bewundern – und die Berge wurden von ihrem Lachen erschüttert, weil er kleiner war als alle Fische, die sie selbst in dieser Nacht gefangen hatten.

»Ich will nicht, daß er mich wegen meiner Schönheit oder meines Geldes liebt«, erklärte das hochmütige Kind eines Kaufmanns in der Stadt Barbizond, wo immer ein Regenbogen am Himmel stand, da das Lichtwesen Sardhin mit Blitzen gefesselt in einer Gewitterwolke gefangen über ihr schwebte. Das Mädchen war schön, und reich – und unerträglich hochmütig.

»Nein!« sagte sie immer wieder und schickte einen Bewerber nach dem anderen fort. »Ich will um meiner selbst geliebt werden, für das, was ich bin!«

»Wie du es wünschst, so soll es sein«, sagte der Wanderer, der in der Verkleidung eines Pilgers bei einem der Turniere erschienen war, die veranstaltet wurden, damit die Lady die potentiellen Ehemänner begutachte. Einundzwanzig Männer waren an diesem Nachmittag gestorben, und dem Sieger hatte sie ihren Handschuh ins Gesicht geworfen und war zum Essen gegangen.

Als wieder ein Turnier angesagt wurde, meldete sich niemand, und das Mädchen zog einen Flunsch und verlangte, daß noch mehr Herolde ausgeschickt würden. Ihr Vater sandte hundert Herolde durch das ganze Land. Doch die jungen Männer in allen Städten winkten ab und sagten nur: »Für eine so hochnäsige Gans kämpfen? Ho-ho! Da weiß ich Besseres, um mir die Zeit zu vertreiben, und meine Freunde auch!«

Schließlich dämmerte dem Mädchen die Wahrheit und sie fühlte sich sehr unglücklich. Sie war eigentlich nie glücklich gewesen, sondern hatte nur geglaubt, glücklich zu sein. Nach und nach verebbte ihr Hochmut. Und eines Tages erschien ein junger Mann zufällig im Haus ihres Vaters, fand dort ein nettes, ruhiges, folgsames Mädchen und heiratete sie.

So näherte die Reise des Wanderers sich ihrem Ende. Er fühlte eine verständliche Erleichterung, daß nichts Weltbewegendes geschehen war, als er sich beeilte, Ziel und Höhepunkt seiner Exkursion zu erreichen: Ryovora, wo die Menschen vernünftig und klarsichtig waren und keine Schwierigkeiten machten, die er in Ordnung zu bringen hatte. Nach diesem letzten Besuch konnte er dann sicher sein, daß er seine Pflicht erfüllt hatte.

Nicht, daß nun alles völlig in Ordnung gewesen wäre. Es gab nach wie vor Magier und Oger, und gewisse Elementare zogen umher, und die Probleme der Menschen waren ein Faß ohne

Boden. Doch seine schlimmsten Sorgen waren zum großen Teil beseitigt worden. Eine nach der anderen waren die Prägungen des ursprünglichen Chaos blasser geworden, wie die Fußspuren der Wanderer auf dem Weg über den Hügel, in dem Laprivan von den Gelben Augen gefangen saß.

Dann, als die Gold- und Silbertürme von Ryovora in Sicht kamen, sah der Reisende in Schwarz, daß sie von einer Aura umgeben waren, wie von einem heraufziehenden Gewitter, und sein Vertrauen in die Menschen jener Stadt geriet stark ins Wanken.

3

Über der Stadt Barbizond, wo er zuletzt gewesen war, hatte auch um die höchsten ihrer Türme eine Aura geschwebt. Dort war es jedoch ein lichter, angenehmer Anblick gewesen, wenn auch grausam, so doch schön: Sardhin, der in seiner Wolke eingekerkert war. Ryovora war seit unermeßlichen Zeiten immun gegen so abträgliche Manifestationen wie Elementare, Prinzipielle und andere Mächte gewesen; ihre Bewohner waren stolz darauf, einen harten, glasklaren Verstand zu besitzen, nüchterne Entscheidungen zu treffen, praktisch und rational zu denken und der Welt nur ein Minimum an Schwierigkeiten zu machen.

Daß irgend etwas geschehen sein sollte, um das zu ändern . . .! Es war ein Rätsel, das das ganze Universum in angstvoller Erwartung erzittern ließ.

Der Reisende in Schwarz verließ den Weg und gab sich nicht die geringste Mühe, sein Stirnrunzeln zu verbergen, als er anstatt direkt auf die Stadt zuzugehen über eine grüne Wiese schritt, über deren Mitte eine Nebelwolke hing, die wie Frühdunst aussah, aber sehr viel dichter war. Als die grauen Schwaden sich um ihn geschlossen hatten, bis zu einem Punkt, wo sie jedem gewöhnlichen Eindringling die Sehkraft genommen haben würden, setzte er eine der Kräfte frei, die in das Licht seines Stabes verwoben waren, und ein klarer, heller Lichtstrahl durchdrang das wabernde Grau. Kaum hatte es den Nebel zerteilt, als eine ruhige Stimme zu ihm zu sprechen begann.

»Da du weißt, wo du bist, weiß ich, wer du bist. Komm in die Burg und sei willkommen!«

Der Nebel hob sich, und der Wanderer trat in den Vorhof der Burg, die bis zum Himmel aufzuragen schien und deren hohe Türme die Wolken berührten. Zwei Drachen, die neben der Zugbrücke angekettet waren, beugten vor dem Besucher ergeben die Köpfe; vier menschenähnliche Geschöpfe, deren Körper aus poliertem Stahl bestanden, traten auf ihn zu, um ihn zu eskortieren – einer ging vor ihm, einer hinter ihm, und die beiden anderen rechts und links von ihm –, und sie gingen durch das Tor und über den Hof; zwanzig Trompeter bliesen von einer Galerie, als er die zum Hauptturm führenden Stufen hinaufschritt, und die Trompeten waren ebenfalls aus poliertem Stahl.

Ein Duft von Magie lag in der Luft. Echos uralter Zaubersprüche wurden, unglaublich leise, von den Steinen der Wände zurückgeworfen. Da und dort tröpfelte blaues Licht aus einer Nische; Schatten bewegten sich umher, die von niemandem geworfen wurden.

Dann schwang eine mit Messing beschlagene Eichentür geräuschlos auf und gab den Zutritt in einen Raum frei, in den durch ein offenes Fenster ein breiter diagonaler Streifen Sonnenlicht fiel. Das Licht beleuchtete die verschrumpelte Mumie einer Alraune. In Gläsern, die mit schwarzem Tuch bedeckt waren, befanden sich zwanzig Homunkuli. In einer Messingschale brannte ein großes Feuer, das einen angenehmen Geruch verbreitete, der an warmen Honig erinnerte.

Hinter einem Tisch, auf dem hohe Bücherstapel lagen, die auch als Sitzgelegenheit für eine verschlafene Eule dienten, erhob sich eine Gestalt, die in dunkelrote Roben gekleidet war, um den Reisenden in Schwarz zu begrüßen, und neigte den Kopf.

»Es ist Tradition, daß niemand in den Nebel eindringen darf, mit dem ich meine Einsamkeit schütze, außer ein geladener Gast oder jemand, der eine einzige Natur besitzt. Und da die Welt nun einmal so ist, wie sie ist, gibt es nur ein ... ah ... Individuum, das eine einzige Natur besitzt. Ich bin der Zauberer Manuus. Sei willkommen, Herr.«

Der Wanderer neigte den Kopf. Ein Stuhl wurde für ihn zurechtgerückt, doch nicht von sichtbaren Händen; er setzte sich und legte seinen schwarzen Umhang bequem über seinen Arm. Manuus nahm einen großen Flakon und zwei mit komplizierten Symbolen aus blauer Emaille verzierte Becher aus einem Schrank. Aus dem Flakon, der Symbole in grüner Emaille trug, vergoß er ein paar Tropfen einer schäumenden Flüssigkeit und murmelte dabei Worte, die die Wände leise summen ließen. Die Tropfen verschwanden, bevor sie den Boden berührten. Der Zauberer nickte zufrieden und füllte die Becher.

»Welche Art von Geschäften führen dich her?« fragte er, und setzte sich wieder auf seinen Platz, nachdem er seinem Gast einen der Becher gereicht hatte.

»Es liegt eine Aura über Ryovora«, sagte der Wanderer. »Bevor ich die Stadt betrete, möchte ich wissen, was die Ursache dafür sein mag.«

Manuus nickte bedächtig und strich seinen dünnen grauen Bart, der um sein Kinn hing wie ein Fetzen des Nebels, der sein Heim vor neugierigen Blicken schützte.

»Du mußt mir vergeben, wenn ich eine Tatsache erwähne«, sagte er in einem entschuldigenden Tonfall, »doch es ist irgendwo in einem meiner Bücher festgelegt – in einem Buch, in das ich ein gewisses Vertrauen zu setzen gelernt habe –, daß du, wenn du eine einzige Natur hast, und das ist die logische Folgerung daraus, nicht nur Fragen stellst, sondern sie auch beantworten kannst.«

»Das ist so. Und ich sehe, daß du großes Vertrauen in das Buch setzt, von dem du sprichst. Der unsichtbare Trinker, dem du eben ein paar Tropfen zukommen ließest, wird nirgends sonst erwähnt.«

Für eine Weile herrschte Schweigen, während jeder der beiden über den anderen nachdachte. Es gab jedoch einen kleinen Unterschied, da der Zauberer nur die äußere Erscheinung des Wanderers studierte, während der Wanderer seinen Gastgeber als Ganzes überprüfte.

»Dann stelle deine Fragen«, sagte der Reisende in Schwarz schließlich. »Und ich möchte dir vorher sagen: um so schwieriger deine Frage ist, desto einfacher und desto schwerer zu verstehen wird meine Antwort sein.«

»Und *vice versa*?« meinte Manuus, und seine alten Augen zwinkerten.

»Genau.«

»Also gut. Wer bist du? Sicher fällt dir auf, daß ich nicht gefragt habe, wie man dich nennt. Du hast eine Unzahl von Namen.«

Der Wanderer nickte. »Du bist ein begabter Mann«, gab er zu. »Das ist eine gute Frage und offen formuliert. Also werde ich sie auch offen beantworten. Ich bin der, dem die Aufgabe anvertraut worden ist, Ordnung aus dem Chaos zu schaffen. Das ist der Grund dafür, weshalb ich nur eine einzige Natur habe.«

»Wenn es in deiner Natur läge, für deine Leistungen ein volles Maß von Anerkennung zu fordern, würden alle Tage meines Lebens nicht ausreichen, dich zu ehren«, sagte Manuus ernst. »Und jetzt sage mir, was du wissen willst!«

»Was ist in Ryovora passiert?«

Manuus' Augen funkelten maliziös. »Ich bin nicht durch deine Gesetze gebunden«, sagte er. »Deshalb werde ich Fragen nach menschlicher Art beantworten: einfache Antworten auf einfache Fragen. Die Leute sind unzufrieden mit der bestehenden Ordnung der Dinge.«

»Gut«, sagte der Wanderer. »Jetzt bist du wieder dran.«

Manuus zögerte. »Wer«, fragte er schließlich, »hat die . . .?«

Seine Zunge schien plötzlich blockiert zu sein, und der Wanderer blickte ihn mit einer Mischung von Mitgefühl und Spott an. Als der Zauberer schließlich wieder sprechen konnte, murmelte er: »Ich bitte um Entschuldigung. Es war eine Art Test. Ich habe irgendwo gelesen, daß . . .«

»Daß es bestimmte Fragen gibt, die zu stellen verboten ist?« Der Wanderer lachte leise. »Nun, dann hat dein Test diese Tatsache bewiesen. Ich – selbst ich – wäre nicht in der Lage gewesen, die Frage zu beantworten, die du, wie ich vermute, stellen wolltest. Aber eine Frage, die nicht gestellt werden kann, ist *ipso facto* überhaupt keine Frage. Versuch es noch einmal!«

Manuus fuhr sich mit der Zunge über die Lippen. Was während des Augenblicks ungewollter Paralyse in seinem Kopf vor sich gegangen war, war unbeschreiblich. Doch da er mutig und unternehmungslustig war, sagte er nach einer kurzen Pause: »Andererseits glaube ich zu der Frage legitimiert zu sein: Was ist der Zweck deiner Aufgabe?«

»Dazu bist du legitimiert.«

»Also stelle ich diese Frage.« Er lehnte sich befriedigt zurück.

»Wenn alle Dinge nur eine einzige Natur besitzen, werden sie bald in das Original eingesogen. Alle. Die Zeit wird stillstehen. Diese Schlußfolgerung wäre wünschenswert.«

Manuus starrte düster in das Feuer. »Wünschenswert, vielleicht – aber entsetzlich langweilig. Frage weiter!«

»Worüber sind die Bürger von Ryovora unzufrieden?«

Manuus ließ die Frage immer wieder durch sein brillantes Gehirn gleiten und suchte eine Gelegenheit, aus ihr eine Möglichkeit für weitere Fragen zu ziehen, die er seinem verehrten Gast stellen konnte. Aber es gelang ihm nicht.

»Sie sind unzufrieden darüber, daß sie keine Götter haben«, antwortete er.

Drei Blitze zuckten über den klarblauen Himmel jenseits des Fensters; drei Donnerschläge hallten durch den Raum und erschreckten die verschlafene Eule, die drei Hopser über das große Buch tat, auf dem sie saß. Der schwarzgekleidete Wanderer ignorierte das alles und nahm einen Schluck aus seinem Becher, doch seine Stirn war plötzlich zerfurcht.

»Stell eine dritte Frage«, sagte er.

»Oh, das ist wirklich nicht nötig«, sagte Manuus hocherfreut. »Aber ich will es gerne tun!« Sein Blick fuhr unruhig hin und her, als ob er irgendwo eine Inspiration suchte, und schließlich fiel ihm das Richtige ein.

»Was war, bevor die Dinge so wurden, wie sie jetzt sind?«

»Ich will es dir zeigen«, sagte der Wanderer und steckte seinen Zeigefinger in den Becher. Als er ihn wieder herauszog, saß an seiner Spitze ein Tropfen, in dem eine schillernde Luftblase eingeschlossen war.

»Betrachte diese Blase«, wies er Manuus an. »Und du wirst sehen . . .«

Zu jener Zeit war keine der Mächte gebunden. Sie tobten unbehindert durch alle Winkel und Räume des Kosmos. Hier, zum Beispiel, herrschte Laprivan von den Gelben Augen, launisch und unberechenbar; was er anblickte, erstarrte in angstvoller Agonie. Dort strahlte ein helles Wesen Helligkeit aus, doch diese Helligkeit war all-vernichtend, und das, was fest und stumpf gewesen war, wurde plötzlich in Flammen gesetzt. An einem anderen Ort kämpften Wesen, deren Zahl eine Million umfaßte, verzweifelt um den Besitz eines einzigen Staubkorns; und die Wut ihres Streits verwüstete ganze Sonnensysteme.

Einmal – zweimal – ein drittesmal erblühte etwas, das eine vielversprechende Aura von Rationalität, Voraussagbarkeit und Stabilität zeigte; und um diesen Kern entwickelte sich Zeit aus dem Schoß der Ewigkeit. Zeit bringt Erinnerung hervor, Erinnerung bringt Gewissen hervor, Gewissen bringt Denken an die Zukunft hervor, die allein durch die Existenz von Zeit erforderlich wird. Zweimal wüteten die Mächte des Chaos um diesen Sammelpunkt und schluckten ihn ins Vergessen zurück; dann herrschte wieder der Wille von Tuprid und Caschakanva, von Quorril und Lry, und von einer Unzahl anderer Elementar-Wesen. Doch keins von ihnen war den anderen überlegen, da im Chaos nichts von Dauer ist, nichts absolut sein kann, nichts sicher oder verläßlich.

Zu jenen Zeiten brannten Sonnen wie Feuer, flammten hell auf und wurden im nächsten Moment zu Asche. Auf Planeten, die um eine Million Sonnen kreisten, mühten sich vernunftbegabte Wesen, Ordnung aus diesem Chaos zu schaffen, und wenn sie glaubten, es fast geschafft zu haben, bestimmte ein Zufall, daß ihre ganze Arbeit umsonst gewesen sein sollte und wieder in das gestaltlose Dunkel gesogen wurde.

»Doch das war vor meiner Zeit«, sagte der Reisende in Schwarz und quetschte die Blase, so daß sie zerplatzte.

»Ich habe es gesehen«, sagte Manuus unbeschreiblich müde. »Aber ich habe es nicht verstanden.«

»Der Mensch versteht das Chaos nicht. Weil der Mensch ein Mensch ist und kein Wesen einer anderen Natur.« Der Reisende lächelte ihn an. »Ich möchte dir jetzt meine letzte Frage stellen. Gibst du zu, daß ich die deinen gut und umfassend beantwortet habe?«

»Du hast mir mehr als genügend Gründe gegeben, dir noch eine Million Fragen zu stellen«, seufzte Manuus und schüttelte seinen grauhaarigen Kopf. »Doch auch das ist vermutlich in der Natur des Menschen begründet. Also frage!«

»Deine Vermutung ist richtig. Nun zu meiner letzten Frage: Zauberer, was ist deine Vorstellung von einem Gott?«

»Ich weiß nicht, was ein Gott ist«, sagte Manuus. »Und ich bezweifele, daß irgendein Mensch das weiß, obschon viele es zu wissen glauben.«

»Danke«, sagte der schwarzgekleidete Wanderer und erhob sich.

»Hast du nicht noch eine Frage, die du mir stellen möchtest?« sagte der Zauberer mit einem matten Lächeln.

»Nein«, antwortete der Wanderer.

Manuus zuckte die Achseln und erhob sich ebenfalls. »Dann bleibt mir nichts weiter, als dir für die Ehre deines Besuches zu danken, Sir«, sagte er förmlich. »Die wenigsten meiner Kollegen haben das Vergnügen gehabt, dich empfangen zu dürfen.«

Der Wanderer blickte ihm offen in die Augen.

»Ich habe viele Namen, doch nur eine Natur«, sagte er. »Menschen haben einen Namen und zwei oder mehr Naturen. Doch die beiden wesentlichen sind diese: daß sie ständig versuchen, Ordnung aus dem Chaos zu schaffen, und daß sie sich bemühen, Vorteile aus dem Chaos zu ziehen. Du, Manuus, wirst kein besserer Zauberer, weil du mich hier empfangen hast, sondern ein schlechterer. Und, das möchte ich noch hinzufügen, Menschen wie du sind oft die stärksten Verbündeten der Mächte, die vor mir waren.«

»Das gefällt mir nicht, Sir«, sagte Manuus eisig. »Laß es

nicht dazu kommen, daß ich mich gegen jemanden stelle, dessen Aufgabe mir bewußt ist.«

»Und das dritte Element der menschlichen Natur«, murmelte der Reisende in Schwarz, »ist dieses: daß er nicht begreift, was er tut. Ich wünsche dir einen guten Tag, Manuus – aber ob es ein guter Tag wird oder nicht, hängt mehr von dir ab als von mir.«

Der Reisende in Schwarz verließ Manuus, der tief in Gedanken versunken zurückblieb, einen Ellbogen auf ein Buch gestützt, das Kinn in die Handfläche gegraben, den Blick auf seine zahme Eule gerichtet. Der Reisende zog weiter, auf die goldenen und silbernen Türme von Ryovora zu, und dort angekommen mischte er sich unter die Bevölkerung, um sich eine Bestätigung dessen zu holen, was er gehört hatte.

Die gleichen Beschwerden, die Manuus ihm mit präzisen, kurzen Worten geschildert hatte, hörte er jetzt vager und indirekter ausgedrückt vor den Häusern der großen Händler-Zauberer, die mit ihren magischen Kräften Waren aus den entferntesten Winkeln der Erde herbeischafften; und auch auf dem Marktplatz und in den Häusern der Bürger, in Tavernen und Theatern und Laboratorien, selbst in den schlechtbeleumundeten Häusern. Und als er schließlich in den frühen Morgenstunden auf dem Dach eines der hochaufragenden Silbertürme stand und auf die schlafende Stadt hinabblickte, war er überzeugt.

Ja, die Menschen von Ryovora waren wirklich unzufrieden, und es war so, wie Manuus es behauptet hatte. Seit Jahrhunderten hatten sie sich bemüht, den stummen Kosmos zu befragen, was seine Natur sei, und was die Natur des Menschen sein könnte, doch ihr Hunger nach einer Antwort war nie gestillt worden, und sie hatten jetzt den Punkt erreicht, wo sie des Fragens müde wurden.

Dieser Hunger – so sagten sie – könnte nur gestillt werden, wenn sie einen wirklichen Gott hätten, wie ihre Nachbarn in Acromel. Natürlich hatte sich die Kunde, daß der Gott von Acromel den Tod vieler Menschen verursacht hatte und großes Unglück durch ihn über die Stadt gekommen war, bis hierher verbreitet, doch wurde das alles der Dummheit Herzog Vauls angelastet. »Wir sind vernünftige Menschen!« betonten sie immer wieder. »Wir wissen, wie man einen Gott behandeln muß!«

Der Reisende in Schwarz blickte über die stille, schlafende Stadt hinweg. Das Licht des Mondes fiel auf die Dächer der prachtvollen Gebäude, auf die winzigen Wellen des Flusses, auf Brücken und Häuser und auf die schönen, breiten Straßen.

Überall hatte er die Frage gestellt: »Was ist die Natur eines Gottes?« Und sie hatten voller Zuversicht geantwortet: »Wir haben keinen Gott, wie können wir dir das also sagen? Wenn wir jedoch einen Gott hätten – ah, dann wüßten wir es!«

Der Reisende blieb auf dem Turmdach, bis die Morgenröte den östlichen Horizont färbte und dachte über das Verlangen nach, das chaotisch durch sein Gehirn flutete. Schließlich, kurz bevor die Sonne über den Horizont stieg, zog ein Lächeln über sein Gesicht, und er machte mit seinem Stab eine Geste über die Dächer der Stadt. »Wie ihr es wünscht, so soll es sein«, sagte er.

Dann, nachdem er seine momentane Aufgabe erfüllt hatte, verließ er den Turm.

4

Einen Wagen zu parken, wenn man ein paar Minuten lang im Wald spazierengehen will, ist nicht ungewöhnlich. Wenn man bei seiner Rückkehr feststellen muß, daß der Wagen nicht mehr dort steht, wo man ihn geparkt hat, weiß man, daß es auch nicht zum erstenmal passiert ist. Wenn man jedoch zurückkehrt und sieht, daß die Straße, auf der der Wagen abgestellt worden war, ebenfalls verschwunden ist, so ist das eine völlig andere Sache.

Doch für einen Menschen, der sich von klarer Logik und reiner Vernunft leiten läßt, ist auch das noch kein Grund zu der Annahme, vor einem unlösbaren Problem zu stehen. Bernard Brown war so ein Mensch, und er war es, der dieses unmögliche Erlebnis hatte.

»Sowas«, murmelte er verblüfft und blickte die mit Farn bewachsene Schneise entlang, die zwischen zwei hohen Hecken verlief, und wo sich seiner Erinnerung nach – und sein Gedächtnis war ausgezeichnet – kurz zuvor eine asphaltierte Straße befunden hatte. »Sowas«, murmelte er noch einmal, und da er sonst nichts tun konnte, setzte er sich auf einen Stein und rauchte eine Zigarette, um ruhig nachdenken zu können.

Doch es stellte sich dabei kein Gedanke ein, der ihm Erleuchtung über den Verbleib seines Wagens hätte geben können, oder über den Verbleib der Straße, auf der er gestanden hatte. Und als die Zigarette zu einem kurzen Stummel niedergebrannt war, ließ er ihn ins Gras fallen, trat ihn mit dem Hacken in den Boden und begann, die Schneise zwischen den Hecken entlangzugehen.

Logische Überlegung sagte ihm, daß eine Straße, die vor einer knappen Stunde noch vorhanden gewesen war, nicht während seiner Abwesenheit an einen anderen Ort verzogen sein konnte. Deshalb mußte er es sein, der sich an einem falschen Ort befand; er zweifelte keinen Augenblick daran, daß er sich in dem schönen, sommerlichen Wald verlaufen hatte und irgendwie den Weg zurück finden würde, wenn nicht zu der Straße, auf der sein Wagen stand, so doch zu einer, die zu ihr führte.

Fröhlich pfeifend schritt er voran, ohne sich viele Gedanken über die Situation zu machen. Hin und wieder teilte sich das Gestrüpp der Hecken, wenn er vorbeigegangen war, und neugierige Augen blickten ihm nach, doch da er nichts davon merkte, bedrückte es ihn auch nicht.

Schließlich waren die Hecken zu Ende, und auch die Bäume eines Waldes blieben hinter ihm zurück, und er trat auf einen ausgefahrenen Weg, der zwischen zwei frischgepflügten Feldern hindurchführte. Am Rand eines dieser Felder sah er einen Mann, mit einem Tuch um den Hals und schlammverschmierten Beinen, der sich abmühte, ein großes, widerspenstiges Pferd zwischen die Deichselstangen eines Ackerwagens zu drängen, dessen Ladung undefinierbar war, jedoch unglaublich stank. Höflicherweise nahm Bernard von dem Gestank keine Notiz, als er den Mann ansprach.

»Entschuldigen Sie. Können Sie mir sagen, wie ich zur Straße nach London komme?«

Der Mann überlegte ein paar Sekunden lang. Dann spuckte er

auf den Boden, der von den riesigen Hufen seines Pferdes zertrampelt worden war, und sagte: »Nein.«

Zumindest war das eine klare Antwort, wenn sie ihm auch nicht weiter half. Bernard Brown zuckte die Achseln und ging weiter.

Wieder verlief der verwachsene Weg zwischen zwei hohen Hecken, und er war so gewunden, daß man stellenweise nicht weiter als zwanzig Schritte vorausblicken konnte. Hinter einer dieser Biegungen hörte Bernard jemanden singen, und die Stimme wurde lauter und lauter. Sie war von einer seltsamen intersexuellen Tonlage, weder ganz männlich, noch ganz weiblich, und schrillte gelegentlich bei den hohen Tönen in einem Diskant, der Bernard erschauern ließ.

Kurz darauf kam der Sänger in Sicht, und Bernard sah sich einem jungen Mann mit schneeweißem kurzgeschnittenem Haar gegenüber, der ein bunt geschmücktes Pferd ritt, dessen Kopf im Takt des Liedes, das sein Herr sang, auf und ab schwang. Seine Kleidung war höchst merkwürdig; er trug ein langes, rot und gelb gemustertes Hemd und eine weite apfelgrüne Hose. Und sein Pferd war mindestens genauso ungewöhnlich: es war ein Schecke in Purpur und Fahlblau. Der Reiter begleitete seinen Gesang auf einem kleinen Zupfinstrument, dessen Saiten wie Vögel zirpten.

Als er Bernard entdeckte, brach er seinen Gesang mitten in einer Passage ab, ließ das an einem Band befestigte Instrument an seine Seite gleiten und brachte sein Pferd zum Stehen. Dann stützte er sich mit einer Hand auf die Kruppe des Tieres und musterte den Fußgänger mit hellen, harten Augen.

»Guten Morgen, Fremder«, sagte er in leichtem Ton. »Was führt dich hierher?«

»Ich versuche, die Straße nach London wiederzufinden«, sagte Bernard Brown und blickte die seltsame Erscheinung mit emporgezogenen Brauen an.

»Eine solche Straße gibt es hier nicht«, sagte der junge Mann und schüttelte bedauernd den Kopf. »Ich weiß das bestimmt, weil alle Straßen in dieser Gegend mir gehören.«

»Nun, das ist ja alles schön und gut«, sagte Bernard und

Festino -82-

lächelte, um zu zeigen, daß er Spaß verstand. »Aber während es Sie amüsieren mag, so hochtrabende Bemerkungen zu machen, bin ich nicht amüsiert, wenn man mir eine notwendige Auskunft verweigert. Ich bin irgendwie vom Weg abgekommen – wahrscheinlich bin ich im Wald auf eine falsche Abzweigung eingebogen – und brauche dringend Auskunft, in welche Richtung ich zu gehen habe.«

Der junge Mann richtete sich auf und drängte sein Pferd vorwärts – und jetzt konnte man erkennen, daß es kein junger Mann war, der auf einem Pferd saß, sondern daß Pferd und Reiter irgendwie zusammengewachsen waren, da die Beine des Reiters Teile des Pferderumpfes bildeten. Sie endeten in fleischigen Stummeln, die aus dem Rumpf des Teils dieser Doppelkreatur wuchsen, das einem Pferd ähnelte.

Äußerst ungewöhnlich, dachte Bernard, doch da er gut erzogen war, unterließ er es, seiner Verwunderung Ausdruck zu geben.

Der junge Mann starrte ihn mit seinen harten Augen an, und seine Hand glitt zu dem Knauf eines Schwertes, das an seiner linken Hüfte hing. »Wer bist du?« fragte er. »Und woher kommst du, daß du mich nicht kennst?«

Gereizt erwiderte Bernard: »Falls Sie nicht zu einem Zirkus gehören oder in einem Zoo ausgestellt werden, woher sollte ich Sie dann kennen?«

Menschenkopf und Pferdekopf wurden gleichzeitig emporgeworfen, und die blanke Schwertklinge pfiff durch die Luft. Doch Bernard, der erkannt hatte, daß er einer Kreatur gegenüberstand, deren Geist genauso abnormal war wie ihr Körper, hatte sich bereits außer Reichweite zurückgezogen, als die Klinge herabfuhr.

»Ich bin Jorkas!« heulte die Mensch-Pferd-Kreatur. »Behauptest du jetzt noch immer, mich nicht zu kennen?«

Eingeschüchtert von dem ungewöhnlich aggressiven Verhalten der Doppelkreatur antwortete Bernard so höflich, wie man es von einem Menschen erwarten kann, der gerade mit dem Schwert attackiert wurde: »Nein, Sir, ich kenne Sie nicht, und ich möchte feststellen, daß Ihre Handlungsweise in mir kaum den Wunsch wachzurufen vermag, Ihre Bekanntschaft schon früher gemacht zu haben.«

Das Menschengesicht verzerrte sich in unbezähmbarer Wut. Die Kreatur riß das Schwert zu einem zweiten Hieb empor, während der Pferdekörper auf Bernard zutänzelte. Er wollte sich herumwerfen und einen schmählichen – und, wie vorauszusehen war, vergeblichen – Fluchtversuch unternehmen, als ein plötzliches Klirren ihm verriet, daß die Klinge beim Niederfahren gegen einen sehr harten Widerstand gestoßen war. Tatsächlich schlenkerte der Pferd-Mensch seinen Schwertarm, als ob er bis zur Schulter taub wäre.

Der Widerstand, der das Schwert mitten im Hieb gestoppt hatte, war ein glitzernder Stab, den ein schwarzgekleideter Mann, dem es irgendwie gelungen war, sich ihnen unbemerkt zu nähern, fest in seiner Hand hielt. Jetzt lehnte dieser Mann sich auf den Stab und blickte Jorkas mit einem schiefen Lächeln an.

Jorkas zuckte die Achseln, steckte sein Schwert in die Scheide zurück und griff wieder nach seinem Zupfinstrument. Seine Pferdebeine trugen ihn in leichtem Trab den Weg entlang, und als er um die nächste Biegung verschwunden war, hörte man ihn mit seiner Kontra-Tenor-Stimme ein neues Lied singen.

»Ich danke Ihnen, Sir«, sagte Bernard zu seinem Retter, fuhr sich mit der Hand übers Gesicht und stellte ohne allzugroße Überraschung fest, daß es schweißnaß war. »Ich muß gestehen, daß ich nicht darauf vorbereitet war, etwas wie diese Kreatur auf diesem stillen Weg zu finden.«

Der Mann in Schwarz lächelte, und ein sonderbarer Ausdruck erschien auf seinem Gesicht. »Ich habe dir einen kleinen Dienst erweisen können«, sagte er sachlich. »Und ich möchte noch einen kleinen Rat hinzufügen: Wenn du nichts erwartest, und mit allem rechnest, hast du die richtige Einstellung zum Leben.«

Bernard zog sein Jackett zurecht und blinzelte mehrmals. »Nun, Sir, aus welchem Blickwinkel man Ihren Rat auch betrachten mag, scheint er niemals unklug zu sein. Besonders, wenn diese Gegend mit noch mehr so überraschenden Mißgeburten wie diesem Jorkas bevölkert sein sollte.«

»Ja, er trägt die Prägung des Chaos, nicht wahr?« sagte der Mann in Schwarz. »Er ist sozusagen ein Überbleibsel. Er ist im Grunde genommen recht harmlos; die Entwicklung hat ihn überholt, und seine Macht ist sehr gering geworden.«

»Die Macht seines Schwertes, wenn es sein Ziel getroffen hätte, wäre mehr als ausreichend gewesen, um mich aus dieser Welt zu befördern«, erklärte Bernard. »Ist er aus einer . . . einer Menagerie entflohen?«

»Nein, er gehört zu der Hinterlassenschaft, wenn man es so nennen will, einer Periode absoluten Chaos'«, war die Antwort, die zwar bedeutungsvoll klang, doch auf keine Weise dazu beitrug, Bernards Verwirrung zu lindern und seine Furcht. Trotzdem entschied er, sich weitere Fragen in dieser Richtung zu versagen und sich wieder seinem Hauptanliegen zuzuwenden.

»Können Sie, Sir, mir sagen, wo die Straße nach London ist?«

»Das könnte ich freilich«, sagte der andere mit einem leisen Lachen. »Doch würde es dir wenig nützen, wenn ich es täte, da du sie von hier aus nicht erreichen kannst. Nein, laß mich zu Ende reden; ich werde dir sagen, was du tun mußt, um schließlich an den Ort zu gelangen, an dem du sein möchtest.«

Da dies das beste war, das der schwarzgekleidete Mann zu bieten gewillt war, blieb Bernard nichts anderes übrig, als zustimmend zu nicken.

»Geh auf diesem Weg weiter«, sagte sein Mentor, »bis du auf drei verkrüppelte Erlen stößt, die allein auf einer Wiese stehen. Sie sind nicht zu verkennen. Tritt vor sie hin und neige dreimal den Kopf. Dann folge dem Weg, der um sie herumführt. Nach kurzer Zeit wird er dich zu einer Stadt bringen. Doch was immer du tust, *sprich kein Wort* mit einer Frau, die ein blutrotes Kleid trägt, sonst kann ich nicht die Verantwortung für die Konsequenzen übernehmen.«

Was für ein Unsinn, dachte Bernard. Doch da ihm keine andere Wahl blieb, bedankte er sich höflich und ging weiter den zugewachsenen Weg zwischen den Hecken entlang.

Die drei Erlen tauchten vor ihm auf; weiß und verkrüppelt wuchsen sie wie Skelettfinger aus dem Grün der Wiese. Bernard zögerte und blickte umher. Er kam sich reichlich albern vor, als er sich dazu entschloß, das zu tun, was ihm geraten worden war. Doch soweit er es beurteilen konnte, waren keine Zeugen da, und sein logischer Verstand hatte ihm längst klargemacht, daß er sich zur Zeit nicht an einem Ort befand, wo logischer Verstand sonderlich geschätzt wurde.

Was ihn bedrückte, war allein der Umstand, daß er nirgends eine Straße entdecken konnte, also blieb ihm nichts anderes übrig, als das zu tun, was man ihm gesagt hatte, und zu hoffen, daß es – nun ja – eben funktionierte, wenn er nicht wieder zurückgehen und eventuell einen zweiten Zusammenstoß mit diesem Jorkas riskieren wollte. Und danach hatte er nicht das geringste Verlangen. Also neigte er dreimal den Kopf, und stellte verwundert fest, daß er plötzlich auf einem klar markierten Weg stand. Der jedoch, wie er ebenfalls feststellte, nirgendwohin führte, sondern nur um die Erlen herum.

Aber der schwarzgekleidete Mann hatte ihm gesagt, er solle den Weg nehmen, der um die Erlen herumführte, also wandte er sich nach links und schritt zielstrebig den kreisförmigen Pfad entlang, in der Hoffnung, daß er ihn schließlich doch noch irgendwohin führen würde.

Bei der dritten Runde, als er sich schon ziemlich albern vorzukommen begann, blickte er wieder zu den drei Bäumen hin und sah eine schöne Frau zwischen ihnen stehen. Ihr Gesicht war ein perfektes Oval, ihre Haut schimmerte wie Perlmutt, und ihr Haar war schwärzer als die Mitternacht. Doch das Kleid, das von ihren Schultern bis zum Boden reichte, war blutrot.

Ihre Stimme war wohlklingend und sarkastisch. »Und wohin, glaubst du, wird dieser Rundlauf dich führen, mein närrischer Freund?« fragte sie. »Hat dich noch niemand darüber aufgeklärt, daß man nicht einen Schritt vorwärtskommt, wenn man ständig im Kreis herumgeht? Sieh!«

Sie hob den rechten Arm, an dem Goldreifen klirrten, und als Bernards Blick ihrem deutenden Finger folgte, sah er eine Stadt, deren Häuser sich um einen gewaltigen, hohen Turm drängten, dessen Spitze wie ein Onyx aussah, der auf einer Achatsäule ruhte.

Eine seltsame Stadt! Doch zumindest eine Stadt, keine menschenleere Landschaft. Er war halb entschlossen, sich sofort auf den Weg zu machen, doch irgend etwas schien ihn zu warnen. Über der Stadt schwebte eine Aura . . .

Er sprach zu der Luft, oder zu sich selbst, jedenfalls nicht zu der Frau in Rot, und sagte: »Der Mann, der mich vor Jorkas rettete, hat mir geraten, nicht mit einer Frau zu sprechen, die ein blutrotes Kleid trägt. Ich vermute, daß dieser Rat auch bedeutet, auf keinen Fall einem Vorschlag zu folgen, den diese Frau geben mag.« Verbissen setzte er seinen Weg rund um die drei Erlen fort, und das höhnische Lachen der Frau drang irritierend an seine Ohren. Doch seine Hartnäckigkeit wurde belohnt: als er den zweiten Rundgang begann, war sie verschwunden. Irgendwie. Irgendwohin.

Außerdem war jetzt eine andere Stadt in Sicht, und diese Stadt bot keinen so niederdrückenden Anblick. Ihre Türme waren aus Gold und Silber, und obwohl der Himmel über ihr eine elektrisch blaue Färbung aufwies, schien das auf nichts Schlimmeres hinzudeuten, als auf ein heraufziehendes Gewitter.

»Dort, vielleicht«, überlegte Bernard, »könnte ich dieser Mischung kryptischer, undeutbarer Ereignisse entfliehen und vielleicht sogar jemanden finden, der mir sagen kann, wie ich nach Hause komme.«

Mit energischen Schritten überquerte er die Wiese und gelangte wenig später zu einer guten, wenn auch staubigen Straße, die direkt auf die Stadt mit den goldenen und silbernen Türmen zu führte. Entschlossen, sie so bald wie möglich zu erreichen, schritt er noch rascher aus, obwohl seine Füße schon zu schmerzen begannen.

»So!« sagte der Zauberer Manuus und lehnte sich kichernd in seinem Sessel zurück. »So!« sagte er noch einmal und zog die Schutzhülle – aus Fledermaushaut gefertigt und so fein und weich wie Seide – über seine Kristallkugel. »Sieh mal an, sieh mal an, *sieh mal an*!«

5

Am Kopfende des Ratstisches – der wegen des drückenden Wetters unter den Sykomoren im Motten-Garten aufgestellt worden war – saß der Markgraf von Ryovora und starrte mit zerfurchter Stirn vor sich hin.

Vor ihm erstreckte sich die polierte Fläche des fast hundert Fuß langen Tisches, dessen einzelne Sektionen so nahtlos aneinandergefügt worden waren, daß die überhängenden Kronen der Sykomoren sich in der glänzenden Fläche spiegelten. Nichts störte den Eindruck von Perfektion dieses Tisches, außer der purpurfarbene Glanz, der von der dicken, schweren Luft hervorgerufen wurde, die über der Stadt lastete.

An den Längsseiten des langen Tisches, links und rechts von ihm, saßen die Mitglieder des Adels von Ryovora, Männer und Frauen von großen, individuellen Fähigkeiten und Verdiensten: die Händler-Zauberer, die Menschen des suchenden Verstandes, die Denker, die Schöpfer, alle die, denen diese Stadt ihren Reichtum und ihren Ruf verdankte.

Der Markgraf sprach, ohne den Menschen anzublicken, an den seine Worte gerichtet waren.

»Sag uns, was in deinem Viertel der Stadt vorgefallen ist, Petrovic!«

Petrovic, ein hutzeliger kleiner Mann, dessen runzeliges Gesicht wie ein alter verschrumpelter Apfel aussah, hüstelte höflich und sagte:

»Es gibt Omen. Ich habe Runen geworfen, um ihre Bedeutung zu bestimmen. Sie haben keine uns geläufige Bedeutung. Vier Tage hintereinander ist die Milch auf meinem Besitz sauer geworden.«

»Und Ruman?«

Ruman war ein Mann, der wie eine knorrige Eiche gebaut war, und er spielte nervös mit seinen knotigen Händen. »Ich habe Tiere geschlachtet, um zu sehen, was man aus ihren Eingeweiden lesen kann«, sagte er. »Ich stimme Petrovic bei: diese Omen haben keine uns geläufige Bedeutung. Doch zwei Quellen unter der Stadtmauer, die noch nie versiegt sind, solange die Menschen hier zurückdenken können, waren heute morgen trocken.«

»Und Gostala?«

Gostala war eine Frau mit einem königlichen Busen und einem königlichen Diadem weißer Haare, das zu einem dicken Zopf geflochten um ihren Kopf lag. »Ich habe sieben Tage lang den Flug der Vögel beobachtet«, sagte sie, »bei der Morgendämmerung, und auch beim Sonnenuntergang. Die Resultate ergeben keinerlei Sinn. Doch im Dorf Dunwray ist ein Lamm mit zwei Köpfen geboren worden.«

»Und Eadwil?«

Eadwil war fast noch ein Knabe. Sein Kinn war glatt und bartlos, und seine Stimme klang wie eine Rohrflöte; trotzdem aber respektierten alle anderen sein frühreifes Wissen. »Ich habe die relativen Konjunktionen der Sterne und Planeten beobachtet«, sagte er, »was mich zu der Hypothese gezwungen hat, daß entweder wir nichts wissen, oder daß ein uns unbekannter Himmelskörper das Geschehen beeinflußt. Ein Komet vielleicht. Doch gestern sind drei Blitze aus heiterem Himmel niedergefahren, und – Markgraf – ich habe Angst!«

Der Markgraf nickte und machte eine beruhigende Geste. »Aber das kann unmöglich alles sein«, sagte er dann. »Ich schlage vor, daß wir – der gesamte Rat, hier und jetzt – Den-Der-Wissen-Muß befragen.«

Eadwil sprang auf. Auf seinen jungen Lippen zitterte ein Schluchzen, das er mit knapper Not unterdrücken konnte.

»Dann bitte ich um die Erlaubnis, mich zurückziehen zu dürfen«, sagte er. »Es ist bekannt, was Der-Der-Wissen-Muß mit Menschen in . . . ah . . . meinem Zustand tut.«

Der Markgraf hüstelte und nickte zustimmend bei diesem diskreten Hinweis. Eadwil verdankte seine Frühreife größtenteils einer Verzögerung einer wesentlichen Veränderung seiner Physis, und der Elementar, von dem jetzt die Rede war, wußte, daß Jungfrauen beiderlei Geschlechts seinen Kräften hilflos ausgeliefert waren.

»Einverstanden«, sagte der Markgraf, und Eadwil verließ erleichtert aufseufzend den Garten.

Bevor die anderen jedoch zum Thema zurückkommen konnten, hörte man vom anderen Ende des Tisches ein raschelndes Geräusch, und eine Stimme, die klang wie das Rauschen des Windes durch kahles Wintergezweig, sagte: »Markgraf, ich möchte einen anderen Vorschlag machen.«

Der Markgraf rutschte beunruhigt auf seinem Stuhl hin und her. Es war Tyllwin, der sich zu Wort gemeldet hatte, ein Mann, dessen hagerer, dünner Körper ihm das Aussehen einer Vogelscheuche verlieh und den man aus reiner Höflichkeit in diesen Kreis aufgenommen hatte, da niemand wußte, woher er gekommen war oder wie alt er war, doch war jedem bekannt, daß er viele und außerordentliche Fähigkeiten besaß, von denen jedoch noch nie Gebrauch gemacht worden war. Und das war vielleicht gut so. Immer, wenn Tyllwin sprach, zog das beunruhigende Phänomene nach sich. Der Markgraf sah verstört, daß mehrere Blüten eines in der Nähe stehenden Baums verdorrten.

»Sprich, Tyllwin!« sagte er und stählte sich gegen das, was geschehen mochte.

Tyllwin kicherte, ein raspelndes Geräusch, und alle Blüten eines anderen Baums verwandelten sich in Früchte, die am Ast faulten. Die nächsten Nachbarn Tyllwins verließen hastig ihre Plätze und wichen zum Kopfende des Tisches aus.

Tyllwin wandte seinen riesigen, runden Kopf, der wie ein Kürbis aussah, um ihnen nachzublicken, und ein Lächeln verzog seine verdorrten Lippen. »Ist es nicht sicher, ihr Herren von Ryovora, daß all diese Dinge ein wichtiges Ereignis ankündigen?«

Die verfaulten Früchte lösten sich von den Ästen und klatschten zu Boden; Ameisen schossen zwischen den Wurzeln des Baumes hervor und fielen über sie her. Die Menschen an dem langen Tisch wagten nicht mehr zu tun, als zu nicken.

»Aus diesem Grund«, sagte Tyllwin, »schlage ich vor, daß wir die Unruhen untersuchen, die sehr bald beim Haupttor ausbrechen werden.«

Er schwieg. Ein paar welke Blätter wurden über die Tischplatte geweht. Die meisten von ihnen blieben vor Tyllwin liegen, und als er sie mit seiner knochigen Hand berührte, zerfielen sie zu Staub. Die Zuschauer begannen zu zittern.

Trotzdem war der Markgraf erleichtert, daß Tyllwins ungewohnte Beredsamkeit keine schlimmeren Folgen zeitigte. »Nun, was ist eure Meinung zu diesem Vorschlag?« wandte er sich an die anderen.

Ruman sah Tyllwin an, wandte jedoch sofort den Kopf ab, als ihre Blicke sich trafen. »Ich habe solche Unruhen nicht vorausgesehen«, sagte er.

»Aber du hast seit gestern nicht mehr in deine Kristallkugel geblickt«, wandte Gostala mit weiblicher Pragmatik ein.

»Richtig, richtig . . . Dann stimme ich Tyllwin zu.«

»Petrovic?« fragte der Markgraf.

»Mir ist bekannt«, sagte der ausgetrocknete Mann, »daß die Leute glauben, all ihre Sorgen wären vorbei, wenn wir einen Gott hätten, wie die anderen Städte. Ich kann nur hoffen, daß sie in diesem Fall irren, wie sonst auch. Nachdem wir gehört haben, wie sehr unsere Nachbarn in Acromel unter ihrer Gottheit leiden . . .«

»Das gehört nicht hierher«, unterbrach Gostala und klopfte mit einem Daumenknochen auf die Tischplatte, der einmal einem Mann gehört hatte, der das Glück – oder Unglück – gehabt hatte, ihr Liebhaber zu sein. »Ich sage: wir wissen es nicht. Deshalb wollen wir nichts erwarten und mit allem rechnen.«

»Ein rationaler Gedanke, und gut formuliert«, nickte der Markgraf anerkennend. »Wer stimmt Tyllwins Vorschlag zu?«

Alle Anwesenden legten ihre rechte Hand auf die Tischplatte, mit Ausnahme von Tuc, der seine Hand im Maul eines Drachen am Ufer eines Feuersees im hohen Norden gelassen hatte. Selbst Tyllwin legte seine Hand auf die Tischplatte, worauf noch mehr Blätter an den Ästen des Baums verwelkten, der durch seine ungewohnte Beredsamkeit am meisten gelitten hatte.

»Einstimmig angenommen«, stellte der Markgraf fest. »Also laßt uns zum Tor gehen.«

Sie standen auf und marschierten zum Haupttor der Stadt. Der Markgraf blieb jedoch eine Weile stehen und blickte Tyllwin, der nach wie vor auf seinem Platz saß, nachdenklich an.

Als die anderen nach seinem Dafürhalten außer Hörweite waren, sagte er mit leiser Stimme zu dem Zauberer: »Tyllwin, was ist deine Meinung von einem Gott?«

Tyllwin lachte keckernd. »Die Frage ist mir schon einmal gestellt worden«, sagte er, »und ich will sie genauso beantworten wie damals: Ich weiß nicht, was ein Gott ist, und ich bezweifle, daß viele andere Menschen es wissen.«

Ein überhängender Ast zersplitterte mit einem warnenden Krachen, und der Markgraf riß in einer Reflexbewegung die Hände vors Gesicht. Als er wieder um sich blickte, war Tyllwin verschwunden.

Die Unruhe beim Tor, die Tyllwin vorausgesehen hatte, jedoch keines der anderen Mitglieder des Rats, hatte bereits begonnen, als die Prozession in die Gasse einbog, die zum Tor führte. Jeder der Zauberer bewegte sich so fort, wie es seinem Stil und seiner Gewohnheit entsprach: Petrovic stützte sich auf seinen Stab namens Nitra, aus dem man bei Vollmond hin und wieder Stimmen hören konnte; Gostala ritt auf einer Kreatur, die ihre Magie der Tiefsee entrissen hatte, und die bei jedem Schritt laute, gellende Schreie ausstieß; Eadwil benutzte die eigenen, jungen Beine, doch seine Füße begannen rot zu glühen, sobald er zehn Schritte getan hatte – dies hatte mit einem Handel zu tun, über den niemand irgendwelche Fragen stellte; und Ruman ritt auf den Schultern eines riesigen Affen, der mit Messingketten aufgezäumt war. Die Luft um sie herum knisterte von dem Kampf zwischen beschützenden Beschwörungen und der schweren, drückenden Aura, die auf Ryovora lastete.

Die breite Straße vor dem Tor war von lachenden, schreienden Menschen gefüllt, die verwundert auf etwas starrten, das sich im Mittelpunkt der Menge befand: ein Mann in überaus merkwürdiger Kleidung, auf dessen Gesicht ein Ausdruck von Verwirrung lag und der sich bemühte, hundert Fragen, die auf ihn niederprasselten, gleichzeitig zu beantworten.

Die Menge teilte sich, um die Mitglieder des Rates durchzulassen, und schloß sich hinter ihnen sofort wieder, wie Wasser um das Heck eines langsam fahrenden Bootes.

Der Markgraf kam als letzter, und er keuchte ein wenig, da er Fett angesetzt hatte. Neugierig blickte er den Fremden an, während das Stimmengewirr der Menge einmal fast zu einem Brüllen anschwoll, um dann wieder zu leisem Gemurmel zu verebben. Schließlich, nachdem er hilfesuchend umhergeblickt hatte, blieb ihm nichts anderes übrig, als den Fremden anzusprechen.

»Wer bist du, und was willst du hier?« fragte er.

Der Fremde sagte in dem nachsichtig-geduldigen Ton, den man gegenüber Geistesgestörten gebraucht: »Mein Name ist Bernard Brown, und ich will nichts weiter, als nach Hause zurück.«

»Das läßt sich sehr leicht bewerkstelligen«, sagte der Markgraf sichtlich erleichtert. Doch wenn er sich die Mühe gemacht hätte, darüber nachzudenken, daß Tyllwin der Ankunft dieses Mannes sehr große Bedeutung beigemessen hatte, wäre er sicher nicht so optimistisch gewesen. Er nickte Petrovic zu. »Würdest du so freundlich sein?« fragte er.

Petrovic blickte zum Himmel empor, dann zu Boden. Er ritzte mit seinem Stab Nitra eine Anzahl Zeichen in den Staub, löschte sie dann hastig mit seinem Fuß. »Nein«, sagte er.

»Nun, wenn du nicht willst, dann eben nicht«, sagte der Markgraf seufzend. Er blickte Gostala an, die jedoch nur schweigend den Kopf schüttelte und weiter Bernard Brown musterte.

»Eadwil!« rief der Markgraf.

Der Junge, dessen Gesicht totenblaß geworden war, stammelte ein paar unzusammenhängende Worte und brach in Tränen aus.

»Seht ihr! Sie können es nicht! Was habe ich euch gesagt?« rief eine dröhnende Stimme aus der Menge, und der Markgraf blickte den Sprecher drohend an.

»Tritt vor!« befahl er, und unter Mithilfe von anderen drängte der Mann sich durch die Menge, bis er vor seinem Herrscher stand. Er war ein aufsässig wirkender Bursche mit struppigem, kornfarbenem Haar, und er trug einen Lederschurz mit weiten Taschen, aus denen Werkzeuge seines Gewerbes ragten, das mit der Bearbeitung von Metallen zu tun haben schien.

»Du bist . . .« – der Markgraf dachte ein paar Sekunden lang nach – »du bist Brim, der Schmied. Was hast du damit gemeint, was du eben gesagt hast?«

»Das, was ich gesagt habe, natürlich«, erwiderte der Mann anscheinend amüsiert. »Jeder kann doch *sehen*, daß er nicht von gewöhnlichen Menschen herumgestoßen werden kann!«

»Erklär mir das!« befahl der Markgraf.

»Das ist doch sehr einfach zu verstehen . . . *Sir*.« Brim schob mit seinem plumpen Daumen eine Haarsträhne aus der Stirn. »Mir jedenfalls ist es klar, und allen anderen auch. Die ganzen Jahre über haben wir gesagt, was Ryovora fehlt, ist ein Gott, wie ihn alle Städte rings um uns herum haben, und in der ganzen Welt. Und jetzt, heute? Was sagen die Omen? Kannst du uns das sagen?«

Er deutete mit einem plumpen Zeigefinger auf die Brust des Markgrafen. Der Markgraf wich einen Schritt zurück und blickte den Mann angewidert an. Doch da er im Grunde genommen ein ehrlicher Mensch war, mußte er den Kopf schütteln und zugeben, daß die adeligen Zauberer zwar lange und eingehende Beratungen über die Bedeutung der Omen abgehalten und auch einige Hypothesen aufgestellt hätten, ohne daß es ihnen jedoch gelungen war, irgendwelche Schlüsse zu ziehen.

»Seht ihr, Leute! Was habe ich euch gesagt?« brüllte Brim, fuhr herum und blickte triumphierend in die Menge. Die anderen antworteten mit einem zustimmenden Schrei, und Sekunden später herrschte ein völliges Durcheinander. Die Menge drängte sich um Bernard Brown, ohne Rücksicht darauf, daß manche ihrem Adel auf die Zehen traten, und dann stemmten ihn einige von ihnen auf ihre Schultern und trugen ihn die Straße entlang, während Horden von Männern, Frauen und Kindern um sie herumtanzten, einen rhythmischen Gesang anstimmten und wie Hyänen lachten.

»Na, sowas!« sagte der Markgraf verwirrt. »Dies ist ein höchst ungewöhnliches und ungehöriges Betragen!«

6

Am folgenden Morgen hatte der Markgraf Grund, diese Worte mit noch größerem Nachdruck und noch düstererem Gesichtsausdruck zu wiederholen. Er saß wieder am Kopfende des Tisches im Motten-Garten, denn die Luft war jetzt noch drückender als am vergangenen Tag; außerdem schienen sich die Berichte über seltsame Omen verdoppelt zu haben.

»Dies ist eine sehr ernste Situation!« sagte der Markgraf scharf. »Die gesamte Bevölkerung ist fest davon überzeugt, daß dieser Fremde ein Gott ist, nur weil sie kein Wort von dem begreifen, was er sagt. Und deshalb haben sie mich aus meinem eigenen Palast verdrängt – ich habe eine sehr ungemütliche Nacht hier im Motten-Garten verbracht – und sind jetzt dabei, ihn für diesen Kerl in einen Tempel umzubauen, ohne auch nur mit einem Wort um Erlaubnis zu fragen!«

Eadwil unterdrückte ein sehr unpassendes Lächeln. »Außerdem«, fügte der Markgraf hinzu, »werden alle Menschen, die weite Reisen unternommen haben, darüber ausgefragt, welches die korrekte Art ist, einem neuen Gott seine Verehrung zu zeigen. Brim, der Schmied, dessen Person das Ferment bei dem ganzen Aufruhr zu sein scheint, ist nach Acromel gereist und spricht mit Begeisterung von Menschenopfern.

Eine Gruppe von Frauen, die in ihrer Jugend als Gefangene in Barbizond waren, wollen, daß jeden Tag vor dem Altar Zweikämpfe ausgetragen werden. Ein Mann, der früher Fischer am Taxhling-See gewesen ist, hat erklärt, daß es nur eine einzige Methode gäbe, um einen neuen Gott zu adoptieren: man müsse die Stadt zweimal pro Jahr niederbrennen und neu aufbauen, so wie es die Fischer mit ihren Schilfhütten tun . . .«

Petrovic schüttelte den Kopf und sagte: »Daraus kann nichts Gutes kommen.«

»Weiß jemand von euch, wo Tyllwin ist?« fragte der Markgraf, als er bemerkte, daß der Platz am anderen Ende des Tisches leer war.

Ein Schaudern schüttelte die Menschen zu beiden Seiten des Tisches, und einige von ihnen schüttelten erleichtert den Kopf.

»Gut, dann wollen wir versuchen, zu einer Entscheidung zu gelangen«, sagte der Markgraf. Er suchte eine bequemere Stellung auf seinem Stuhl, denn nach der Nacht im Freien hatte er das Gefühl, daß sein Körper nur noch aus Beulen und Druckstellen bestand.

»Die Frage, die als erstes geklärt werden sollte«, sagte Gostala sehr richtig, »ist, ob Bernard Brown wirklich ein Gott ist. Wenn nicht . . .«

»Einverstanden!« riefen alle anderen gleichzeitig.

Ruman schlug mit seiner schinkengroßen Hand auf die Tischplatte. »Und wie, wenn ich fragen darf, sollen wir das anfangen?« sagte er sarkastisch. »Wir haben doch alle vorher zugegeben, daß wir nicht wissen, was ein Gott ist. War das nicht der Grund, warum wir niemals Götter hatten?«

»Ich hege starke Befürchtungen«, sagte der Markgraf ernst, »daß die Zeiten des rationalen Denkens in Ryovora vorüber sind. Es hat den Anschein, als ob die Bevölkerung Bernard Brown bereits als Gott behandelte; falls es uns also nicht gelingen sollte, ausreichende Gegenbeweise vorzulegen, wird das Leben in Ryovora unerträglich.«

»Hah!« machte Gostala nur.

»Ich möchte einen Vorschlag machen«, meldete sich Eadwil zu Wort. »Ein Gott soll angeblich Wissen und Kräfte besitzen, die über alles hinausreichen, was Menschen verfügbar ist. Laßt uns also Bernard Brown einem Verhör über die tiefsinnigsten und esoterischsten unserer Künste unterziehen. Wenn er unsere Fragen nicht beantworten kann, werden wir ihn vor allem Volk herausfordern, damit jedem vor Augen geführt wird, daß seine Gaben gering sind im Vergleich zu den unseren.«

»Der Vorschlag ist vernünftig«, sagte der Markgraf mit einem Nicken. »Wie ich jedoch bereits sagte, sind die Tage der Vernunft vielleicht gezählt . . . Doch wenn niemand einen besseren Vorschlag zu machen hat . . .«

Niemand meldete sich. Also zog die Gruppe zu dem neuen Tempel, der bis zum Vortag der Palast des Markgrafen gewesen war.

Sie fanden Bernard Brown – überaus bedrückt, wie sein Gesichtsausdruck verriet – auf einem großen, mit Silber beschlagenen Ebenholzthron sitzend, der oberhalb eines riesigen, improvisierten Altars stand. Vor diesem Thron drängten sich Bürger der Stadt, um dem neuen Gott Opfergaben darzubringen. Ihre wertvollsten Besitztümer häuften sich zu Füßen Bernards, von ererbtem Tafelsilber bis zu ihren neuesten Kleidern. Auf dem Altar lagen Berge saftiger Früchte und ausgesuchter Fleischstükke neben vielen Flaschen edelster Weine. Brown lutschte den Saft aus einer der Früchte und versuchte, den Menschen Fragen zu stellen. Doch sie antworteten ihm nicht; sie hörten ihm nur respektvoll zu und schrieben sofort jedes Wort auf, das er geäußert hatte, um daraus einen Kanon mystischer Vorschriften aufzustellen.

Der Markgraf und seine Begleiter blieben im Eingang der Halle stehen, um zu sehen, was hier verändert worden war, und Eadwil sagte leise zum Markgrafen: »Ist Tyllwin nicht hiergewesen?«

»Du hast recht!« sagte der Markgraf. »Ich kann seine Macht in der Luft riechen. Ich frage mich, was für eine Falle er für uns aufgestellt hat.«

Er trat auf den Altar zu, blieb etwa zehn Schritte vor ihm stehen – er konnte wegen der Berge von Gaben nicht weitergehen – und rief den vermeintlichen Gott mit lauter Stimme an.

»Sir! Wir sind der Adel von Ryovora und sind gekommen, um festzustellen, ob du wirklich ein Gott bist, wie die Bevölkerung zu glauben scheint!«

Bernard Brown nickte vorsichtig. »Ich bin von eurer Absicht unterrichtet worden«, sagte er. »Und man hat mir geraten, diese Möglichkeit nicht zu bestreiten. Seit meinem Zusammenstoß mit Jorkas auf dem Weg hierher habe ich einen gesunden Respekt für jeden Rat, den man mir in dieser Gegend gibt, entwickelt, ganz gleich, wie verrückt er auch scheinen mag. Andererseits jedoch muß ich als ehrlicher Mensch zugeben, daß mir vor der

Ankunft in eurer Stadt niemals auch nur der Gedanke gekommen ist, daß ich ein Gott sein könnte.«

Der Markgraf wechselte frustrierte Blicke, zuerst mit Eadwil, dann mit Ruman, der verächtlich schnaubte und sich dann Bernard Brown zuwandte.

»Ist das so zu verstehen, daß du es für möglich hältst, ein Gott zu sein?«

»Ich weiß selbst nicht, was ich denken soll«, sagte Bernard niedergeschlagen. »Bis gestern habe ich mich als einen völlig normalen Menschen betrachtet. Aber bestimmt bin ich kein normaler Mensch in dieser Welt, was immer und wo immer sie sein mag.«

»Was soll diese dumme Bemerkung!« sagte Ruman wütend. »Dies ist eine gute und geachtete Stadt! Oder war es zumindest, bevor du dich in ihre traditionell sachliche Existenz gedrängt hast!«

»Das habe ich nicht getan, und du mußt entschuldigen, wenn ich dir widerspreche«, sagte Bernard seufzend. »Ich will von euch nichts anderes, als die Erlaubnis, nach Hause gehen zu dürfen.«

»Das klingt nicht wie die Worte eines Gottes«, murmelte der Markgraf Eadwil zu, der nickte.

»Sir«, sagte er zu Bernard, »wir würden gerne deine Kräfte einer Prüfung unterziehen. Bist du mit dem *Buch der universellen Schande* vertraut, und kannst du danach zaubern?«

Inzwischen hatte das Kommen und Gehen der Bürger vor dem Altar aufgehört, und sie standen schweigend, um dieser Diskussion zu lauschen. Es war klar ersichtlich, daß einige von ihnen nicht überzeugt waren und nur mitmachten, um sicher zu gehen.

»Ich habe noch nie davon gehört«, sagte Bernard und schluckte erregt.

»Dann aber bestimmt von dem *Buch der drei roten Elefanten*? Oder vielleicht von dem *Sarg des Unglaubens*?«

Bei jedem der Titel schüttelte Bernard den Kopf.

Eadwil lächelte den Markgrafen an. »Sehr unwahrscheinlich, daß er ein Gott ist!«

Dann befragten Petrovic, Gostala und Ruman ihn nach den schwierigsten esoterischen Problemen, die ihnen bekannt waren – und das bedeutete, die schwierigsten esoterischen Probleme, die ein Mensch je zu lösen imstande war. Nur wenige andere waren den Zauberern von Ryovora überlegen, wie zum Beispiel Manuus, doch diese standen jenseits des Handels und anderer Probleme des Alltagslebens und zogen es vor, mit ihren Kräften allein zu leben, ohne sich um die weltlichen Affären der Menschen zu kümmern.

Bernard war gezwungen, jede der ihm gestellten Fragen mit einem Nein zu beantworten, und viele der schweigenden Zuhörer begannen Brim drohende Blicke zuzuwerfen. Der Schmied wurde immer unruhiger und unsicherer, und als Ruman endlich mit seinen Fragen fertig war, trat er vor den Altar und blickte in herausfordernder Haltung, die Beine gegrätscht und die Hände in die Hüften gestemmt, zu Bernard auf.

»Ich möchte jetzt eines ein für allemal klarstellen«, brüllte er. »Bist du ein Gott, oder machst du uns nur etwas vor?«

»Ich . . . ich habe den Rat erhalten, es nicht abzustreiten«, sagte Bernard vorsichtig. Der Markgraf schlug sich mit der flachen Hand vor die Stirn.

»Ich Narr!« rief er und stieß Brim beiseite, ohne sich um dessen Proteste zu kümmern. »Es war Tyllwin, der dir das geraten hat, nicht wahr?«

»Es kann sicher nicht schaden, euch zu sagen, wer es war«, antwortete Bernard nachdenklich. »Aber ob es Tyllwin war oder nicht, weiß ich nicht, da er mir seinen Namen nicht genannt hat. Ich kann ihn jedoch beschreiben: er ist ein netter, älterer Gentleman mit einem schütteren, grauen Bart am Kinn.«

»Manuus!« schrien mehrere Menschen gleichzeitig, und der Markgraf fuhr herum und blickte seine Helfer an.

»Wie viele von euch haben Tyllwin vor der gestrigen Versammlung gesehen?« fragte er.

»Nun ja . . .«, sagten drei oder vier von ihnen unsicher, verstummten sofort wieder und blickten einander verblüfft an.

»Da habt ihr es!« sagte der Markgraf scharf. »Er war gestern zum erstenmal anwesend und hat uns durch irgendeine Magie glauben gemacht, daß er recht- und gewohnheitsmäßig auf seinem Platz sitze. Aber ich zumindest habe jetzt erkannt, daß ich nichts von Tyllwin weiß. Also steckt Manuus hinter der ganzen Sache! Wir müssen sofort zu ihm gehen und ihm erklären, daß er nicht das Recht habe, sich in die Angelegenheiten Ryovoras einzumischen. Wenn er als verantwortungsvoller Bürger unter uns leben will, wäre das ein anderer Zauberkessel. Doch so, wie die Dinge nun einmal liegen, können wir seine Sphäre nur so lange respektieren, wie er die unsere respektiert.«

Sie schoben ihre Stühle zurück und erhoben sich. Und Eadwil sagte mit jugendlicher Würde: »Markgraf, ich bedaure, Manuus im Zusammenhang mit dieser Angelegenheit nicht gegenübertreten zu können. Meine Kräfte sind noch unzureichend. Ich hasse es, mich hinter meiner Jugend zu verstecken, aber . . .«

Und er ging fort.

Einer nach dem anderen zogen sich auch die anderen Mitglieder des Rates unter irgendwelchen Vorwänden zurück, bis der Markgraf allein vor dem Altar stand, und die Bürger, die aus den Vorgängen geschlossen hatten, daß es den Adeligen nicht gelungen war, Bernards Göttlichkeit zu widerlegen, nahmen eilig ihre vorherigen Tätigkeiten wieder auf und türmten weitere Opfergaben auf den Altar.

»Einen schönen Menschenschlag ziehen wir hier in Ryovora auf!« rief der Markgraf verächtlich. Doch die Verachtung war nur eine Tarnung seiner eigenen, unguten Vorahnungen; er war ein geringerer Zauberer als viele von denen, die ihm dienten, und hatte seine Position vor allem seinem administrativen Können zu verdanken.

Trotzdem war er ein resoluter Mann, also macht er sich sofort auf den Weg zu Manuus' Burg.

Die Nebelschwaden teilten sich auf eine Weise, die ihm verriet, daß sein Besuch nicht unerwartet kam, und nachdem er seine Eskorte in dem großen Burghof zurückgelassen hatte, stieg er die Treppe hinauf, die zu Manuus' Gemächern führte. Dort erwartete ihn der Zauberer und begrüßte ihn mit warmherzigem Respekt.

Doch der Markgraf fühlte sich nicht wohl an diesem Ort, in dem beunruhigende Mächte herrschten, und kam so rasch es die Anstandsregeln erlaubten zur Sache. »Sir, da du Tyllwins Meister bist, kennst du den Grund meines Hierseins«, sagte er, so bald sich ihm die Gelegenheit dazu bot.

»Irrtum«, korrigierte der Zauberer sachlich. »Ich *bin* Tyllwin. Ich besitze noch weitere Naturen neben meiner eigenen – eine Eigenschaft, die ich mit allen anderen Menschen teile, mit der Ausnahme eines einzigen.«

Der Markgraf machte eine respektvolle Geste, als Manuus von dem sprach, der viele Namen hat, doch nur eine Natur, fuhr jedoch rasch fort, um das zu sagen, was er zu sagen hatte.

»Wir dulden keine Einmischung in unsere Angelegenheiten«, erklärte er. »Seit undenklichen Zeiten haben wir in Ryovora uns bemüht, eine Tradition ruhiger Rationalität zu schaffen und uns allein auf die Vernunft zu verlassen. Dieser niedrige Trick, einen sogenannten Gott wie einen Spielstein bei uns einzuschmuggeln, ist eines Gentleman deines Rufes wahrhaft unwürdig.«

»Das muß ich zugeben«, antwortete Manuus. »Und du magst daraus schließen, daß es nicht meinem Willen entsprungen ist.«

»Was?«

»Bei dieser Angelegenheit«, fuhr der Zauberer fort, ohne den Ausruf zu beachten, »stehen du und ich auf derselben Seite, das heißt, im Grunde genommen, auf der *Außenseite*. Vielleicht interessiert es dich, zu wissen, daß der, von dem wir gerade gesprochen haben – der mit der einen Natur –, erst vor zwei Tagen auf dem Stuhl gesessen hat, auf dem du jetzt sitzt.«

Dem Markgrafen lief ein Schauer über den Rücken, und er fragte sich, in was er da hineingeraten war. »Manuus, deine Kräfte gehen über jede Vorstellung hinaus«, sagte er repsektvoll.

»Oh, er ist nicht meiner Einladung gefolgt«, sagte Manuus mit einem trockenen Kichern. »Es war eher umgekehrt!«

»Ganz gleich, wie es gewesen sein mag, ich werde dich jetzt verlassen«, sagte der Markgraf, stand auf und verneigte sich. »Denn wenn dies *seine* Angelegenheit ist, wage ich nicht, mich irgendwie einzumischen.«

Manuus schüttelte den Kopf und zwinkerte. »Ich fürchte, daß du keine Wahl hast, Markgraf«, sagte er. »Ob es uns gefällt oder nicht, wir beide sind in diesem Netz gefangen.«

Danach verließ der Markgraf Manuus, und sein Herz war so schwer, daß er kaum die Füße heben konnte, und als er gegangen war, begann Manuus eine Zeremonie, die seit Menschengedenken nicht mehr durchgeführt worden war, und durch die seltsame Phänomene ausgelöst wurden. Ein Sturm brach über den stillen Taxhling-See herein; in Barbizond liefen drei Menschen, die plötzlich irre geworden waren, schreiend durch die Straßen; auf einem Hügel in der Nähe von Acromel fielen die kleinen Windhosen plötzlich in sich zusammen. Und schließlich sahen mehrere Menschen in Ryovora Visionen, die so entsetzlich waren, daß sie sich eiligst in den neuen Tempel begaben und noch mehr Opfergaben zu Füßen von Bernhard Brown niederlegten und die bereits recht umfangreich gewordene Sammlung seiner Aussprüche konsultierten.

Doch so eingehend sie sie auch studierten, sie fanden keinen Trost darin.

7

Und so blieben die Dinge, wie sie waren, bis zum folgenden Tag. Der Markgraf, der, wie immer allen Dingen, das Beste abzugewinnen versuchte, rief einen hilfsbereiten Geist herbei und ließ sich von ihm im Motten-Garten einen Pavillon erbauen, der ihm als vorübergehender Ersatz für seinen Palast dienen sollte, und dort saß er nun, fluchte bis tief in die Nacht hinein und grübelte über die Enthüllungen nach, die Manuus gemacht hatte.

Die anderen Adeligen von Ryovora saßen beisammen und diskutierten bei einem Glas Wein das Problem, wie man einen Gott von einem Menschen unterscheiden könne. Sie kümmerten sich weder um den Jubel der Bevölkerung, die in Brim ihren Propheten gefunden hatte, noch um die dürftigen Beweise, die ihr Verhör Browns erbracht hatte. Es schien unwahrscheinlich, gaben sie zu, daß ein solcher Mensch ein Gott sein konnte;

trotzdem aber mußte man die Macht Manuus' respektieren, dem es vielleicht durchaus möglich sein mochte, eine autentische Gottheit zu schaffen, nur um aus einer Laune heraus Ryovora einen Streich zu spielen.

Die einfachen Leute fanden sich in einem ähnlichen Dilemma. Aber sie hatten sich seit geraumer Zeit nach irgendeiner Art Gott gesehnt, und unzweifelhaft befand sich jetzt ein *seltsames* Wesen unter ihnen, dessen Ankunft eine große Zahl komplexer, unerklärbarer Omen vorausgegangen war, und so wurde es allgemein als ratsam erachtet, sich so zu verhalten, als ob er wirklich ein echter Gott sei, bis unanfechtbare Beweise des Gegenteils erbracht würden.

So verging die Nacht, und von den vielen Menschen, die sie ruhelos verbrachten, war es vor allem Bernard Brown, der den Schlaf herbeisehnte, denn sein Ruhelager war lediglich ein großer Haufen von Samt und Seide und anderen kostbaren Stoffen, die ihm als Opfergaben gebracht worden waren.

Es war Jahrhunderte her, seit eine andere Stadt gegen Ryovora marschiert war. Die Bürger hatten seit langem erkannt, daß ihr Ruf ihre beste Verteidigung war; wer würde es wagen, eine Stadt anzugreifen, deren Bürger vor allem die Gabe der Vernunft und des Planens besaßen?

Aus gewohnter Vorsicht zahlten sie dennoch die Löhne einer Wächterschar . . . und als der Wachtposten vom Dienst am nächsten Morgen zu gewohnter Stunde frühstücken ging, warf er wie jeden Tag einen Blick über das Land, das Ryovora von Acromel trennte.

Und er sah mit Verwunderung – und wollte seinen Augen nicht trauen – ein rotes Idol von hundert Fuß Höhe auf sich zukommen.

Dieses Idol, erkannte der Wächter, konnte nur der Vierfache Gott von Acromel sein.

Um seine gewaltigen Fußgelenke schlangen sich Fesseln aus geschmiedetem Stahl; vor und hinter ihm liefen Männer mit brennenden Fackeln, die auf fünfzig Fuß langen Stangen steckten, und trieben ihn mit den Flammen in die gewünschte Richtung. Das Ding stieß ein lächerlich klingendes Falset-Geheul aus, wenn die Flammen seine blutrote Haut ansengten, und die Treiber stoben dann nach allen Richtungen auseinander, um aus der Reichweite seiner acht gigantischen Fäuste zu kommen. Doch sie kehrten immer wieder zurück, und es war klar, daß sie nun genau wußten, wie sie ihr Idol zu behandeln hatten, und es wie einen wütenden Bullen in jede gewünschte Richtung trieben, weil seine Wut ihm das Denkvermögen raubte.

Der Wächter schlug Alarm, und dieser verbreitete sich wie eine Springflut durch die Straßen von Ryovora, und Männer, Frauen und sogar die Kinder fuhren aus dem Schlaf auf und liefen in ihrer Verwirrung blindlings durcheinander.

Die Adligen wurden zusammengerufen und versammelten sich auf der Wehrmauer; mehrere tausend Bürger bewaffneten sich, so gut sie es konnten, mit Messern, Sensen, Äxten und ordneten sich zu Hundertschaften.

In dieser Aufstellung warteten sie angespannt, während die Sonne über den Horizont stieg und ihre Strahlen auf den Vierfachen Gott fielen, der von seinen Treibern vor die Stadtmauer gelenkt wurde.

Auf das Zeichen eines Mannes, der der Führer der fackelschwingenden Treiber zu sein schien, zwangen die anderen den Gott, stehenzubleiben, und er stand und schrie unverständliche Flüche zum schweigenden Himmel empor.

Dann trat dieser Mann näher, stieg auf eine kleine Anhöhe und starrte die Adeligen von Ryovora grinsend an.

»Seid gegrüßt!« rief er fröhlich. »Uns ist zu Ohren gekommen, daß ihr das Glück hattet, euch auch einen Gott zulegen zu können! Nun, auf diesem Gebiet haben wir in Acromel mehrfaches Glück gehabt – wir haben Herzog Vaul verloren, der uns viele Jahre lang unterdrückt hat, und wir haben den Vierfachen Gott in unsere Gewalt bringen können.« Der Mann deutete über seine Schulter hinweg auf das mißgebildete Idol.

»Es scheint uns«, fuhr der Sprecher fort, »daß unser Gott zwar ungeheuer dumm ist, aber auch ungeheuer stark. Euer Gott soll, wie man uns gesagt hat, schwach sein, doch außergewöhnlich klug. Wir haben keinen Sinn in all den kryptischen Äußerungen erkennen können, die uns übermittelt worden sind. Trotzdem wollen wir euren Gott auf die Probe stellen, um herauszufinden, ob körperliche Kraft bei einem Gott der Weisheit überlegen ist. Ich erwarte eure Antwort, meine Herren und Damen! Wenn ihr uns diese Probe verweigert, werden wir natürlich den Vierfachen Gott gegen Ryovora treiben, und da er größer ist als eure höchsten Türme, würde das sicher ein böses Unglück für die Stadt bedeuten.«

Er verneigte sich spöttisch und machte eine Geste, als würde er den Hut ziehen, obwohl er keinen trug, dann stieg er von der Anhöhe herab.

Die Stirn des Markgrafen war so zerfurcht, als ob ein Pflug über sie hingweggezogen worden wäre; er rief seine Berater zusammen und sprach sorgenvoll von der Herausforderung. Einige von ihnen waren der Ansicht, daß keiner von ihnen etwas tun könne, wenn der mit den vielen Namen und der einen Natur etwas mit dieser Sache zu tun haben sollte; andere straften diese Menschen mit Verachtung, unter ihnen Ruman, dessen dröhnendes Lachen von den Mauern zurückgeworfen wurde.

»Man darf niemals aufgeben!« schrie er. »Wir brauchen einen Zauber, der selbst Götter bindet, und ich verstehe etwas von solcher Magie. Bringt mir eine schwarze Ziege und eine weiße Taube und einen Spiegel, der einen Sprung von einer Ecke zur anderen hat, und ich werde diesen Vierfachen Idioten dort draußen das Fürchten lehren!«

Es wurde so beschlossen, und Ruman zog sich mit seiner Ziege, seiner Taube und seinem Spiegel in eine schwarze Wolke zurück, und was er dort tat, löste dröhnende Donnerschläge aus.

Schließlich aber löste die dunkle Wolke sich auf, und von Ruman war keine Spur mehr zu entdecken.

»Das ist doch lächerlich!« sagte Gostala mit weiblicher Sachlichkeit, und Petrovic nickte mit seinem alten, eingetrockneten Kopf.

»Ich bin ganz deiner Meinung«, krächzte er. »Ziegen, um alles in der Welt! Tauben! Spiegel! Blödsinn! Ich bin vorbereitet gekommen, Markgraf – ich habe eine Philoe mit dem Blut eines ungeborenen Kindes bei mir. Das und mein Wissen ist alles, was ich benötige.«

Also machte Petrovic sich ans Werk und tat, was getan werden mußte, vor aller Augen, ein äußerst verstörender Vorgang. Der Markgraf wandte den Kopf ab und wünschte, Petrovic hätte den Anstand besessen, sich und seine Tätigkeit zu verbergen, wie Ruman es getan hatte.

Doch die Sache schlug fehl, und als Petrovic zu den anderen zurückkam, stammelte er etwas in einer Sprache, die keiner von ihnen verstand, und brach in Tränen aus. Das riesige, rote Idol aber stand noch immer vor der Stadtmauer, brüllte und heulte und versuchte, sich von seinen Ketten zu befreien.

»Igoroth!« rief Gostala verzweifelt. »Dumedinnis! Und auch du, Algorethen!«

Drei seltsame Gestalten, die eine in Blau, die zweite in Weiß, die dritte in Grün, traten aus der Wand und auf sie zu. Keine von ihnen war eine völlig normale Erscheinung, doch war es schwer, festzustellen, worin die Anomalitäten bestanden.

»Bringt dieses . . . dieses Objekt fort!« befahl Gostala.

Die drei Gestalten blickte erst sie an, dann einander, dann wieder sie. Dann schüttelten sie die Köpfe und verschwanden, und nahmen Gostala mit sich.

Der Markgraf breitete eilig einen schützenden Zauberspruch über die Stadt, der ein Wiedererscheinen der drei verhindern sollte – sie waren berüchtigt dafür, äußerst zäh und hartnäckig zu sein –, und biß sich vor Frustration auf die Lippe. Dies war eine sehr böse Geschichte, und die schlimmsten Befürchtungen, die er nach seinem Gespräch mit Manuus gehabt hatte, waren übererfüllt worden.

»Dies waren wirklich Magien, um einen Gott zu binden«, sagte Eadwil. Sein jungenhaftes Gesicht war weiß und verzerrt, weil seine Füße vor Hitze glühten: er war zu Fuß von seinem Haus zur Stadtmauer gekommen, als er die Nachricht von dem Angriff erhalten hatte. »Aber sind es Magien, die einen wie Manuus binden können? Markgraf, ich bin sicher, daß Tyllwin irgendwo in der Nähe ist.«

»Du bist ein echter Bürger Ryovoras«, sagte der Markgraf mit Nachdruck. »Das ist klares, logisches Denken.«

Er trat an die Brüstung der Wehrmauer und legte seine Hände trichterförmig an den Mund. »Tyllwin!« schrie er zu den Männern von Acromel hinüber. »Tyllwin! Ha!«

Eine große Grasfläche wurde plötzlich welk, und Vögel, die in den Ästen der Bäume gezwitschert hatten, fielen tot zu Boden. Und aus den Reihen der Belagerer löste sich die hagere Gestalt Tyllwins, der auf dem Rücken eines kräftigen Sklaven saß.

»Du wünschst mich zu sprechen, Markgraf?« sagte Tyllwin.

»Also *du* steckst dahinter!« rief der Markgraf angewidert.

Tyllwins trockenes Kichern drang deutlich an seine Ohren – und auch an die Ohren einiger Hunde, die daraufhin zu heulen begannen.

»Aber Markgraf, habe ich dir nicht gewagt, daß wir bei dieser Sache auf derselben Seite stehen? Gib doch offen zu, daß dieser angebliche Gott in deinem Palast dir nicht liegt! Gib zu, daß es in unserem gemeinsamen Interesse ist, seine Schwäche aufzuzeigen, indem wir ihn gegen den echten Gott von Acromel stellen!«

»Ist das der Grund dafür, daß du drei der führenden Zauberer dieser Stadt getötet hast?« brüllte der Markgraf. »Warum konntest du uns nicht diese Angelegenheit allein regeln lassen?«

Tyllwins Stimme klang plötzlich so dumpf wie ein heraufziehendes Verhängnis. »Weil er, der nur eine Natur hat, hier seine Hand im Spiele hat.«

Er schwieg. Ein Pferd wieherte in die Stille, und aus dem Wiehern wurde ein Schmerzensschrei.

Der Markgraf blickte hilfesuchend Eadwil an, doch der schüttelte den Kopf. »Gegen Manuus? Welcher von uns könnte sich gegen ihn stellen?« sagte er leise. »Außerdem entzieht sich diese Sache unserer Kontrolle. Blick doch in die Straßen hinab! Die Bürger der Stadt laufen zum Tempel, um ihren Gott zu holen und ihn um seinen Schutz zu bitten.«

Tatsächlich drängte sich bald darauf eine dichte Menschenmenge durch die Straße auf das Haupttor zu, in ihrer Mitte eine Gestalt in eigenartiger Kleidung, die ständig um Hilfe schrie. Brim, der Schmied, hatte Bernard am Ellbogen gepackt und zerrte ihn mit sich. Hin und wieder klangen deutliche Rufe durch den allgemeinen Lärm.

»Rette uns! Vernichte den feindlichen Gott! Du bist unsere einzige Hoffnung!«

»Ha!« sagte der Markgraf mit einem Gemisch von Mitleid und Verärgerung. »Anscheinend kann nichts anderes sie davon überzeugen, daß dieser Kerl kein Gott ist, bevor er nicht vom Vierfachen zertrampelt wird. Nun, auf jeden Fall wissen wir jetzt, wie es zu Ende geht.«

Eadwil brachte ein dünnes Lächeln zustande. »Das frage ich mich«, murmelte er, »das frage ich mich . . .«

Kurz darauf hatte die Spitzengruppe der Menschenmenge das Tor erreicht. Mehrere Männer stießen das Tor auf, und die Menge drängte hinaus auf das weite, offene Feld, wo sie der drohenden Phalanx der Truppen Acromels gegenüberstanden. Als sie die langen Reihen gepanzerter Krieger sahen – der Gegner hatte sich offensichtlich sorgfältig vorbereitet, während die Bürger von Ryovora überrascht worden waren –, löste dieser Anblick in vielen von ihnen Angst aus, und sie versuchten, sich zurückzuziehen, doch der Druck der Menge war zu stark, und schließlich verhielten drei- oder viertausend Menschen auf der Stelle.

Brim, der Schmied, drängte seinen Gott schwitzend und fluchend an die Spitze der Menge. »Sieh!« brüllte er, riß seinen Arm empor und deutete auf das mißgestaltete, rote Idol. »Das ist das Beste, was sie gegen dich ins Feld führen können! Hör nur, wie es heult! Allein deine Gegenwart jagt ihm Angst ein!«

»Ich muß hinuntergehen«, sagte der Markgraf leise. »Ich kann nicht mit ansehen, wie diese armen Narren abgeschlachtet werden.«

»Ich gehe mit dir«, sagte Eadwil, und sie verließen gemeinsam die Wehrmauer und gingen zum Tor. Unter drohendem Gemurmel der Menge, die sich keine Einmischung des Adels bieten lassen wollte, drängten die beiden sich näher und näher zu Bernard vor. Die Hitze, die von Eadwils glühenden Füßen ausstrahlte, half ihnen dabei.

Schließlich stand der Markgraf Bernard Brown gegenüber und blickte ihn mitleidig an.

»Wir haben dich nicht in diese Lage gebracht«, sagte er in einem entschuldigenden Tonfall. »Ich habe den Eindruck, als ob die Menschen von Ryovora, die so lange als vernünftig und rational galten, plötzlich den Verstand verloren haben.«

Bernard Brown zwinkerte und wirkte überaus unglücklich. »Ich glaube, du hast recht«, stimmte er zu. »Besonders da diese tolpatschige Monstrosität nichts weiter als ein hypertrophiertes Kind ist.«

»Ein *was*?« sagte der Markgraf verblüfft, und Eadwil grinste von einem Ohr zum anderen.

»Ein übergroßes Kind«, erklärte Bernard geduldig. »Er schreit und heult und schlägt um sich und zerbricht alles, was ihm in den Weg kommt – das ist doch nicht das Verhalten eines intelligenten, erwachsenen Wesens! Außerdem müssen wir annehmen, daß die Leute von Acromel versucht haben, irgendeine Art von Kommunikation mit dem Idol herzustellen, nicht wahr?«

»Nun . . . ah . . .« Der Markgraf war offensichtlich verwirrt. »Ja, ich denke schon . . .«

»Doch ihre Lieblingsmethode der Kommunikation ist anscheinend der Gebrauch von Stangen und Feuer.« Bernard breitete die Hände aus. »Ich schließe daraus, daß es sich hier um redardierende Entwicklung handelt, und würde deshalb vorschlagen . . .«

8

Immer wieder ertönte schallendes Lachen hinter den Mauern von Ryovora, als die Bürger der Stadt sich unter Leitung des Markgrafen sofort daran machten, Bernards Plan in die Tat umzusetzen. Eadwil stand ein wenig abseits, ein Lächeln auf den Lippen, das permanent geworden zu sein schien.

Inzwischen war es heller Tag geworden, und die Sonne näherte sich dem Meridian. Bei den Männern von Acromel manifestierte sich eine rasch zunehmende Ungeduld. Die langen Stangen mit den Fackeln, die dazu dienten, das Idol vorwärtszutreiben, wurden eine nach der anderen eingeholt, neu mit Teer getränkt und wieder angezündet; die Ketten, mit denen man die sechzehn Beine gefesselt hatte, waren an tief in den Boden geschlagenen Pfosten befestigt, damit die Fußsoldaten und Reiter, die den Vierfachen Gott ständig umkreisten, wenn er vorwärtsgetrieben wurde, sich eine Weile ausruhen konnten; doch bei dem ständigen Kommen und Gehen war die Unruhe jetzt noch größer als während des Marsches auf Ryovora.

Schließlich, gegen Mittag, stieg der Sprecher, der dem Adel von Ryovora die Herausforderung für den Zweikampf der Götter übermittelt hatte, wieder auf die kleine Anhöhe und rief nach dem Markgrafen. Schwitzend von der anstrengenden Arbeit, mit schmutzverschmierten Händen und bis über die Ellbogen aufgekrempelten Ärmeln, lehnte der Markgraf sich über die Brüstung der Mauer und winkte.

»Markgraf! Unser Gott wird ungeduldig! Die Zeit vergeht, und wir wollen endlich eine Entscheidung sehen!«

Der Markgraf wandte den Kopf und blickte die auf der anderen Seite der Mauer liegende Straße entlang, wo die Arbeiten unter der Anleitung Bernard Browns inzwischen zügig weitergegangen waren. Eadwil, der am Fuß der Mauer tief unter ihm stand, gab das Zeichen, daß alles bereit sei.

»Gut«, murmelte der Markgraf zufrieden. Dann wandte er sich wieder dem Sprecher von Acromel zu.

»Der Gott unserer Stadt ist bereit, dem euren gegenüberzutreten!« rief er.

Der Mann aus Acromel wandte sich sofort um und schrie seinen Männern zu, die Fesseln des Idols zu lösen. Ein paar Augenblicke vergingen, dann löste sich ein Mann aus der Menge vor dem Stadttor. Mit energischen Schritten ging Bernard Brown auf seinen Gegner zu.

Lautes Lachen scholl aus den Reihen der Belagerer, und das Firmament hallte von ihren spöttischen Rufen. Doch Bernard schritt unbeirrt weiter auf den Vierfachen Gott zu.

Und der Vierfache Gott beachtete ihn überhaupt nicht.

Hinter dem näherkommenden Mann, jenseits der Stadtmauer von Ryovora, tauchte eine andere Gestalt auf, eine Gestalt von so gigantischen, aufgequollenen Ausmaßen, daß der Vierfache Gott im Vergleich zu ihr wie eine Ameise wirkte. Die Erscheinung hatte einen riesigen, runden Kopf, aus dessen aufgerissenem Mund Zähne von zwanzig Fuß Länge ragten; die Arme waren so dick wie hundert Fässer, und die gegrätschten Beine standen zu beiden Seiten eines hohen Gebäudes.

Und der Riese wuchs noch immer! Er schien aus den Tiefen der Erde zu wachsen, und alle vier Köpfe des Vierfachen Gottes versuchten, ihn gleichzeitig zu sehen.

Mit einer fast elegant wirkenden Bewegung, wenn man seine unglaubliche Größe in Betracht zog – und ermöglicht durch einen Einfall Eadwils –, hob der Koloß drohend seine Arme. Vom Standort der Männer von Acromel aus waren die dünnen Seidenschnüre, die diese Bewegung bewirkten, nicht auszumachen.

Und dann sprach dieses Machwerk aus aufgeblasenen Weinschläuchen und gewachstem Tuch, das von heißer Luft aufrechtgehalten wurde, mit den massierten Stimmen aller Bürger von Ryovora, und es klang wie ein niederstürzender Wasserfall.

»Geh!« sagte das Monstrum mit schrecklich drohender Stimme.

Und der Vierfache Gott sprengte seine Fesseln, zertrampelte die Männer mit den Fackeln und floh.

Nur einmal wurde seine panikartige Flucht unterbrochen, bevor er sein vertrautes Heiligtum, den Tempel von Acromel, erreichte. Das war, als ein hagerer Mann, der wie eine Vogelscheuche aussah, ihm in den Weg lief und ihm befahl, umzukehren, mit einer Stimme, die dünn und krächzend klang, jedoch tiefe Spalten in der Erde aufklaffen ließ und seltsame Farberscheinungen vor dem Blau des Himmels hervorrief.

Der Vierfache Gott zertrampelte den Störenfried mit dreien seiner acht massigen Beine, und es blieb nichts zurück als ein schmieriger Fleck, wie von einem zertretenen Insekt.

Triumphierend stürmten die Männer von Ryovora den fliehenden Acromelern nach und richteten unter den Nachzüglern mit ihren provisorischen Waffen ein beträchtliches Blutbad an. Einer der eifrigsten von ihnen war Brim, der Schmied, der jedoch mehr Atem darauf verschwendete, das Lob seiner eigenen Klugheit und Voraussicht hinauszuschreien, als für seine Bemühungen, die fliehenden Feinde einzuholen.

Doch einige der Männer, die von Anfang an nicht bereit gewesen waren, Bernard Brown als einen für sie bestimmten Gott zu akzeptieren, sammelten sich um Brim und nahmen ihn in ihre Mitte. »Unsinn!« sagten sie nachdrücklich. »Wenn wir nicht durch Narren wie dich von unserem gewohnten Vertrauen in logisches Denken fortgelockt worden wären, hätten auch wir erkannt, was er gesehen hat, und das getan, was er geraten hat.«

Und dann fielen sie über Brim her und führten ihm das Ausmaß seiner Dummheit so nachdrücklich vor Augen, daß er diese Lehre mit Sicherheit niemals vergessen würde. Nachdem das erledigt und die Armee des Gegners in wilder Flucht nach Acromel zurückgetrieben worden war, kehrten sie befriedigt in ihre Häuser zurück. Zu der Zeit hatte sich die düster-blaue Aura, die so viele Wochen lang über der Stadt gehangen hatte, völlig aufgelöst, und die Freude darüber ließ sie Bernard Brown vergessen.

Der Markgraf und die Mitglieder seines Rates versammelten sich wieder im Motten-Garten, und die Bürger begannen die Opfergaben zurückzuholen, die sie auf Bernards Altar gelegt hatten und füllten sich die Bäuche damit. Der Adel hatte jedoch nach wie vor ernste Probleme zu bewältigen, und bei der nächsten Sitzung des Rates kam Eadwil auf das dringendste zu sprechen.

»Ich glaube, meine Damen und Herren«, sagte er, »daß das Zeitalter der Zauberei zu Ende geht.«

Der Markgraf nickte. Und auch mehrere andere. Einige von ihnen warfen einen raschen Blick zu dem Platz am unteren Ende des Tisches, der – wenn auch nur für sehr kurze Zeit – Tyllwin gehört hatte.

»Wir wollen es einmal so betrachten«, sagte Eadwil nachdenklich. »Seiner Natur nach ist Zauberei – oder Magie, oder wie immer man es nennen will – ein Überbleibsel des Chaos, das, wie wir wissen, vor der Zeit geherrscht hat. Doch die Prägung dieses Chaos verschwindet aus der Welt. Die Konfusion, die der

Grund dafür ist, daß Idole zum Leben erwachen, Elementare sich in Gewitterwolken personifizieren, Menschen sich mit Tieren verbinden, und Geister aus dem Feuer und aus dem Wasser sprechen, wird nach und nach von der gleichen harten Logik unterworfen, auf die wir in Ryovora uns traditionell stützen.«

»Gut gesagt«, applaudierte der Markgraf. Eadwil warf ihm einen raschen Blick zu und fuhr fort.

»Manuus ist – war – ob als Tyllwin oder er selbst, ein Meister des Chaos, so wie auch wir in einem geringeren Ausmaß. Doch als größter Meister von allen hat sich ein simpler Fremder erwiesen, dem jede Kenntnis der esoterischen Künste abgeht. Kollegen und Freunde, die Magie gehört der Vergangenheit an. Rationalität und Logik werden die Zukunft regieren!«

Er blickte unter den Tisch. »Meine Füße, sollte ich vielleicht hinzufügen, haben nicht mehr geglüht, seit ich zu dieser Schlußfolgerung gelangt bin. Also halte ich es für richtig, die notwendigen Schritte zu unternehmen, um auch die anderen nachteiligen Konsequenzen, die ich für die Beherrschung der Magie auf mich nehmen mußte, zu beseitigen. Entschuldigt mich.«

Er sprang auf und folgte leichten Fußes einem gutgewachsenen Mädchen, das einen Korb voller Früchte für das Festmahl brachte, das die Bürger vorbereiteten.

Ein anderer, der sich im Motten-Garten befand, war der schwarzgekleidete Wanderer, dessen Gesicht sich zu einem befriedigten Lächeln verzog, als er die Worte Eadwils hörte. Er brauchte nun nicht länger hierzubleiben und zuzuhören.

Auf derselben Anhöhe, von der aus der Sprecher der Armee Acromels seine Herausforderung verkündet hatte, saß jetzt Bernard Brown, das Kinn in die Hände gestützt, und starrte düster vor sich hin. Sein dumpfes Brüten wurde unterbrochen, als ihm plötzlich die Gegenwart eines Mannes bewußt wurde, der ihm kein Fremder war und auf seinen außergewöhnlichen Stab gestützt vor ihm stand.

»Ich habe Euch schon einmal getroffen«, sagte Bernard langsam. »Wer seid Ihr?«

Der Schwarzgekleidete lachte leise. »Ich bin der, dem der

Auftrag erteilt wurde, in diesem Teil des Universums Ordnung aus dem Chaos zu schaffen«, antwortete er. »Und wer bist du?«

»Ich bin mir dessen nicht mehr ganz sicher«, gab Bernard nach einer kurzen Pause zu. »Bis vor kurzem glaubte ich Bernard Brown zu sein, und der war ein recht normaler, durchschnittlicher Mensch. Aber während der vergangenen Tage haben mir die Menschen immer wieder eingeredet, daß ich ein Gott sei, und zwar solange, daß sie mich fast davon überzeugt haben.«

Der Schwarzgekleidete schnalzte mit der Zunge. »Ich fürchte, das stimmt nicht«, sagte er. »Und da ich dafür verantwortlich bin, daß du in diese Geschichte hineingezogen worden bist, sollte ich dir einiges erklären.«

Er setzte sich neben Bernard auf den Boden und deutete mit seinem Stab. Unweit von ihnen zerteilten sich Bodennebel, die über einer hübschen Wiese hingen und gaben den Blick auf eine Burgruine frei, aus deren Trümmern leichte Rauchwolken aufstiegen.

»Ein Zauberer namens Manuus hat dort gewohnt«, sagte er. »Ein Mann, der sozusagen ein persönliches Interesse an der Aufrechterhaltung des Chaos hatte, das früher das gesamte Universum beherrschte. Etwas wie *dieses*.«

Wieder machte er eine Geste mit seinem Stab, und aus einem Berg, der etwa eine Meile diesseits von Acromel lag, starrten . . . ein Paar gelbe Augen. Nur wenige Sekunden lang, doch der Ausdruck, der in diesen Augen lag, war so unbeschreiblich, daß Bernard einen kalten Schauer über seinen Rücken rinnen fühlte.

»Wo bin ich?« fragte er. »Oder sollte ich lieber fragen: *wann* bin ich?«

»Keins von beiden. Wir sprechen von einem Grenzland zwischen dem Chaos, das in der Ewigkeit existiert, und der Vernunft, die in der Zeit existiert. In diesem Augenblick ist das Gleichgewicht gestört, doch es pendelt sich Stück um Stück wieder ein, und du bist dabei eine unschätzbare Hilfe gewesen.«

»Das verstehe ich nicht.«

»Das spielt keine Rolle. Wenn du die Natur des Chaos verstehen würdest – und da die Menschen nun einmal so sind, wie sie sind –, wärst du arrogant genug, dir zu wünschen, es ausbeuten zu können. Das ist es doch, was diese eitlen Zauberer tun: sie nutzen die Kräfte des Chaos zu ihrem eigenen Vorteil. Also ist eine Bezwingung des Chaos durch die Vernunft logischerweise die Grundlage einer dauerhaften Ordnung. Und das führt seinerseits dazu, daß die Herrschaft des Chaos endgültig gebrochen wird.«

Bernards Gesichtsausdruck verriet plötzliches Begreifen. »Ich verstehe!« rief er. »Mit anderen Worten, diese Zauberer, oder was immer sie sein mögen, zerstören notwendigerweise das, was sie vor allem zu erhalten suchen, indem sie es der Rationalität unterstellen.«

»Du hast sehr gut begriffen«, sagte der Reisende in Schwarz.

»Und Eure Aufgabe ist es, dafür zu sorgen, daß alles so geschieht, wie es geschehen soll.«

»So kann man es ausdrücken. Ja.«

»Hmmm.« Bernard fuhr mit der Hand übers Kinn. »Das ist sicher ein harter Job! Wer hat ihn Euch aufgehalst, wenn ich da fragen darf?«

»Das darfst du nicht. Tut mir leid.« Der entschiedene Tonfall sagte Bernard, daß diese Antwort endgültig war. Doch folgte den Worten ein leises, amüsiertes Lachen. Dieser Mann in Schwarz war wirklich ein netter Kerl, sagte sich Bernard. Da war noch eine andere Frage, die er ihm stellen wollte, und nach einigem Nachdenken fiel sie ihm wieder ein.

»Aber ich darf Euch sicher fragen, was *ich* dazu beigetragen habe?«

»Das ja. Du mußt verstehen, daß in Ryovora große Unzufriedenheit herrschte, so lange die Menschen das Gefühl hatten, unbedingt einen Gott haben zu müssen. Also gab ich ihnen einen – sozusagen. Und dadurch kamen sie zu der Erkenntnis, daß ihr Gott nichts für sie getan hatte, was sie nicht selbst erreicht haben könnten, wenn sie nur ihren Verstand gebraucht hätten. Meine Anerkennung, übrigens, für die elegante Art, mit der du ihnen das demonstriert hast.«

»Ich hatte eine Heidenangst«, gestand Bernard.

»Aber trotzdem hast du einen klaren Kopf behalten und dich nicht allein von Masse beeindrucken lassen. Das Universum ist ein gewaltiger Raum, und es gibt viele Winkel, wo noch immer das Chaos herrscht. Deshalb ist dein Verhalten etwas, das anderen eingeschärft werden sollte.«

Bernard dachte eine Weile darüber nach. Schließlich schüttelte er den Kopf und seufzte. »Ich glaube noch immer, daß ich träume«, sagte er. »Ich kann nicht ein Wort von dem glauben, was Ihr mir gesagt habt.«

»Ich gratuliere – und ich danke dir«, sagte der Reisende in Schwarz trocken. »Daß du so etwas in vollem Ernst sagen kannst, gibt mir die Gewißheit meines Erfolges. – Aber manchmal scheint er noch sehr weit entfernt . . .«

»Und was – wenn dies die richtige Art ist, es auszudrücken – wird dann geschehen?«

»Das weiß ich nicht«, sagte der Wanderer. »Und was geht es mich auch an? Ich muß meinen Auftrag zu Ende führen, das ist alles. Und da du den deinen ausgeführt hast . . .«

Als er allein war, stand der Wanderer noch eine Weile auf der Anhöhe und starrte zu der Ruine von Manuus' Burg hinüber.

Chaos.

Er hatte es vernichtet. Da Manuus' Kräfte die Burg nicht mehr zusammenhielten, verging sie. An ihrer Stelle wuchs bereits Gras, grün und ordentlich.

Der Wanderer wünschte, daß Bernard ihm seine letzte Frage nicht gestellt hätte. Sie bedrückte ihn. Hin und wieder bedauerte er, daß es unvermeidbar war, irgendwann eine Antwort darauf finden zu müssen.

Doch es lag nicht in seiner Natur – und er besaß nur eine –, irgend etwas ungeschehen machen zu wollen, was er getan hatte. Und deshalb rückte dieser letzte Augenblick unaufhaltsam näher.

Er zuckte die Achseln – und niemand stand mehr auf der Anhöhe vor den Mauern von Ryovora, wo die Menschen jetzt ein großes Fest feierten.

ZWEI

Zerbrich die Höllenpforte

»Ich werde die Höllenpforte zerbrechen und ihre Riegel zerschlagen; ich werde die Toten heraufbringen, um mit den Lebenden zu speisen, und die Zahl der Lebenden wird gering sein angesichts ihrer Legionen.«

– Das Gilgamesch-Epos

1

Die Zeit war nach Ryovora gekommen.

Der Reisende in Schwarz dachte über diese Tatsache nach, während er auf dem Hügel stand, in dem er Laprivan eingekerkert hatte, vor mehr Äonen, als man zählen konnte. Er stand auf seinen Lichtstab gestützt und versuchte, ein Erschauern zu unterdrücken. Wenn er auch nur eine einzige Natur besaß, was einmalig im Universum war, so bewahrte sie ihn doch nicht davor, sich Sorgen um die Zukunft zu machen; Allwissenheit gehörte nicht zu seinen Gaben.

Die Zeit war zu der großen Stadt gekommen: die Zeit, in der Ordnung und Logik und rationales Denken existieren konnten. Und dadurch war sie jetzt für immer aus seiner Domäne entfernt worden, war sie verschwunden aus dem Grenzland des Chaos, das in der Zeitlosigkeit der Ewigkeit lag.

Die Aufgabe, für die seine eine Natur ihn am besten geeignet machte, war, Ordnung zu schaffen; deshalb sollte man erwarten, daß er jetzt die Befriedigung spürte, die eine erfolgreich abgeschlossene Arbeit hervorruft, oder wenigstens etwas Freude. Doch das war nicht der Fall, und dafür gab es zwei sehr gewichtige Gründe, und einen dritten, über den er lieber nicht nachdachte.

Der erste und drückendste war, daß er seinen Auftrag zu Ende führen mußte; der Zeitplan seiner Reisen ergab sich aus der Konjunktion von vier hervorstechenden Planeten, und er war wieder unterwegs, um den Teil des Alls zu kontrollieren, der ihm zugewiesen worden war. Und er hatte sich daran gewöhnt, seine Inspektionsreisen in Ryovora abzuschließen. Immer wieder hatte er sich vorgenommen, diese Gewohnheit abzustellen, hatte es jedoch niemals getan, und die Erkenntnis, daß Ryovora jetzt anderswo lag, hatte etwas Bedrückendes.

Der zweite Grund war nicht bedrückend! Er war alarmierend, verwirrend, unvorstellbar, unmöglich.

»Kurz gesagt«, sagte der Reisende in Schwarz zu der klaren Luft, »so etwas ist noch nie dagewesen.«

Im Grenzland des Chaos war eine andere Stadt aufgetaucht, und sie wies deutliche Spuren der Zeit auf.

Wie war das möglich? War sie von einem Rückstau angeschwemmt worden, dessen Strömung der des universalen Trends zuwiderlief, so daß Vernunft und Logik der unverläßlichen Herrschaft des Zufalls wichen? Möglicherweise. Doch die Art, wie so ein Rückstau zustande gekommen sein mochte, schien unbegreiflich. Dazu bedurfte es eines mächtigen Zaubers, und im Griff der Zeit war Zauberei unmöglich.

»Ein Widerspruch in sich!« rief der Reisende; er sprach den Gedanken laut aus, um sich von dem dritten und am wenigsten erträglichen Grund seiner Trauer über den Verlust von Ryovora abzulenken. Ihm war bekannt, daß nach Abschluß seiner Arbeit alle Dinge nur noch eine Natur haben würden; und dann würden sie in das Ursprüngliche All aufgesogen werden, in dem die Zeit stillstehen mußte. Und hinter diesem Punkt . . .

Er blickte auf der Hügelkuppe umher. Wie immer tanzten zwischen den spärlichen, graublätterigen Büschen kleine Windhosen und löschten die Spuren aus, die seine Schritte im Sand hinterlassen hatten. Er hob seinen Stab und schlug mit ihm gegen einen Stein; einmal, zweimal, und noch einmal.

Beim dritten Schlag erhob sich der Elementar Laprivan von

den Gelben Augen in seinem unterirdischen Kerker, und breite Risse klafften im Boden auf. Und aus diesen Rissen dröhnte eine Stimme, deren Gewalt das Firmament erzittern ließ.

»Laß mich in Ruhe!«

»Was weißt du von der Stadt, die dort drüben steht?« fragte der Reisende in Schwarz.

»Nichts«, antwortete Laprivan mürrisch.

»Nichts? Das sagst du doch nur, um dir die Mühe des Erinnerns zu ersparen! Soll ich dich dorthin schicken, wo Ryovora jetzt ist, in die Domäne der Zeit? Dort lassen sich Erinnerungen nicht einfach mit wirbelndem Staub auslöschen.«

Der ganze Hügel erbebte, und über den anderen Hang prasselte eine Steinlawine zu Tal. Die Stimme stöhnte: »Was soll ich von der Stadt dort drüben wissen? Niemand aus dieser Stadt ist jemals hierhergekommen.«

»Schade«, sagte der Reisende nachdenklich. »Sehr schade.«

Danach schwieg er eine lange Zeit, bis der Elementar flehte: »Laß mich in Ruhe! Laß mich alle Spuren von der Tafel des Gestern löschen!«

»Wie du es wünschst, so soll es sein«, sagte der Reisende zerstreut, und klopfte wieder mit seinem Stab auf den Stein. Die Risse im Boden schlossen sich, und die kleinen Windhosen nahmen ihren Tanz wieder auf.

Ohne davon Notiz zu nehmen, blickte der schwarzgekleidete Wanderer über die weite, grüne Fläche des Tals hinweg. Dort lag die Stadt im hellen Licht der Mittagssonne, wie ein abgenutztes Spielzeug, das von einem Riesenkind weggeworfen worden war. Überall entdeckte man die ruinösen Spuren der Zeit, deren Zahn alles benagt, das aus Stein oder Ziegel oder Metall ist. Es war einmal eine schöne und reiche Stadt gewesen, das war klar zu erkennen; die Torflügel in ihren Mauern waren aus Eiche und Bronze gefertigt – doch die Bronze war jetzt mit Grünspan bedeckt; ihre Türme waren aus Silber und Goldbronze – doch ihr heller Glanz wurde von grauen Nebeln überzogen, die wie faulige Gase eines Sumpfes wirkten; ihre Straßen waren breit und mit Marmorplatten belegt – doch diese Platten waren von den Wurzeln wildwuchernder Pflanzen emporgedrückt worden, und hier und da hatten sich in den Vertiefungen Pfützen gesammelt, in denen Algen und Mückenlarven wimmelten.

Aus der Zeit und in das Chaos. Es war fast unglaublich.

Schließlich atmete der Wanderer tief durch. Ihm blieb keine andere Wahl, erkannte er, als seinen Weg fortzusetzen, wie es ihm aufgetragen worden war, und zum Abschluß nicht zu dem vertrauten Ryovora zu kommen, sondern zu diesem Rätsel, das ihm das Schicksal in den Weg gestellt hatte, und von dem nichts Gutes zu erwarten war.

Die Sorge trieb ihn voran, doch nach und nach wurde sie durch Erleichterung gemildert; Erleichterung darüber, daß Acromel nach wie vor an seinem alten Platz stand, wenn auch etwas verändert; daß die Menschen noch immer im Taxhling-See fischten, wenn die Sterne richtig standen, und daß der Fluß Metamorphia den See wie zuvor mit seltsamen, nicht gezeugten Kreaturen füllte – all das wirkte erleichternd auf ihn, war ihm ein Beweis dafür, daß das Gleichgewicht des Kosmos nach wie vor bestand.

Und an diesen Orten, und an vielen, vielen anderen, tat er, was er auf dieser wie auf allen anderen Reisen tun mußte, und wie es von ihm verlangt wurde.

Eine einsame Hütte stand auf dem Rand einer Felsklippe über einer Bergwiese in einem Land, das Eyneran genannt wurde. Als er dort Rast machte, um eine Brotkruste oder eine Schüssel Schafsmilch von der Herde, die weit entfernt wie hochfliegende Wolken auf den Hochweiden grasten, zu erbitten, öffnete ihm eine verängstigt aussehende Frau die schief in den Angeln hängende Tür der Hütte und beantwortete seine Bitte mit einem schweigenden Kopfschütteln.

Sie hatte ein zerfurchtes Gesicht und war über ihre Jahre hinaus gealtert; doch die Hütte war solide gebaut, ein appetitlicher Duft hing in der Luft, und der saubere Boden und die vielen Kupfertöpfe paßten irgenwie nicht zu ihrem zerschlissenen Rock und ihren nackten Füßen. Er wartete. Kurz darauf ertönte Rufen – in der Stimmlage eines Mannes, doch mit der quengeligen Ungeduld eines Kindes.

»Mutter! Komm her! Der Topf kocht über! Wo bleibst du, du faule Sau?«

»Mintra«, flüsterte die Frau, und das Geräusch nackter Füße verkündete die Ankunft eines Mädchens, etwa zwölf Jahre alt, das in den anderen Raum ging, um sich um den Topf zu kümmern.

Wieder ein Schrei, noch lauter: »Mutter! Ich habe dir doch gesagt, daß du herkommen sollst! Minta kann den Topf nicht heben, wenn er voll ist, du verblödetes Knochengerippe!«

»Ich kann dir nichts zu essen geben«, sagte die Frau zu dem Wanderer. »Alles, was wir haben, ist für meinen Sohn.«

Der Wanderer nickte, wartete jedoch noch immer. Schließlich, keuchend und ächzend, erschien der Sohn, fett und aufgeschwemmt, in einem Anzug aus kostbarem mit Goldfäden bestickten Samt, der jedoch mit Essensresten bekleckert war. Der Junge war so groß, daß sein Schädel fast das Dach berührte, doch so vollgefressen, daß selbst der simple Vorgang, sich aufrecht zu halten, ihn außer Atem kommen ließ. Seine Faust, so groß wie ein Schinken, traf seine Mutter an den Hinterkopf.

»Warum verreckst du nicht, du faule Sau?« brüllte er.

»Das wäre eine Erlösung«, wimmerte die Frau. »Und ich würde mir von eigener Hand das Leben nehmen, wenn ich nicht das einzige wäre, das zwischen dir und Mintra steht! Wenn ich tot bin, wirst du sie als deine Metze nehmen, ob Schwester oder nicht!«

»Und wäre sie nicht ein Schmuckstück für mein Bett?« kicherte der Sohn mit einem bösen Grinsen, und seine Zunge, so dick wie die eines Ochsen, fuhr genüßlich über seine Lippen.

»Wie du es willst«, sagte der Wanderer, »so soll es sein.« Und er schlug mit seinem Stab gegen die Tür und ging.

In dieser Nacht drang die Pest von einer Nebelwolke auf dem Berg lautlos in die Hütte ein und nahm die Mutter, wie ihr Sohn es gewünscht hatte; dann floh das Mädchen Mintra den Hügel hinab, und der vom Fieber geschüttelte Vielfraß verfolgte sie, und rief ihren Namen unter den Schafen, bis sein plumper, schwerer Fuß einen Stein lostrat und er in einen Abgrund stürzte, als Futter für die Raben.

In der reichen Stadt Gryte verfluchte ein Dieb die Kürze der

Sommernächte, die seinen Plan vereitelt hatten, in das Geschäft eines Händlers einzubrechen.

»Oh, daß ich nie wieder die Dämmerung sehen müßte!« schrie er. »Oh, daß es immer dunkel wäre, damit ich meinem Gewerbe nachgehen kann!«

»Wie du es willst, so soll es sein«, sagte der Wanderer. Und die Dunkelheit kam; zwei graue Katarakte wuchsen aus seinen Augen und nahmen ihm für immer das Licht.

Genauso traf er in Medham auf einen Gauner, der versuchte, eine Dame zu verführen, die befürchtete, daß ihr Charme mit der Zunahme ihrer Jahre verloren ginge, um sich so in den Besitz des Goldes zu setzen, das sie in ihrer Kammer versteckt hielt. »Ich liebe dich!« erklärte dieser glattzüngige Betrüger. »Ich würde dich auch heiraten, wenn du in Lumpen gekleidet gingst und in einer armseligen Hütte lebtest!«

»Wie du es willst, so soll es sein«, sagte der Wanderer, und kurz darauf kamen Büttel die Straße herab und erklärten der Dame, daß all ihr Besitz eingezogen würde, um die Schuld eines anderen zu bezahlen, für die sie gebürgt hatte. Woraufhin der Mann sofort Fersengeld gab und verschwand. Wenn er nur ein wenig länger geblieben wäre, hätte er gesehen, daß wenig später ein Magistrat erschien, um der Dame mitzuteilen, daß es sich nur um ein Versehen handle, da die Schuld längst beglichen sei.

Und in Wocrahin begegnete er einem Kerl, der am Markttag die Straße entlangtorkelte, Kinder mit Ohrfeigen aus seinem Weg schlug, und Frauen mit der flachen Klinge seines Schwerts. »Oh, daß mein Weg doch nie von so einem Gesindel versperrt wäre!« rief er, als er den Wanderer mit der Schulter beiseite stieß.

»Wie du es willst, so soll es sein«, sagte der Wanderer, und als der Mann um eine Straßenecke bog, war sein Weg menschenleer unter einem bleiernen Himmel: niemand war auf der Straße, niemand in den Häusern zu beiden Seiten, niemand in den Tavernen, den Läden. Und nie wieder in seinem ganzen Leben mußte er irgendein Gesindel beiseite stoßen, das er so verflucht hatte. Er war allein, verflucht allein.

Dies war jedoch nicht alles, was der Wanderer tat, als er innerhalb seines Reiches von einem Ort zum anderen zog. In Kanish-Kulya hatten sie eine hohe Mauer errichtet, um die Leute von Kanish und die Leute von Kulya auseinanderzuhalten, und von jeder Seite dieser Mauer grinsten die Totenschädel der Männer herab, die in einem Krieg erschlagen worden waren, dessen Grund längst in Vergessenheit geraten war. An diesem seltsamen und bedrückenden Ort saß Fegrim unter einem Vulkan gefangen; im Schatten des Vulkankegels rastete der Wanderer und führte ein langes, ernstes Gespräch mit diesem Elementar, und als er es zu Ende gebracht hatte, war das Land im Umkreis von einer Meile mit Asche bdeckt, die so fein und so hell wie Glühwürmchen war.

Bei Ganders Quelle saß Yorbeth, als ein großer Baum verkleidet, dessen Hauptwurzel zu einem unterirdischen Wasserlauf hinabführte, und dessen Äste, von diesem wunderbaren Wasser genährt, Blätter und Früchte hervorbrachten, wie man sie noch nie unter irgendeiner Sonne gesehen hatte. Der Wanderer verbrachte eine Stunde im Schatten dieses Baums, und nachdem er ein paar Fragen gestellt hatte, drängte der Baum ihm einen seiner rotbelaubten Zweige auf; später fing der Wanderer eine Katze, und mit diesen beiden führte er eine bestimmte Zeremonie durch – ein Preis, den er schweren Herzens zahlte, denn er hatte bei seiner Befragung kaum etwas von Bedeutung erfahren.

Ebenso sprach er mit Farchgrind, und in Leppersley warf er die Knöchelchen eines Mädchenfußes, um die Runen zu lesen, die sie bildeten, und nach großem Mühen kerkerte er Wolpec in eine Kerze ein, über deren Flamme er ein Stück Glas schwärzte, das daraufhin drei Wahrheiten zeigte; die eine war unerklärlich, die zweite unbewiesen, die dritte unverständlich. Das geschah in Tec, als sich seine Reise ihrem Ende näherte.

So gelangte er nach Barbizond, wo immer ein Regenbogen am Himmel stand, weil das Lichtwesen Sardhin in einer Gewitterwolke, mit Blitzen gefesselt, gefangen saß. Jetzt standen ihm drei Möglichkeiten offen: er konnte Sardhin befreien und mit ihm sprechen, dann würde von hier bis zu allen Horizonten nichts bleiben als er, der Elementar, und Dinge, die von Natur aus hell waren, wie Juwelen, oder Feuer, oder die Klinge eines scharfen Messers; oder er konnte das tun, was er schon einmal unter ähnlichen Umständen getan hatte: einen Zauberer aufsuchen und sich der Kräfte bedienen, die zu weit im Territorium des nackten Chaos lagen, um seiner Natur zu entsprechen; oder, letztlich, er könnte einfach weiterziehen und ohne sich vorher zu informieren in die ihm fremde Stadt gehen und ihrer Herausforderung ohne den Schutz von Wissen gegenübertreten.

Ihm blieb jedoch noch ein wenig Zeit, bevor er zu einem nicht wieder rückgängig zu machenden Entschluß kommen mußte. Als er nach Barbizond kam, ging er eine schöne, breite Avenue entlang, die abwechselnd von Zitronenbäumen und Platanen gesäumt wurde und zu einem stahlblauen Tempel führte. Dort stand der Altar von Hnua-Threl, der auch Sardhin war, wenn es ihm so paßte; die Menschen beschworen ihn durch einen täglich abgehaltenen Zweikampf vor dem Altar. Sie waren nicht gerade freundliche Menschen, die Bürger von Barbizond, doch waren sie hochgewachsen und gutaussehend, und sie starben – bei Kämpfen, durch das Messer eines Attentäters, oder durch eigene Hand – mit Würde.

Es war kürzlich einer von ihnen gestorben, erkannte der Reisende in Schwarz, denn eine Trauerprozession bewegte sich die Straße entlang auf das Stadttor zu. Auf einem hochräderigen Karren, der von Affen in Messinggeschirren gezogen wurde, lag eine mit Folien aus Blei, Gold und gewebten Blättern umwickelte Leiche; eine Anzahl von Männern schlug Gongs, andere bliesen eine langsame, triste Melodie auf Flöten, die nicht länger waren als ein Finger; acht Sklavinnen, bis zur Hüfte nackt, marschierten hinter dem Karren durch den unaufhörlich niedergehenden warmen Regen; und als letztes folgte eine Gruppe von Trauergästen, deren Verhalten zumeist dem Anlaß angepaßt war.

Einer, der den erforderlichen Ernst vermissen ließ, war ein fetter, fröhlicher Mann, auf dessen Schultern zwei kleine Jungen hockten und um die Krempe seines riesigen Lederhutes herum Verstecken spielten. Der Wanderer starrte diesen Mann, der dem Zug in einigem Abstand folgte, eine Weile aufmerksam an, bevor er aus seiner Deckung hinter einer der Platanen hervortrat und ihn ansprach.

»Verzeihung, Sir, aber seid Ihr nicht Eadwil?«

»Der bin ich«, antwortete der fette Mann, dem es mehr als recht zu sein schien, zurückzubleiben und den Trauerzug ohne seine Mitwirkung zum Friedhof ziehen zu lassen. »Kenne ich dich?«

»Vielleicht nicht«, sagte der Reisende in Schwarz. »Doch ich kenne dich. Ich habe nicht erwartet, dich hier zu treffen; du warst früher einer der führenden Händler-Zauberer von Ryovora.«

»Das war vor einer langen, langen Zeit«, sagte Eadwil mit einem schiefen Lächeln. Die beiden Kinder auf seinen Schultern kicherten, und eins von ihnen griff nach dem Stab des Wanderers, verlor dabei fast das Gleichgewicht und richtete sich mit Hilfe von Eadwils weicher, brauner Hand wieder auf.

»Darf ich fragen, was der Grund für deinen Umzug in eine andere Stadt war?« fragte der Wanderer.

»Mein Berufswechsel.« Eadwil zuckte die Achseln und brachte dabei wieder den lebhafteren der beiden Jungen aus dem Gleichgewicht. »Du sprachst von mir als einem Händler-Zauberer, und das war ich auch! Doch als der Beschluß gefaßt wurde – vor vielen, vielen Jahren –, daß Ryovora von der Vernunft regiert werden und alle Beschwörungen aufhören sollten, hatte das natürlich gewisse Konsequenzen. Was mich betrifft, so habe ich das nie bedauert; es lag ein Bann auf mir, durch den meine Füße rotglühend wurden, wenn ich auch nur ein paar Schritte ging; jetzt führt ein langer Marsch, wie der heutige, schlimmstenfalls zu ein paar Blasen. Und auch meine Enkel – wollt ihr wohl endlich Ruhe geben! –, sie wären nie geboren worden, wenn ich noch dem anderen, weitaus ernsthafteren Bann unterworfen wäre, mit dem ich mir meine Kräfte erkauft habe.« Er fuhr mit seinen großen Händen zärtlich über die Rücken der beiden Jungen, und sie zogen ihm dafür die Ohren lang.

Es war alles so, wie er es gesagt hatte, erkannte der Wanderer. Sogar sein Bartwuchs war zurückgegangen, weil er diesen Handel abgeschlossen hatte, auf dem seine magischen Kräfte begründet waren.

»So kam das Ende meines Herbeizauberns von Seiden und

Gewürzen, von seltenen Weinen und exotischen Parfüms!« Eadwil schob die Unterlippe vor. »Und es gab in Ryovora eine ganze Reihe von Menschen, muß ich zugeben, die das Ausbleiben dieser Luxuswaren bedauerten und uns abgedankten Zauberern vorwarfen, sie – hm! – zu betrügen. Das ist der Grund, warum ich damals nach Barbizond gezogen bin. Es ist eine schöne Stadt, auf ihre Art, und wenn auch manche der Bräuche und Sitten nicht ganz nach meinem Geschmack sein mögen, zumindest haben sie hier einige Dutzend eigene Zauberer, so daß mich niemand damit belästigt, irgendwelche Magie zu betreiben . . . Hast du Neuigkeiten aus Ryovora? Mir fällt gerade ein, daß ich seit langem nichts von meiner alten Heimat gehört habe.«

Der Wanderer schüttelte den Kopf und lächelte bedauernd. »Es ist eine ganze Weile her, daß ich zum letztenmal meinen Fuß in diese Stadt gesetzt habe. Offen gestanden hatte ich gehofft, daß du mir gewisse Informationen geben könntest, anstatt umgekehrt.«

Eadwil machte ein bekümmertes Gesicht, weil er diese Hoffnung nicht erfüllen konnte, und dann wurde einer der beiden Jungen ungeduldig und zerrte ihn an den Haaren.

»Nach Hause?« fragte sein Großvater und lachte gutmütig. »Also gut. – Der alte Harpentile wird uns bei seiner Beerdigung sicher nicht vermissen. Guten Tag, Sir«, setzte er mit einem leichten Kopfnicken hinzu. »Es war mir ein Vergnügen, unsere Bekanntschaft zu erneuern, und ich hoffe, daß du jemanden findest, der dir die gewünschten Auskünfte geben kann, bei denen ich dir nicht helfen konnte.«

»Wie du es wünschst, so soll es sein«, murmelte der Wanderer fast unhörbar, und ein schwerer Stein schien von seinem Herzen genommen zu sein.

2

Nachdem das erledigt war, blieb ihm nichts weiter zu tun, als zu warten, bis das Schicksal seinen Lauf genommen hatte. Der Wanderer setzte sich auf einen Stuhl einer Straßen-Taverne. Die Ellbogen auf die grüne Tischplatte gestützt und unter einem rosafarbenen Schirm vor dem Regen geschützt, musterte er die vorübergehenden Menschen und fragte sich, in welcher Gestalt sein Helfer erscheinen würde.

Die Avenue belebte sich, als der Tag sich seinem Ende zuneigte. Reiter in farbigen Jacken und klirrenden Rüstungen zogen an ihm vorbei, Teilnehmer irgendeines Turniers um die Hand einer reichen Erbin; da waren auch Straßenhändler und Wundermacher – kleine Zauberer, die über ein paar simple Tricks verfügten, für die sie sehr teuer bezahlt hatten, wenn man ihre rotangelaufenen Augen, eingefallenen Wangen, ihren hinkenden Gang oder ihre weiblich schrille Stimme dafür als Maßstab setzte. – Kein Wunder, sagte sich der Wanderer, daß Eadwil fand, seine Enkel seien ein besserer Handel.

Auch Frauen waren unter den Vorübergehenden; hochmütige Damen in Begleitung ihrer Dienerinnen; Huren in durchsichtigen Umhängen, die jedoch genug verhüllten, daß man nicht erkennen konnte, ob sie krank waren; Hausfrauen mit Körben voller stinkender Salzfische und duftender Brotlaibe und verschlossenen Gläsern mit Kaulquappen, dem Requisit der beliebtesten Abendunterhaltung in dieser Stadt.

Und auch Kinder, viele von ihnen nackt, nicht aus Armut, sondern weil die Haut unter dem ständig niedergehenden Nieselregen Barbizonds der beste Regenschutz war, andere in pompöser, oft schreiend bunter Kleidung, die dem Geschmack und der Laune ihrer Eltern entsprach: Helme aus riesigen Eierschalen, Mieder aus schuppenartig aneinandergeklebten Blättern, und Hosen, die wie Pflanzenstengel geschnitten waren. Mit rotierenden Windrädern, Spielzeuglanzen, Kreiseln, Reifen und Sprungseilen liefen sie zwischen den Erwachsenen umher und schufen ein fröhliches Durcheinander. Doch es war keine Fröhlichkeit im Herzen des Reisenden in Schwarz, nur dumpfes Abwarten.

Die Stühle an den Tischen der Taverne füllten sich mit Gästen, bis nur noch einer von ihnen frei war: der zweite Stuhl an dem Tisch, an dem der Wanderer wartete. Plötzlich tauchte eine seltsame Gestalt aus der Richtung des Stadttors auf: ein blasser, hagerer Mann, mit strubbeligem Haar und in einem blaßroten Umhang. Er umklammerte einen Beutel mit seiner armseligen Habe so fest wie ein Ertrinkender eine Holzplanke umklammern mochte. Die Zeit hatte tiefe Runen in seine Stirn gegraben, und der Wanderer erkannte auf den ersten Blick, daß dies der Mensch war, auf den er wartete.

Als der Mann die Taverne erreichte, blieb er stehen. Begierig starrte er auf die delikaten Speisen, die vor den Gästen auf den Tischen standen: Schüsseln mit Fruchtmus, in denen silberne Löffel steckten, Karaffen mit duftenden Weinen, knusperige Scheiben von Mondborke, die nur die Zauberer dieser Stadt durch die eisige Weite des Raums bringen konnten, ohne daß sie verdarb. Der Fremde preßte seinen Beutel fest unter den Arm, suchte in seiner Tasche nach Geld und fand nur eine einzige Kupfermünze.

Zögernd trat er auf den Tisch zu, an dem der Reisende in Schwarz saß. »Entschuldigt, Sir«, murmelte er, »kann man mit dieser Münze etwas in dieser Taverne kaufen?« Und er streckte ihm das Kupferstück auf einer zitternden Handfläche entgegen.

Der Wanderer nahm sie und drehte sie zwischen den Fingern, und es gelang ihm kaum, seinen Schock zu verbergen, als er sah, welcher Name auf der Rückseite der Münze eingeschlagen war.

Ys!

Eine Stadt in der Zeit, so groß und berühmt, daß die Kunde von ihr die fließende Grenze des Chaos überwunden hatte; sie war eher eingetroffen als die Menschen, die weitere Kunde von ihr mitbrachten, bis all diese Geschichten bis zur Unglaublichkeit übertrieben wurden, bis sogar Prophezeiungen aufgestellt wurden aufgrund dieser immer wieder zwischen Ewigkeit und Zeit kursierenden Gerüchte.

»Nein?« sagte der Fremde traurig, als er sah, wie lange der Mann in Schwarz auf seine Münze starrte.

»Aber ja!« rief der Wanderer und rieb die Münze leicht zwischen seinen Fingerspitzen. »Aber ja, mein Freund! Ist das nicht Gold, welches jedermann gerne annimmt?«

»Gold?« Der Fremde riß ihm die Münze aus der Hand und hätte in seiner Hast beinahe den schäbigen Beutel fallen lassen. Ungläubig starrte er auf die Münze. Durch grün angelaufenes Kupfer glänzte der warme Gelbton des Edelmetalls.

Ohne weitere Umstände ließ er sich auf den freien Stuhl fallen, und eine Kellnerin trat mit schwingenden Hüften zum Tisch. »Bring mir zu essen und zu trinken!« befahl er und warf die Wundermünze klirrend auf die Tischplatte. »Ich sterbe vor Hunger und bin fast verdurstet – also beeile dich!«

Der Wanderer musterte seinen neuen Bekannten aufmerksam. »Und wie wirst du genannt?« fragte er.

»Jaques von Ys ist mein Name«, sagte der andere seufzend. »Doch um ehrlich zu sein: ich bin nicht mehr sehr stolz darauf, meine Herkunft zu nennen.« — »Und warum nicht?«

»Möchtest du ständig darauf hinweisen, daß du aus einer Stadt voller Narren stammst?«

»Wenn ich es mir genau überlege«, sagte der Wanderer, »sicher nicht.«

»Also!« Jaques fuhr mit seinen langen, knochigen Fingern durch das strubbelige Haar; das Regenwasser hatte versucht, es ein wenig zu glätten, doch dazu würde ein halber Ozean nicht ausreichen. Er war ein hagerer Mann, weder alt noch jung, mit brennenden Augen und einem buschigen Bart.

»Und in welcher Weise sind die Leute von Ys närrisch?« fragte der Wanderer.

»Oh, früher einmal waren sie ein großartiges Volk«, knurrte Jaques. »Und das war die Wurzel des Übels, vermute ich. Einst besaßen wir eine Flotte von tüchtigen Schiffen – und nicht etwa auf einem See, sondern auf dem weiten Ozean, der Mutter der Stürme und der Möwen. Und wir hatten eine Armee, die unsere Handelsstraßen schützte, geschickte Geldwechsler, weise Berater ... ach, Ys gehörte zu den reichsten und schönsten Städten der Welt!«

»Das habe ich mir auch sagen lassen«, stimmte der Wanderer zu.

»Dann sind deine Nachrichten abgestanden, Sir!« Jaques schlug mit der Faust auf den Tisch. »Hör zu! Dann änderte sich plötzlich alles: die Zeiten, das Wetter, die Strömungen des Meeres. Es war zu erwarten, sage *ich*! Hat uns nicht schon Heraklit gelehrt, daß alles fließt? Doch das gute Leben und zuviel Müßiggang hatten den Verstand der Menschen einrosten lassen! Als unsere große Flußmündung versandete, haben sie Bagger gebaut und den Sand abgetragen? Sie haben es *nicht* getan! Als ein Erdrutsch unsere Seidenstraße abschnitt, haben sie Kundschafter ausgeschickt, um einen anderen Weg zu finden? Sie haben es *nicht* getan! Als die langen, harten Winter einsetzten, die die Herbstsaat im Boden erfrieren ließ, haben sie dann Gerste ausgesät, oder den harten, nordischen Hafer? Sie haben es *nicht* getan!«

»Was aber *haben* sie getan?« fragte der Wanderer. »Wenn überhaupt etwas?«

»Zunächst haben sie nur gestöhnt und die Hände gerungen und ihr trauriges Schicksal bejammert; dann, als das nichts nützte und ihre Scheuern davon nicht gefüllt wurden, begingen sie die dümmste aller möglichen Torheiten und suchten Hilfe in der Magie. Ich sehe, daß du die Stirn runzelst, und dazu hast du auch allen Grund, weiß doch alle Welt, daß die Magie eine lächerliche Falle ist, die von bösen Dämonen in den Weg der Menschheit gelegt worden ist.«

Dies war wahrhaftig ein sturer und unaufmerksamer Bursche; obwohl seine Finger die Münze umklammerten, die durch reine Magie – und nicht von der Art ländlicher Hausmittel-Zauberei – von Kupfer zu Gold verwandelt worden war, konnte er solche Worte machen. Er würde die Domäne, in der es sich jetzt befand, bestimmt nicht gutheißen. Aber das ließ sich nun einmal nicht ändern.

»Und welchen Zweck hatten ihre Versuche in der . . . ah . . . Magie?« fragte der Wanderer.

»Sie sollten die großen Zeiten der Vergangenheit zurückbringen, ob du es glaubst oder nicht«, sagte Jaques mit majestätischer Verachtung, und sofort nach dem letzten Wort schob er einen großen Löffel voll Essen in den Mund, das die Kellnerin vor ihn hingestellt hatte.

Während er seinen Hunger stillte, dachte der Wanderer über

seine Mitteilungen nach. Ja, solche Ereignisse, wie Jaques sie beschrieben hatte, wären eine Erklärung für das Paradoxon, daß Ys entgegen dem kosmischen Trend die Zeit gegen die Ewigkeit und die mit ihr verbundene Konfusion eingetauscht hatte. Doch mußte bei einer sehr großen Anzahl von Menschen eine große Bereitschaft, ja geradezu ein Gelüst dafür vorhanden gewesen sein, um einen solchen Wechsel hervorbringen zu können; es mußte eine allgemeine Verbohrtheit von einem noch nie gekannten Ausmaß in dieser Stadt geherrscht haben. Als der Wanderer zu diesem Schluß gekommen war, wurde sein Gesicht sehr ernst.

Er griff nach seinem Stab und erhob sich. Jaques blickte mit vollen Backen kauend zu ihm auf. Nachdem er hastig hinuntergeschluckt hatte, sagte er: »Habe ich dich bei deinen Meditationen gestört? Wenn ja, bitte ich um . . .«

»Nein, nein. Du hast mich lediglich daran erinnert, daß ich noch etwas zu erledigen habe. Deine Beschreibung der Leute von Ys ist völlig zutreffend. Es sind wirklich Narren. Also, wenn ich dir einen Rat geben darf, geh nicht in diese Stadt zurück!«

»Wohin sonst soll ich dann gehen?« rief Jaques, und eine Sekunde lang stand ein Ausdruck nackter Verzweiflung in seinen Augen. »Ich bin von Ys aufgebrochen in der Überzeugung, daß kein Ort schlimmer sein könnte als diese Stadt, so wie sie jetzt geworden ist; doch während meiner kurzen Reise habe ich Magie und Wunder gesehen, die mich an meinem gesunden Menschenverstand zweifeln ließen. Auf der Straße bin ich einer Kreatur begegnet, die weder Mensch noch Tier war, sondern eine Verbindung von beiden; ich sah einen schimmernden Geist, der seine alabasterweißen Füße in einer von Regenbogen eingefaßten Wolke wusch; und einmal, als ich mich über einen Bach beugte, um aus ihm zu trinken, sah ich Bilder in seinem Wasser . . . nein, ich wage nicht zu beschreiben, was ich dort sah.«

»Das wird der Bach gewesen sein, den man Geirion nennt«, sagte der Wanderer mit einem schiefen Lächeln. »Mach dir keine Gedanken darüber. Die Dinge, die man in seinem Wasser sieht, werden niemals Wirklichkeit. Die Menschen, die dort wohnen, gehen zu dem Bach, um sich unbegründeter Ängste zu entledigen.«

Jaques warf einen Blick über seine Schulter und erschauerte. »Trotzdem, Sir, habe ich nicht die Absicht, in dieser Stadt zu bleiben.«

»Es wäre sicher leichter, sich an die hiesigen Gebräuche zu gewöhnen, als nach Hause zurückzukehren«, sagte der Wanderer warnend. »Ys könnte von einem sehr schweren Verhängnis ereilt werden, falls die Dinge wirklich so liegen sollten, wie du behauptet hast.«

»Verhängnis!« schrie Jaques, und ein Ausdruck unheiliger Freude breitete sich über sein Gesicht. »Ich habe es ihnen vorausgesagt – immer wieder habe ich es ihnen vorausgesagt! Ich wünschte, ich könnte es mitansehen, allein um der Befriedigung willen, recht zu behalten!«

Der Wanderer seufzte, doch es war nicht zu ändern; seine eine Natur zwang ihn auf einen genau bestimmten Kurs. »Wie du es wünscht, so soll es sein«, sagte er säuerlich. »Geh zu der Stadt, die von den Menschen Acromel genannt wird, wo selbst der Honig bitter ist, doch betritt sie nicht! Geh statt dessen um sie herum auf den Sonnenuntergang zu, dann wirst du zu einem grauen Hügel gelangen, der mit grauen Büschen bewachsen ist, und auf dem ständig kleine Windhosen tanzen, die deine Fußspuren auslöschen, kaum daß du sie gemacht hast. Von der Kuppe dieses Hügels aus wirst du Ys sehen, wenn das Verhängnis über die Stadt hereinbricht.«

»Einen Augenblick!« rief Jaques und stand auf. »Von Kindheit an bin ich durch die Umgebung von Ys gezogen und habe nirgends einen Hügel gesehen, der so ist, wie du ihn eben beschrieben hast.«

Der Wanderer zuckte die Achseln und wandte sich zum Gehen. Jaques packte seinen Umhang.

»Warte! Wie ist dein Name, daß du so seltsame Dinge sagst und mich zu einem nicht existierenden Hügel schickst?«

»Du kannst mich Mazda nennen, oder bei irgendeinem anderen Namen, wie es dir gefällt.« Der Wanderer schüttelte die Hand des anderen mit einer angewiderten Geste ab.

»Hah! Das ist köstlich!« Jaques stemmte die Hände in die Hüften und lachte. »Aber dennoch . . . Weil ich sehen will, wie Ys von seinem Verhängnis ereilt wird, werde ich deinen Anweisungen folgen. Ich danke dir!«

Er parodierte eine tiefe Verbeugung und zog einen Hut, den er nicht aufhatte.

»Du wirst mir nicht mehr als einmal danken«, sagte der Wanderer traurig und ging.

3

Lord Vengis saß in der Staatshalle von Ys und blickte den dort versammelten Adel der Stadt an. Er bemühte sich, den desolaten Zustand der einst prächtigen Halle zu übersehen. Einstmals war dies ein Gebäude gewesen, das bei jedem Betrachter Bewunderung hervorgerufen hatte: übermannsgroße Spiegel hingen an den Wänden der Halle zwischen Pilastern aus Marmor, Gold und Onyx, und die gewölbte Decke war von einem großen Meister mit einem Gemälde in elf Farben geschmückt worden, das die Geburt der heiligen Clotilda, das Martyrium von Sankt Gaufroy – diese Darstellung war hauptsächlich in Rot gehalten – und die Himmelfahrt von Sankt Eulogos auf dem Rücken eines springenden Delphins zeigte. Der Boden der großen Halle war einst mit Hermelin- und Bärenfellen bedeckt gewesen.

Doch die Felle waren jetzt verschwunden. Das heißt, einige von ihnen waren nur für kurze Zeit fortgewesen und dann zurückgekehrt – doch in einer etwas veränderten Form: sie waren zu Mänteln für die Adeligen zerschnitten worden und wärmten jetzt fette Bäuche und ausladende Busen. Die Hälfte der Spiegel waren blind, einige von ihnen zerbrochen, doch das Schlimmste war, daß auch viele der Marmorplatten des Bodenbelages herausgebrochen worden waren – nachdem irgendein Gerücht behauptet hatte, daß die Verwendung von Marmor bei Opferaltären diesen eine besondere Wirksamkeit verleihe – und die resultierenden Unebenheiten des Bodens, zusammen mit der schlechten Beleuchtung in einer Ecke des Saals, hatten dazu geführt, daß Lord Vengis sich auf dem Weg zu seinem Thron einen Knöchel verrenkt hatte.

Diese Halle stellte eine Kondensation all des Unglücks dar, das Ys befallen hatte. Der Hafen, in den einst zweimal pro Tag die Flut des Meeres einlief, war von stinkendem Schlamm blockiert; Gras sproß zwischen den Steinen der Molen, genau so wie in den ausgefahrenen Rinnen der schönen Straßen, die von der Stadt nach allen Richtungen führten – jedenfalls wurde das behauptet; keiner der Menschen, die hier in der Staatshalle versammelt waren, hätte das beschwören können, da jeder von ihnen sich weigerte, die Stadt zu verlassen, seit sich die Dinge zum Schlechten gewandelt hatten. Deshalb hatte auch in den Gärten der großen Häuser eine Pflanze, die so ähnlich aussah wie Mistel, jedoch nicht mit ihm identisch war, die schönen Bäume überwuchern können, und ließ ihre stinkenden, entsetzlich klebrigen Früchte auf die Menschen herabfallen, die unter ihr einhergingen: aus den tiefen Brunnen schallten unheimliche Stimmen herauf, schworen die Dienstmädchen und weigerten sich, ihre Eimer hinabzulassen, aus Angst, die mit heraufzuziehen, die aus der Tiefe gesprochen hatten; der letzte Markttag war auf zwei alte Männer reduziert gewesen, die sich über den Preis von einem angeschlagenen Topf und einer angeschmutzten Wabe Wildbienenhonig stritten.

Lord Vengis starrte seine Berater an, und sie wurden still. Die Diener glitten lautlos wie Schatten zu den Doppeltüren, schlossen sie und sicherten sie gegen jeden unbefugten Eindringling – denn hier sollte etwas besprochen werden, das normale Bürger nicht hören durften.

Als der letzte Riegel vorgelegt worden war, sprang einer der Männer, die am unteren Ende des Tisches saßen, plötzlich von seinem vergoldeten Stuhl, stöhnte tief auf und stopfte die Finger seiner rechten Hand in den Mund. Alle Blicke wandten sich ihm zu.

»Bardolus, du Narr!« rief Lord Vengis scharf. »Was soll das?«

»In dem Spiegel!« stammelte Bardolus und versuchte, mit einem zitternden Arm, der seinem Willen nicht mehr gehorchte, zu deuten. »Ich sah in jenem Spiegel . . .«

»Was? Was?« rief ein Dutzend angstvoller Stimmen.

Bardolus war ein kleiner Mann, der sich nie anders als unterwürfig benehmen konnte. Er war erwiesenermaßen klug, doch war seine Klugheit eher Schläue, so daß er nur wenige Freunde hatte und niemand ihm traute. Jetzt sagte er, während er sich den Schweiß von der Stirn wischte: »Ich weiß nicht. Ich habe in dem Spiegel etwas gesehen, das sich nicht in dieser Halle befindet.«

Die Zeit schien stehenzubleiben, bis Lord Vangis hart auflachte und mit den Händen auf die Armlehnen seines Throns klatschte.

»Du hast dich zu sehr an solche Manifestationen gewöhnt, Bardolus!« sagte er. »So lange die *Dinge* im Spiegel bleiben, brauchst du dir keine Sorgen zu machen. Erst wenn sie in unsere normale Welt heraustreten, wird es gefährlich. Erst vor einigen Tagen, als ich mich in mein thaumaturgisches Kabinett zurückgezogen hatte, um einige Formeln zu überprüfen, sah ich . . . Aber genug davon.« Er hüstelte, und hinter dieser höflichen Geste blickte er umher, um zu sehen, ob seine Worte den erwünschten Effekt erzielt hatten. Sie hatten, obwohl die Episode, die er kurz angerissen hatte, eine reine Erfindung gewesen war. Es stimmte zwar, daß er viel Zeit in seinem Kabinett verbracht hatte, es stimmte auch, daß er viele Formeln überprüft hatte, doch bis jetzt hatten sie noch nicht den geringsten Erfolg gezeitigt, nicht einmal eine harmlose Erscheinung in einem Spiegel hatten sie hervorgerufen.

Doch das würde sich jetzt ändern. Man konnte es in der Luft spüren. Es gab Kräfte in ihr, denen kein Mensch einen Namen geben konnte, und manchmal spürte man ein Jucken der Kopfhaut, wie vor einem Gewitter.

»Wir sind aus einem Grund zusammengekommen, der euch bekannt ist«, sagte er nach einer eindrucksvollen Pause. »Wir haben uns geeinigt, den einzigen Weg zu beschreiten, der uns offen ist. Wir haben eingesehen, daß Ys in diesen Tagen auf den

Schultern von großen Männern und Frauen ruht. Aber wohin hat ihr Ehrgeiz uns geführt? Ein grausames Schicksal hat uns eine solche Last aufgeladen, wie man sie bisher nicht gekannt hat, und wir essen hartes Brot und ranziges Fleisch, während die, die vor uns waren, sich mit saftigen Pasteten vollschlugen, und mit herrlichen Früchten von allen Enden der Erde. Wir trinken schales Wasser, wo sie Wein und Met tranken, und Bier, das die Farbe von dunklem Kristall hatte!

»Wir sind uns darüber einig geworden, daß unsere Vorfahren bei all ihrer – zugegebenen – Größe für den heutigen Zustand verantwortlich sind, und nicht wir! Wir haben nicht verlangt, in eine Zeit geboren zu werden, wo die Bäume verfaulen, unsere Ernten verdorren, unser Hafen von Schlick blockiert ist. In jeder Hinsicht sind sie verantwortlich; daß sie Ys an den Ort gestellt haben, an dem es sich jetzt befindet, daß sie Nachkommen in die Welt gesetzt haben, die ein so schweres Erbe antreten mußten!«

»Sehr richtig!« kam zustimmendes Gemurmel von allen anderen.

»Manche Feiglinge, manche ignoranten Narren haben sich gegen uns gestellt«, fuhr Vengis fort und erwärmte sich an einer Rede, die zu halten er gar nicht beabsichtigt hatte. »Das sind natürlich Menschen niederer Herkunft, denen die Einsichten fehlen, welche das Geburtsrecht des Adels sind. Jaques, der Stadtschreiber, zum Beispiel, hätte es am liebsten gesehen, wenn wir den Hafen mit Hacken und Schaufeln freigeräumt hätten – und wenn wir keine Hacken und Schaufeln haben sollten, dann mit unseren *bloßen Händen*!«

Diesmal lag die Antwort zwischen einem Schaudern und einem Kichern. »Was ist eigentlich aus Jaques geworden?« fragte jemand.

»Spielt das eine Rolle?« fragte Vengis und zog seine buschigen Brauen zusammen. »Wir wissen, daß wir uns auf dem richtigen Weg befinden. Wir haben uns entschlossen, wirksamere Mittel einzusetzen, als grobes . . . Ackergerät, um mit einem so massiven Desaster fertig werden zu können. Wir müssen, kurz gesagt, unsere Reichtümer zurückgewinnen, und den alten Glanz dieser Stadt wiederherstellen, *und* ein für allemal die Unzufrie-

Festino -82-

denheit unter dem Pöbel abstellen, die von Leuten wie Jaques hervorgerufen wurde, indem wir die mächtigsten Mittel benutzen, die uns zur Verfügung stehen. Mit den Mitteln der Magie, des Willens und der Naturkräfte werden wir Ys wieder zu einer Stadt machen, die von aller Welt beneidet wird!«

Zustimmender Jubel und lautes Klatschen klangen auf. Ein stiller Beobachter, der ungesehen im Schatten auf seinen Stab gestützt stand, applaudierte nicht, sondern schüttelte nur den Kopf.

»Laßt uns jetzt eure Botschaften hören – ermutigende Botschaften unseres fortschreitenden Erfolges!« rief Vengis. »Zuerst von Lady Seulte, an deren Haus ich gestern vorbeiritt und dort eine Aura bemerkte, die trächtig von bedeutenden Phänomenen war.«

Stille. Schließlich erhob sich eine dicke Frau am hinteren Ende der Halle – unter einigen Schwierigkeiten ob ihrer Leibesfülle – und sprach:

»Lady Seulte ist, wie ihr wißt, meine Nachbarin, und da sie heute nicht anwesend ist, sollte ich vielleicht erwähnen, daß sie gestern in guter und zuversichtlicher Stimmung war und fest an den Erfolg ihres Experiments glaubte. Sie hatte ein Kind, das ihr aus freiem Willen überlassen worden war; als Opfer für . . . nun, für jemanden, den man besser nicht benennen sollte. Als ich sie zuletzt sah, führte sie das hübsche Kind an einer grünen Lederleine zu ihrem Haus. Was für ein reizender Anblick!«

»Lady Rosa!« sagte ein junger Mann, der in der Nähe von Lord Vengis saß, und wandte sich auf seinem Stuhl um. »Bist du sicher, daß es aus freiem Willen geschah?«

Und seine Nachbarin, ein blasses Mädchen von nicht mehr als achtzehn Jahren, sagte zweifelnd: »Meine Zofe sagte, daß sie im Haus von Lady Seulte heute morgen Feuer gesehen habe . . .«

Vengis schlug wieder mit der Hand auf die Armlehne seines Throns. »Kein defätistisches Geschwätz, wenn ich bitten darf, Lady Vivette!«

»Aber bist du sicher, daß es aus freiem Willen geschah?« fragte der junge Mann neben Vivette hartnäckig.

Lady Rosa sagte steif: »Lady Seulte hat versprochen, das Kind wie ihr eigenes aufzuziehen, und die Eltern waren arm und hungrig; sie haben das kleine Mädchen gern hergegeben.«

»Dann muß heute morgen in ihrem Haus ein Feuer gebrannt haben«, sagte der junge Mann und zuckte die Achseln. »Unser Exemplar des Buches, nach dem sie arbeitet, enthält eine Seite, die in ihrem fehlt, und dort steht, von mehr als einem Dutzend Autoritäten bestätigt, daß Mittel, die durch Täuschung erlangt wurden, bei dieser Zeremonie unwirksam sind.«

Diese Worte lösten erschrockenes Schweigen aus. Lady Seulte hatte schließlich nur versucht, einen relativ simplen, nicht besonders mächtigen Elementar zu manifestieren.

»Ich habe eine etwas erfreulichere Nachricht«, sagte eine warme, verführerische Stimme vom anderen Ende der Versammlung. Sie wandten dankbar die Köpfe; es war Lady Meleagra, deren saphirfarbene Augen, rosige Lippen und schneeige Haut in zehn ihrer einundzwanzig Jahre Männerherzen gebrochen hatten. Genau wie Eadwil in Ryovora – obwohl sie nie davon gehört hatte – hatte auch sie für ihre Kräfte bezahlen müssen. Sie selbst litt nicht unter der ihr auferlegten Einschränkung, durch die sie gezwungen war, jeden Mann, der das Vergnügen haben wollte, ihr Bett zu teilen, zurückzuweisen. Es war dies eine wirksame Vorsichtsmaßnahme gegen unerwünschte übernatürliche Einflüsse, hatte jedoch die Zahl ihrer Verehrer erheblich reduziert.

»Ich spüre eine Veränderung hier in Ys«, dachte sie laut. »Ein großes Wunder ist über diese Stadt gekommen. Noch kann ich seine wirkliche Natur nicht erkennen, doch die Tatsache ist unbestreitbar. Seht!«

Sie streckte ihren schlanken Arm aus, der von einem weißen Spitzengewebe umhüllt wurde, das so fein war, daß ihre durchschimmernde Haut es rosig erscheinen ließ, und auf dem breiten Mittelgang der Halle erschien ein *Ding*. Es war dunkel, und es krümmte sich; davon abgesehen besaß es keinerlei beschreibbare Attribute, außer zwei glühenden Augen, in denen abgrundtiefer Haß brannte. Es dauerte eine halbe Minute, bevor die Erscheinung allmählich verdämmerte, und als sie verschwunden war, hing ein dumpfer, feuchter Geruch in der Luft, gegen den sich die Vorausschauenden unter den Versammelten schützten, indem sie die Nasen in vorsorglich mitgebrachte Blumensträuße steckten.

Es erhob sich ein ständig anschwellender Lärm, und von allen Seiten kamen die Rufe der Adeligen, die demonstrieren wollten, daß auch sie erfolgreich gewesen waren. »Seht!« schrie Messer Hautnoix, und zwischen seinen Händen erschien aus dem Nichts eine Kette schimmernder Perlen, und wieder, und ein drittesmal, bevor der Glanz erlosch. Und: »Seht!« rief Lady Faussein und schüttelte eine Trommel; sie war aus einem Flaschenkürbis hergestellt, dessen beide Enden mit der tätowierten Haut eines ertrunkenen Seemannes bespannt waren. Solange sie tönte, war es stockdunkel in der Halle, und alle Anwesenden hatten das unheimliche Gefühl, in der Weite eines unendlichen Raumes zu treiben. Und: »Seht!« bellte der alte Messer d'Icque, spannte ein scharlachfarbenes Tuch zwischen seinen ausgestreckten Armen, und in dem Tuch öffnete sich ein Mund und sprach fünf sonore Worte, die keiner der Anwesenden verstand.

Anerkennendes Lächeln begrüßte diese Leistungen, doch die beifälligen Bemerkungen machten bald Fragen nach dem Zustandekommen dieser Phänomene Platz. »Fünf Nächte betrunken unter einem Galgen!« prahlte Messer Hautnoix – »Einen Tag und eine Nacht und einen Tag habe ich den Mund des Toten geküßt, der mir diese Haut überließ«, rief Lady Faussein – »Ich habe etwas mit einer Ziege getan, das ich in Anwesenheit von Damen nicht beschreiben kann«, murmelte Messer d'Icque hinter vorgehaltener Hand.

»Aber Ub-Shebbab ist zu mir gekommen, als ich nur seinen Namen rief«, sagte Meleagra, und nach diesen Worten rückten die Menschen, die in ihrer Nähe saßen, so weit von ihr ab, wie sie es wagten, ohne unhöflich zu erscheinen.

Vengis auf seinem hohen Thronsessel beteiligte sich weder an dem Beifall noch an der Befragung; sein kantiges Gesicht blieb unbewegt wie Stein. Hatte er nicht viel schlimmere Erniedrigungen auf sich genommen? Hatte er nicht Eide abgelegt, die ihn selbst im Rückblick noch erschauern ließen? Und was hatten ihm alle seine Mühen eingebracht? Nichts! Nicht einmal einen Taschenspielertrick wie Messer Hautnoix' Perlen!

Wieder schlug er mit der flachen Hand auf die Armlehne seines Throns und schrie wütend durch das Stimmengewirr: »Genug! Genug! Seid ihr Kinder, denen man schulfrei gegeben hat, daß ihr diese Sitzung mit solchen Spielereien entwürdigt? Wie können eure albernen Tricks uns unserem Ziel näherbringen? Das ist doch das Problem!«

Etwas beschämt wurden die Männer und Frauen still und fragten einander mit Blicken, ob einer von ihnen den Mut haben würde, Fortschritte bei ihrem Zentralproblem zu behaupten. Anfangs vermieden sie es, Meleagra anzusehen; dann, als keiner der anderen sich meldete, wagten sie einen Blick und wurden mit einem Seufzen und einem Kopfschütteln belohnt.

»Wie ich es mir gedacht habe!« rief Vengis verächtlich. »Ihr seid überwältigt von hübschen Spielereien und habt den dringenden Ernst unserer Lage völlig vergessen. Wenn ihr das nächstemal beschwört, fragt euch vorher: Was kommt heraus, wenn das Experiment gelingt? Kann ich es essen? Kann ich es anziehen oder mit ihm mein tropfendes Dach flicken? Kurz gesagt, welchen Nutzen habe nicht nur ich davon, sondern auch der Adel und die Bürgerschaft von Ys?«

Er starrte auf die jetzt beunruhigt wirkende Versammlung. »Das ist nicht leicht, darüber bin ich mir selbst im klaren. Ich habe bisher auch keinen nennenswerten Erfolg gehabt. Aber zumindest habe ich mich auch nicht auf nutzlose Seitenwege verleiten lassen!«

Der Mann, der im Schatten stand, schüttelte wieder den Kopf. Dies war wirklich eine Narrengesellschaft, und der größte Narr war ihr Oberhaupt, Lord Vengis; ein Mann von unvorstellbarer Arroganz, blind gegenüber seinen Fehlern und unbeschreiblich eitel. Und da dem so war . . .

Er hüstelte leise, und alle Köpfe wandten sich, um zu sehen, woher der Laut gekommen war. Vengis erhob sich vor Überraschung halb von seinem Thron.

»Was tust du hier?« rief er wütend. »Wer hat dich ohne meine Erlaubnis eingelassen?«

Der Reisende in Schwarz schritt lautlos den Mittelgang entlang, bis er Vengis gegenüberstand, und in seinen Augen stand ein Ausdruck, der jedes weitere Wort unterband, bevor er die Doppelfrage beantwortet hatte.

Schließlich sagte er: »Was ich hier tue? Nun, ich höre zu und denke über die Worte nach, die ihr gesprochen habt. Und was die Erlaubnis betrifft, zu euch zu kommen, so möchte ich euch sagen, daß ich dorthin gehe, wo meine Anwesenheit gebraucht wird, ob es euch paßt oder nicht.«

Die Adeligen der Stadt hielten den Atem an. Dies waren Worte, die eine Autorität verrieten, die sie nicht herauszufordern wagten.

»Was . . . was willst du von uns?« flüsterte Lord Vengis, als er sich wieder etwas gefaßt hatte.

»Du solltest lieber fragen, was ihr von mir wollt«, erwiderte der Wanderer mit einem spöttischen Lächeln. »Bei dem konfusen Verlauf dieser Sitzung habe ich das bisher noch nicht erkennen können. Faßt es also in verständliche Sätze. Das heißt, falls ihr überhaupt wißt, was ihr wollt.«

Die letzten Worte hatten einen beleidigenden Unterton. Lord Vengis richtete sich empört auf.

»Natürlich wissen wir das!« schrie er. »Hast du nicht gesehen, in was für einem beklagenswerten Zustand sich unsere Stadt befindet?«

»Das habe ich«, bestätigte der schwarzgekleidete Eindringling. »Und soweit ich es verstanden habe, macht ihr eure Vorfahren dafür verantwortlich.«

»Allerdings!« sagte Vengis scharf. »Und wir verlangen, daß sie dieses Verbrechen wieder gutmachen. Wir wollen sie zurückrufen, damit sie die Ruine sehen, die sie uns hinterlassen haben, und sie zwingen, die Stadt wieder zu ihrem alten Glanz zurückzuführen.«

»Zwang ist nicht Teil meiner Natur«, sagte der Wanderer. »Mir ist nur der freie Wille vertraut. Doch du sagst, daß ihr eure Wahl getroffen habt – was also hindert euch noch, euer Vorhaben in die Tat umzusetzen?«

»Na was wohl?« sagte Barodin, halb hysterisch durch die

gespannte Atmosphäre. »Wir wollen die Macht, dieses Ziel erreichen zu können, aber bis jetzt haben wir nichts weiter zustande gebracht, als ein paar geringe Manifestationen und mehrere persönliche Kalamitäten!«

»So wie die, welche Lady Seulte widerfahren ist?«

»Ah . . . ja, so etwa.«

»Und ist dies der Wunsch von euch allen?« fragte der Reisende in Schwarz mit einem Ernst und fast traurig klingendem Tonfall, und blickte die Versammelten der Reihe nach an.

»Ja, von uns allen!« antworteten sie im Chor.

»Wie ihr es wünscht, so soll es sein«, sagte der Wanderer und ging.

4

Wohin er ging, sah niemand. Er schritt zwischen ihnen hindurch, rasch wie ein Gedanke, lautlos wie ein Schatten, und sie hatten nicht mehr die Nerven, ihre Beratung fortzusetzen.

Doch spürten sie eine Leichtigkeit, eine Atmosphäre von Verheißung, als sie die Diener riefen und die Türen entriegeln ließen und sich dann auf den Heimweg machten. Die Straßen, durch die sie gingen, schienen belebter zu sein, als sonst in letzter Zeit, und nicht wenige von ihnen glaubten, in der Menge ein bekanntes Gesicht zu entdecken, oder einen typischen Gang, oder Kleider von einem ihnen vertrauten Schnitt. Aber solche Vorstellungen waren sicher ein Produkt der herrschenden Stimmung und trugen nur dazu bei, die gespannte Erwartung, die sie aus der Staatshalle mitgebracht hatten, weiter zu steigern.

»Was, glaubst du, ist Lady Seulte geschehen?« fragte Lady Vivette ihren Begleiter, der auch ihr Bruder war, als die holpernde, quietschende Kutsche, mit der sie fuhren, in den Hof ihres ererbten Anwesens einbog, das unweit der Staatshalle lag. Als Diener die Torflügel der Einfahrt hinter ihnen schlossen, verrieten lautes Ächzen und Kreischen ein Übermaß an Rost und einen Mangel an Schmierfett.

»Ich glaube, daß sie unvorsichtig gewesen ist«, antwortete ihr Bruder. Er hieß Ormond, hatte jedoch kürzlich während eines mitternächtlichen Rituals einen anderen Namen angenommen, und Vivette kannte diesen Namen und besaß dadurch einige Gewalt über ihn.

»Glaubst du, daß wir Macht erhalten haben von diesem . . . von dieser Persönlichkeit?« fragte Vivette. »Ich habe so ein Gefühl, daß es der Fall ist.«

Ormond zuckte die Achseln. »Wir können das ja einem Test unterziehen. Wollen wir es gleich tun oder bis nach dem Abendessen damit warten?«

»Jetzt!« sagte Vivette entschieden.

Also machten sie sich sofort an die nötigen Vorbereitungen: sie kleideten sich in fantastische Gewänder, deren Material an einigen überraschenden Stellen Löcher aufwies, und zu dieser Kleidung trugen sie verschiedene Accessoires organischen Ursprungs, wie eine Halskette aus in Glas gebettete Kinderaugen für Vivette, und eine Maske, die aus einem Pferdekopf gefertigt war, für Ormond. So angetan begaben sie sich in einen Raum, der im obersten Turmgeschoß ihres Hauses lag, und in dem nach alter Tradition die Köpfe der verstorbenen Familienmitglieder vor dem Begräbnis einen Tag und eine Nacht lang aufgestellt wurden.

Dort, in einem Pentagramm, das von vier Holzkohlebecken und einem über der Flamme einer Lampe brodelnden Topf mit Wachs gebildet wurde, ergaben sie sich zunächst einigen nicht unvergnüglichen Zeitvertreiben, wobei sie jedoch darauf achteten, abwechselnd ununterbrochen Serien eindrucksvoller Zauberformeln zu rezitieren. Der Raum verdunkelte sich zunehmend, und ihre Erregung ließ sie fast die Konzentration verlieren, doch sie nahmen sich zusammen und . . .

»Sieh!« flüsterte Vivette und deutete auf den Katafalk, den sie in eine Ecke des Raums gerückt hatten. Unter dem schwarzen Samttuch, mit dem er bedeckt war, lag eine menschliche Gestalt, die Gestalt eines bewaffneten und gerüsteten Mannes.

»Genau wie das Bild, das in der Halle hängt; so hat Honorius, unser Urgroßvater dort gelegen, als er auf sein Begräbnis wartete!« rief Ormond, sprang auf und riß das Tuch herunter.

Und sah sich einem geschlossenen Visier aus Stahl gegenüber. Vivette öffnete es, und aus dem Dunkel des Helms glühten zwei Augen, und ein Schwall fauliger Luft drang heraus. Steif und schwerfällig richtete die Gestalt in der Rüstung sich auf und stand neben dem Katafalk.

»Kommt, meine Nachkommen, laßt mich euch küssen!« sagte eine rostige Stimme, und eiserne Arme preßten sie an seine gepanzerte Brust, obwohl sie verzweifelt versuchten, sich zu befreien. »Was, sträubt ihr euch gegen euer eigen Blut?«

Ein hohles, unheimliches Lachen erklang, als die Umarmung fester und fester wurde; die Halskette aus Kinderaugen zersprang, die Pferdekopfmaske polterte zu Boden, und speichelfeuchte Lippen preßten sich erst auf einen Mund, dann auf den anderen.

Vivette und Ormond wurden ohnmächtig.

Als sie wieder zu sich kamen, war die Gestalt verschwunden, doch an ihrer Stelle lag jetzt ein altes, in Leder und Messing gebundenes Buch auf dem Katafalk, an der Stelle aufgeschlagen, wo der Tod von Honorius eingetragen war; er war in seinem dreiunddreißigsten Lebensjahr einem ansteckenden Fieber erlegen, gegen das keine Medizin wirksam war.

Lady Rosa, die in ihrer von zwei weißen Eselinnen getragenen Sänfte saß, kam an dem Haus von Lady Seulte vorbei, zog den Vorhang beiseite und blickte neugierig hinaus. Und wirklich war die Wand über dem Fenster des Raums, in dem Seulte ihre Experimente durchzuführen pflegte, von der schmutzig-grauen Rauchspur einer Flammenzunge gedunkelt, wie ihr Mädchen es behauptet hatte.

Sie schnalzte mit der Zunge. Arme Seulte! Wenn sie auch nur einen Tag länger gewartet hätte, wären ihre Bemühungen vielleicht von Erfolg gekrönt worden. Das jedenfalls glaubte Lady Rosa; sie glaubte dem Versprechen, das der Mann in Schwarz ihnen gegeben hatte, und fieberte dem Augenblick entgegen, wo sie sich mit ihren Büchern und Geräten einschließen und die wichtigste ihrer Formeln noch einmal und mit verstärkter Erfolgsaussicht testen würde.

Ihre Familie hatte in der Vergangenheit als eine der laszivsten von Ys gegolten, und die Exzesse ihrer Frauen im Bett hatten die Zahl ihrer Mitglieder oft so anschwellen lassen, daß ihr nicht unbeträchtliches Vermögen dadurch erheblich gefährdet wurde. Dementsprechend gab es in dem Haus einen geheimen Kellerraum, in dem seit vielen Generationen überschüssige Kinder diskret beseitigt worden waren, nicht durch niedere Gewalt, sondern indem man das Problem ihrer Ernährung einfach dem Schicksal überließ. Sie trat durch die schwere Bronzetür in den Kellerraum, verschloß sie hinter sich mit einem großen, angerosteten Schlüssel und ging zwischen zwei Reihen von Holzställen entlang; in jedem dieser Ställe lag ein von Ratten benagtes Kinderskelett.

Sie hatte diesen Keller nach langen, gründlichen Überlegungen ausgewählt. Sicherlich, hatte sie gefolgert, besaß ein Ort, von dem so viele Geister in die Ewigkeit gefahren waren, eine besondere Kraft!

Ihre Arbeitsmethode erforderte Federn, vier Flüssigkeiten, von denen die am wenigsten widerliche frisches Blut war, und langes, schweigendes Konzentrieren, wobei sie mit nichts anderem als ihrem altersschütteren Haar bekleidet auf einem seltsam geformten Hocker sitzen mußte, der das Gewicht ihres massigen Körpers kaum zu tragen vermochte. Eilig brachte sie die Einführungsriten hinter sich; dann schloß sie die Augen und begann vor Erregung zu zittern.

Sie mußte, wie die Bücher es vorschrieben, ihre Augen so lange fest geschlossen halten, bis sie den Text des langen Zauberspruchs, der acht eng beschriebene Seiten einnahm, rezitiert hatte. Sie hatte nur noch zwei Seiten vor sich, als sie zum erstenmal ein leises Rascheln und Kratzen hinter sich hörte. Noch eine Seite war zu rezitieren, als sie die erste Berührung an ihrem fetten Oberschenkel spürte. In ihrer Begierde, zu sehen, was für Wunder ihre Arbeit hervorgebracht hatte, stolperte ihre Zunge durch die letzten Sätze der Formel. Und beim letzten Wort spürte sie den ersten *Biß*.

Dreißig abgezehrte Babies, vor Hunger wahnsinnig, fielen mit rattenspitzen Zähnen über sie her und hinterließen sogar an ihren Knochen Nagespuren.

Bardolus zitterte, als er eine große Zahl seltsamer Dinge in einem mit Holzkohle gefüllten Becken aufeinanderhäufte, das er vor einem Spiegel aufgestellt hatte. Er hatte die Spiegel-Magie von den ihm bekannten Zaubereien ausgewählt, weil er damit einmal dem Erfolg am nächsten gekommen war – selbst wenn die Manifestation ohne seinen Willen in einem Spiegel der Staatshalle erschienen war.

Er wünschte, den Mut aufbringen zu können, das ganze Projekt einfach fallenzulassen, doch Angst und Eitelkeit trieben ihn voran. Er war außer sich vor Eifersucht, wenn er daran dachte, daß ein unreifes Mädchen wie Meleagra – gar nicht zu reden von diesem groben Bauerntölpel d'Icque oder der selbstzufrieden-dummen Lady Faussein! – die Kräfte der Magie mit einer solchen Selbstverständlichkeit meisterte, während er noch immer vor den möglichen Konsequenzen seiner eigenen Thaumaturgie zitterte.

Er schlug Feuer und steckte den im Holzkohlenbecken aufgeschichteten Haufen an. Getränkt mit dem Fett einer Sau, die ihr eigenes Ferkel gefressen hatte, flammte er sofort auf und füllte den Raum mit einem dicken, stinkenden Qualm, bis die Flammen alles verzehrt hatten.

Als die Luft wieder klar wurde, sah er im Spiegel ein Gesicht, das er kannte; das seiner Mutter, die vor vielen Jahren verstorben war.

»Mein Sohn Bardolus«, sagte sie mit süßer Stimme. »Sieh hinter dich! Dort steht die Eichenkommode, die du seit deiner Kindheit kennst. Drücke auf den letzten Knopf in der Verzierung, dann wird sich ein Geheimfach öffnen. In dem Fach befindet sich das, was mir Gewalt über deinen Vater verlieh. Nimm es als Gabe von mir.«

Das Bild erlosch. Ein wenig verwirrt zögerte Bardolus eine Weile, bevor er tat, was ihm aufgetragen worden war. An seinen Vater konnte er sich nur vage erinnern. Er war ein eigenartiger Mensch gewesen, dessen Stimmungen zwischen hysterischer Lustigkeit und Depressionen schwankten, die so tief waren, daß er oft stundenlang ein Messer oder eine Flasche mit Gift anstarrte, um den Mut zu fassen, sich das Leben zu nehmen.

Aber dennoch . . . *Macht*!

Er drückte auf den Knopf, und das Fach öffnete sich. Er sah darin ein Päckchen, das in ein seltsames, gelbes Papier eingeschlagen und mit grünem Wachs versiegelt war. Er riß das Siegel hastig auf, und ein feiner Puder sprühte ihm ins Gesicht, der von sich aus den Weg in seine Nasenlöcher zu suchen schien. Er wollte zurückspringen, doch es war sinnlos; er atmete den gesamten Inhalt des Päckchens ein, und das leere Papier lag auf seiner Handfläche.

Wenige Sekunden später spürte er ein nie gekanntes Glücksgefühl. Er konnte alles schaffen, was er sich vornahm. Er war ein Riese, stärker als ein Ochse, mächtiger als alle Helden der Legenden, und so schön, daß keine Frau ihm widerstehen konnte.

Er warf das Papier zu Boden und lief auf die Straße.

Im Spiegel wallten Nebel, die sich zum Abbild seiner Mutter verdichteten, das sich aus dem Glas beugte, mit alterskrummen Fingern das gelbe Papier vom Boden aufhob und es mit rotunterlaufenen Augen anstarrte.

»Du verdienst kein besseres Schicksal als jener, der dich gegen meinen Willen in meinem Körper gezeugt hat«, flüsterte sie. »Eine Stunde, Bardolus – eine Stunde des Deliriums! Und danach Verzweiflung. Denn es ist sinnlos, nach mehr von diesem Pulver zu suchen, Bardolus! Ich habe niemals mehr als nur eine Dosis der Droge zubereitet, und dadurch, daß ich es einen oder zwei Tage hinauszögerte, bekam ich Gewalt über deinen Vater. Aber es gibt niemanden, der es für dich mischen kann, Badolus. Niemanden!«

5

Doch dies waren nicht alle Kalamitäten, die über Ys hereinbrachen. Denn die, welche der schwarzgekleidete Wanderer wirklich herausgefordert hatte, wußten nicht, was sie aus ihrer Lage retten könnte, und hatten aus Gier und Faulheit das Höchste gefordert, das sie sich vorstellen konnten. Verloren in dieser

Fülle von Manifestationen – irgendwo – war genau das, was sie brauchten; soviel mußte der Wanderer ihnen zugestehen. Doch, wie er sie vorgewarnt hatte, konnte er niemanden zwingen, das Richtige zu tun. In seiner Natur lag die freie Wahl.

Und alle, die die falsche Wahl trafen, taten es, weil sie das waren, was sie waren.

Von seinen Freunden wurde Messer Hautnoix allgemein gemocht. Er war freundlich wie ein Kind und hatte seinen Spaß an hübschen Spielzeugen, wie den bunten Perlen, die er in der Staatshalle hervorgezaubert hatte. Es war typisch für ihn, daß er während der fünf Nächte, die er unter einem Galgen hatte zubringen müssen, ständig betrunken gewesen war, um sich nicht zu viele Gedanken über seine Situation machen zu müssen.

Doch als er sich jetzt zu dem von ihm gewählten Ort begab und unter dem Galgen kichernd einem schwarzen Hahn und einer weißen Henne die Gurgeln durchschnitt, war der, welcher sich vor ihm manifestierte, der erste Träger seines Namens, von Beruf der Henker der Gemeinde, der seine Arbeit so geliebt hatte, daß er mehr als einmal das Schweigen von Zeugen erkauft hatte, die seine Opfer vor dem Strick hätten retten können; und als das entdeckt worden war, hatte man ihn schließlich an seinem eigenen Galgen aufgehängt.

Viel Zeit war vergangen, seit er zum letztenmal seinen Beruf ausgeübt hatte, doch jetzt nahm er die sich ihm bietende Chance sofort wahr, und bei Sonnenuntergang baumelte Messer Hautnoix in einer fachmännisch geknüpften Schlinge, während sein Ahn zum Stadttor ging und sich seine plumpen Hände rieb in Vorfreude auf das, was er noch alles tun würde können.

Lady Faussein, die einen ertrunkenen Seemann für die Überlassung seiner Haut so großzügig entschädigt hatte, benutzte wieder ihre kleine Trommel, als sie nach Hause zurückkam, da sie das Bekannte und Bewährte für besser hielt, als irgendeine noch nicht erprobte Methode. Es war bedauerlich – und sie bedauerte es auch, wenn auch nicht für lange –, daß die Dunkelheit, in die sie das Dröhnen ihrer Trommel diesmal führte, der dumpfe Innenraum des Mausoleums ihrer Familie war, wo die Wärme ihres Körpers, solange er lebte, seltsamen Trost für eine Tante und zwei Onkel darstellte, deren Verhältnis, jetzt wie zu ihren Lebzeiten, komplexer war als normalerweise unter Verwandten üblich. Ihre Augen sahen immer noch nichts als Dunkel, als die drei die marmorne Deckplatte ihres Mausoleums emporstellten und fortgingen, um zu sehen, wie es um Ys stand.

Messer d'Icque war tatsächlich ein Abkömmling von Bauern – das war kein Geheimnis in Ys. Seine Interessen beschränkten sich auf ländliche Belange, und es war allgemein bekannt, daß in der Einsamkeit vor den Toren der Stadt Dinge vor sich gingen, die die gebildeten Bürger von Ys angewidert und entsetzt haben würden. Sein Stadthaus war wochenlang von dem Gestank eines Dunghaufens verpestet gewesen, den er im Haus aufgeschichtet hatte, weil er gehört hatte, daß in der Wärme verrottenden Dungs Homunkuli zum Leben erweckt werden würden. Diesen stinkenden Haufen ignorierte er heute jedoch; seine Gedanken waren auf den richtigen Gebrauch seines Vorrats von *animelles* konzentriert, einem Frühlings-Nebenprodukt auf Farmen, wo Schafe und Rinder gezüchtet werden. Er hatte jedoch nicht vor, sie als jahreszeitliche Delikatessen zu braten und zu verzehren.

Ihm erschien, als er das Ritual beendet hatte, ein Vorfahr, der zu seinen Lebzeiten Frustrationen durch eine alternde Frau erlitten hatte, von zahlreichen Geburten so erschöpft, daß sie seine Wünsche nicht mehr befriedigen konnte, worauf er dazu getrieben wurde, der Tochter seines Verwalters Gewalt anzutun; es war damals auch Frühling gewesen. Der Verwalter war früh von dem Auftrag zurückgekehrt, dessen Resultate *animelles* waren, und hatte zur Rettung seiner Familienehre das Werkzeug verwandt, das er dabei benutzt hatte und noch in seiner Hand hielt. Einundzwanzig Generationen lang hatte das Opfer auf eine Gelegenheit gewartet, bei einem anderen dieselbe Operation durchführen zu können, die er selbst erlitten hatte, und das tat er jetzt, ohne auch nur eine Sekunde lang zu zögern. Nachdem er den verblutenden Messer d'Icque verlassen hatte, lief er auf die Straße hinaus, um sich von allen ihm in den Weg kommenden Männern weitere Trophäen zu beschaffen.

Nichts von alledem war der schönen Meleagra zu Ohren gekommen, als sie ihr Haus erreichte. Sie hatte Messer d'Icque nie gemocht und ihn für roh und schlecht erzogen gehalten, und die Tatsache, daß er unfreiwillig dafür qualifiziert worden war, die Nacht mit ihr zu verbringen, hätte sie nicht im geringsten interessiert.

In einem mit wertvollen Spitzen dekorierten Boudoir, in dessen Mitte ein rundes, goldenes Bett stand, und dessen Spiegel, der früher einmal in der Staatshalle gehangen hatte, jetzt über dem Bett an der Zimmerdecke montiert worden war, befahl sie ihrer Zofe als erstes, die Vorhänge vor die vielen hohen Fenster zu ziehen und Kerzen anzuzünden, die den Raum mit einem aromatischen, berauschenden Duft füllten. Anschließend ließ sie sich entkleiden und das Bad vorbereiten. Sie löste eine Handvoll polychromer Salze im Wasser auf und sang vor sich hin, während die Zofe sie von Kopf bis Fuß mit einem Schwamm wusch. Süßigkeiten wurden gebracht und vierundzwanzig neue Kleider von einem taubstummen Mädchen vorgeführt, das die gleichen Körpermaße hatte wie sie.

Während dies alles geschah, versuchte sie, zu einer schwerwiegenden Entscheidung zu gelangen: sollte sie aufgrund des Versprechens, das der Mann in Schwarz gegeben hatte, etwas unternehmen, oder nicht?

Daß er die Macht besaß, die er zu haben behauptete, stand für sie außer Zweifel. Zwei Jahre bevor irgendein anderer in Ys erkannte, was getan werden mußte, hatte sie einen Handel abgeschlossen, bei dem ihre Jungfräulichkeit der Preis war, und sie hatte sie auch bis zum heutigen Tag bewahrt, anfangs aus Angst, doch später aus reiner Gewohnheit.

Und was sie durch diesen Handel erhalten hatte, befähigte sie, die eine Natur ihres seltsamen Besuchers zu erkennen.

Eine einzige Natur! Das mußte zwangsweise bedeuten, daß dieser Mann weder lügen noch betrügen konnte! Und in diesem

Fall konnte sie ihre Gaben jetzt einsetzen, um Erfolge zu erzielen, neben denen alle bisherigen Leistungen verblaßten. Seit ihrem elften Lebensjahr hatte sie am Rand eines Abgrundes gelebt – und auf dem Boden der Schlucht befanden sich Kreaturen, denen sie sich allein durch peinlich genaue Planung und Vorbereitung hatte entziehen können. Aus diesem Grund übte die Vorstellung, ihre Macht wenigstens einmal in voller Gewißheit auf Erfolg einsetzen zu können, einen ungeheuren Zwang aus. Ein uncharakteristisches Nachgeben gegenüber ihrer Eitelkeit hatte sie veranlaßt, Ub-Shebbab in die Staatshalle zu rufen; er war die harmloseste und mildeste aller Kreaturen, die sie bis jetzt beschworen hatte, und doch spürte sie ein Erschauern bei der Vorstellung, was hätte geschehen können, wenn . . .

Nein, so etwas passierte nur Narren und Stümpern. Und sie war keines von beiden. Sie hatte ihre Entscheidung getroffen und schickte ihre Zofe und die anderen Mädchen fort. Als sie gegangen waren, zog sie eine Robe über, die nicht während ihres Bades vorgeführt worden war; ihr Material war mit Golddraht durchwirkt, dessen Muster in ständiger Wiederholung einen einzigen Satz in einer vergessenen Sprache formten; dann öffnete sie eine Messingtruhe und nahm mehrere Dinge heraus, Geschenke einer Reihe von Verehrern aus der Zeit, bevor ihr ehernes Keuschheitsgelübte allgemein bekannt geworden war.

Da war ein Zweig von Yorbeth mit einem Blatt, das durchsichtig wie Glas war, und mit einer braunen, gefleckten Frucht, die wie eine Glocke läutete; da war eine Phiole mit Regenwasser, das man am Ende des Regenbogens aufgefangen hatte, der sich über Barzibond wölbte, und in dem eine Winzigkeit von Sardhins Essenz enthalten war; da war ein Lavabrocken aus dem Vulkan, unter dem Fegrim schlummerte; da war ein Krug mit grauem Staub von dem Hügel, unter dem Laprivan eingekerkert lag; da war ein Haar vom Kopf Farchgrinds, ein zollanges Stück der Kerze, die die geheimen Gedanken Wolpecs enthüllt hatte und die man ein paar Sekunden länger hatte brennen lassen, als es ratsam war, und eine Zeichnung von zwei Vögeln und einem Krokodil, von einem besessenen Kind angefertigt.

Und da war auch ein Buch.

In genauer Befolgung der Anweisungen, die in diesem Buch standen, tanzte sie unter Absingen einer Totenklage in ihrem Boudoir umher, kroch zweimal, mit einem Messer zwischen den Zähnen rückwärts im Raum herum, stach sich dann die Spitze des Messers in den Unterarm und ließ drei Blutstropfen auf den Boden fallen. Als sie nach ihnen sah, waren sie verschwunden.

Sonst geschah nichts. Sie hatte das erwartet; sie rief ihre Zofe, die ihr half, sich in eine konventionellere Robe umzukleiden und ging zum Speisesaal hinunter, wo das Abendessen serviert worden war.

Schon beim Näherkommen hörte sie das Klappern von Geschirr und Bestecken, und das Geräusch angeregter Unterhaltung. Das ließ auf eine große Gesellschaft schließen. Sie ging rascher und stieß die Tür des Speisesaal auf.

Jeder Platz an der langen Tafel – und sie bot sechsunddreißig Gästen Platz – war besetzt; die Dienstboten hatten sogar die Bänke aus der Küche herbeiholen müssen, auf denen weitere Menschen an den Sideboards und Serviertischen saßen und Essen in sich hineinschlangen. Obwohl Diener und Mädchen ständig Nachschub anfuhren – sie benutzten Handkarren dazu, weil die gefüllten Schüsseln und Platten zu schwer waren, als daß ein Mensch sie hätte heben können – verschwand alles innerhalb weniger Sekunden, und man hörte ständig den Schrei nach mehr. Alles Brot war verbraucht, das Fleisch, der Wein; jetzt war man bei Steckrüben angelangt, und einer Brühe aus Knochen und Gerste; und einem Bier, das man normalerweise nicht serviert haben würde.

Doch das war noch nicht alles. Während die einen sich vollstopften, waren andere dabei, das Haus zu plündern. Die feinen Brokatvorhänge waren heruntergerissen worden, um nackte Körper zu bekleiden, die Lederbezüge der Sessel waren zerfetzt worden, um wundgelaufene Füsse zu schützen, Wandbehänge wurden zu Umhängen und Ponchos. Eine wildäugige Frau, die nichts zu Stehlen mehr gefunden hatte, beschmierte ihren madenweißen Körper mit Bratensoße.

Meleagra stand eine lange Weile in der offenen Tür, bis der Küchenchef sie entdeckte und auf sie zugeeilt kam.

»Herrin, was sollen wir tun? Sie sind in alle Räume eingedrungen – fünfhundert nach der letzten Zählung! Und alle, alle behaupten, daß all dein Besitz ihnen gehört! Denn sie seien deine Vorfahren, sagen sie, und dies sei ihr Heim!«

»Meine Vorfahren«, flüsterte Meleagra. Ihre Augen blickten wie von einem Magnet angezogen den Mann an, der ihren Platz am Kopfende des Tisches eingenommen hatte, und es wurde plötzlich still im Raum.

Der Mann, den sie anstarrte, war ein schielender, abtoßend häßlicher Kerl in einem schmutzigen Wams, unrasiert und mit schwarzen Rändern unter den Fingernägeln. Er grinste und entblößte dabei gelbe Vorderzähne, zwischen denen breite Lükken klafften, und sagte mit einem Bauernakzent: »Ah, Meleagra, du führst wahrlich eine gute Küche! Dieses Mahl, das hier alltäglich zu sein scheint, hält jeden Vergleich mit den größten Festen vergangener Zeiten aus!«

»Wer . . . wer bist du?«

»Du kennst mich nicht?« Der Mann hob eine Braue, durch die eine breite Narbe verlief. »Ich bin Damien, der dieses Haus erbaut und das Vermögen der Familie begründet hat. Und mir zur Seite sitzt Cosimo, mein Erstgeborener – obwohl ich schon vorher meine Saat in viele andere Gärten gesät hatte. Und Syriax, seine Frau, und ihre Kinder: Ruslan, Roland und Igraine; und deren Kinder: Mark, Valetta, Corin, Ludwig, Matthäus, Letty, Seamus; und deren Kinder: Orlando, Hugo, Dianne, die Zwillinge Nathaniel und Enoch . . .«

»Halt! Halt!« Meleagra preßte beide Hände an ihre Schläfen. Der Raum schien sich um sie zu drehen, und rings um sich herum sah sie Gesichter, die ihr zugewandt waren; grobschlächtige Gesichter grinsten, hagere Gesichter musterten sie mit steinerner Ausdruckslosigkeit, nichtssagende Gesichter starrten trübsinnig, oder . . .

»Es ist kein Essen mehr da!« rief der Küchenchef. »Wir haben alles Geflügel geschlachtet, die Speisekammer ist leer, die Weinfässer sind geleert, der letzte Karpfen ist aus dem Teich gefischt, in den Bierfässern ist kein Tropfen mehr, und sogar der Brunnen ist trocken!«

»Warum habt ihr mir das angetan?« flüsterte Meleagra ihrem ältesten Vorfahren, Damien, zu. »Ich habe euch den Atem des Lebens wiedergegeben, einen neuen Beginn . . . ich habe euch eingeladen!«

»Du?« sagte Damien verächtlich. »Ist das alles, dessen du dich rühmen kannst? Haben wir, deine Vorfahren, nicht dieses Haus erbaut, und diese Stadt mit ihrem wunderbaren Hafen und ihren wohlgefüllten Lagerhäusern? Hast du jemals etwas anderes getan, als wie ein Parasit von unserer Hinterlassenschaft zu leben? Ich lese in deinen Augen, das dem so ist. Hier sind wir nun alle, die starben, bevor du das Licht der Welt erblicktest – willst du noch immer behaupten, die Herrin dieses Hauses zu sein? Hah! Du bist etwas, an das es sich nicht einmal zu denken lohnt, weniger als die Staubkörnchen, die in einem Sonnenstrahl tanzen. Du bist die Flamme einer Kerze, die man ausgeblasen hat. So: *phuuu*!«

Er blies die ihm zunächst stehende Kerze aus, und als ihre Flamme erlosch, gab es keinen Menschen namens Meleagra mehr – hatte es niemals gegeben – konnte es niemals geben.

6

Stunde um Stunde war Lord Vengis in dem hohen Raum oberhalb der Staatshalle auf und ab gegangen, hatte über die Ereignisse dieses Tages nachgedacht und versucht, den nötigen Mut zu sammeln, um wieder mit seinen Beschwörungen zu beginnen. Der Tag neigte sich seinem Ende entgegen; die Schatten wurden länger; die Abendkühle drang durch die Mauern, und er befahl, Feuer zu machen.

Er hatte Angst.

Er hatte in den Augen des Reisenden in Schwarz eine Warnung erkannt, die zu beachten sein Stolz ihm jedoch verbot: er schämte sich seiner Angst, aber die Scham konnte nicht den Griff der Furcht zerbrechen. Er wünschte, das zu tun, was die anderen taten – wie sollte er es ertragen, als einziger kein Talent in der Hexenkunst beweisen zu können, wenn Schwachköpfe wie Bardolus, oder unreife Mädchen wie Vivette sich unnennbarer Kräfte brüsten konnten?

Trotzdem aber zögerte er und schob die Entscheidung immer wieder hinaus; er hatte noch nicht eine einzige Rune geworfen oder die erste Zeile einer Formel rezitiert, als der Offizier der Wache hereintrat und ihm Meldung über Unruhe in der Stadt machte.

»Unruhe?« rief Vengis irritiert. »Drück dich gefälligst etwas präziser aus, Mann! Was meinst du damit?«

»Es ist . . .«, der Offizier rieb sich verlegen das Kinn, ». . . vor ein paar Stunden kamen Beschwerden über die Schändung des Friedhofs bei der Kathedrale; der Kurat sagte, daß eine Grabkammer offen stehe und die Knochen der Toten herausgenommen worden seien. Aber da wir selbst schon ähnliche außerordentliche Materialien, die eure Lordschaft benötigten, beschaffen mußten, hielt ich es für besser, der Sache nicht nachzugehen. Jetzt ist diese Affäre jedoch ausgewuchert. Zum Beispiel ist eine Wand dieses Gebäudes aufgebrochen worden, an der Stelle, wo man eine Frau namens Igraine lebend eingemauert hatte – du hast sicher die Steintafel gesehen –, die angeklagt worden war, Verkehr mit einem Geist gehabt zu haben, der die Gestalt eines Katers angenommen hatte . . .«

Von der Straße klang lautes Heulen herauf, wie von wahnsinnig gewordenen Tieren, und der Offizier zuckte zusammen. Doch er fuhr in sachlichem Ton mit seinem Bericht fort.

»Dann, eure Lordschaft, trafen bei Anbruch der Dämmerung Meldungen ein, die von der Anwesenheit Fremder in der Stadt berichteten, und wir haben Patrouillen ausgeschickt, weil wir eine Infiltration durch einen Gegner befürchteten. Ich habe selbst mit einundzwanzig dieser Personen gesprochen, und alle sprechen den Dialekt unserer Stadt und gaben Namen an, die den hier geläufigen entsprechen. Doch mir kommt es vor, als ob ich diese Namen früher auf Grabsteinen gesehen hätte, und sogar heute, als ich in der Kathedrale war, um der Beschwerde wegen der Grabschändung nachzugehen.

Und was mich jetzt zu dir führt, ist die seltsame Geschichte des Mannes mit den zwei Ehefrauen.«

»Was ist das?« flüsterte Vengis, und Schweiß perlte auf seiner Stirn.

»Nun, Sir, da war dieser Mann – er war einer von denen, die ich auf der Straße festhielt und befragte – in Begleitung eines Mädchens von fünfzehn Jahren. Da erscheint plötzlich wie aus dem Nichts eine Frau in seinem Alter – um die vierzig vielleicht – und sagt, sie wäre seine Frau, und was diese junge Schlampe mit ihrem Mann zu tun habe? Und das Mädchen sagt, sie seien legal verheiratet, und dann beginnen die beiden zu schreien und zu fluchen und einander an den Haaren zu reißen, und schließlich haben wir sie beide eingesperrt, damit sie sich abkühlen. Aber das war etwas – schwierig, denn, wie mir gesagt wurde, ist jede Zelle besetzt, und das ist mehr, als ich zu begreifen vermag. Nach dem Eintrag in der Gefängniskladde von heute früh waren in den Zellen einhundertundein Plätze frei.«

Vengis' Stimme versagte. Er biß auf seinen Nägeln herum und starrte den Offizier mit brennenden Augen an.

»Was soll ich tun, Eure Lordschaft?« fragte der Mann schließlich.

»Ich . . . ich . . .« Vengis fuhr herum und starrte aus dem Fenster auf den Hauptplatz der Stadt. Er stieß die Flügel auf und lehnte sich hinaus. Im letzten Licht des vergehenden Tages sah er, daß Tausende von Menschen dort zusammenströmten. Einige von ihnen waren farbig und substanziell, doch das traf nur auf wenige zu. Die meisten waren grau wie die Steine unter ihren Füßen, und seltsame, nebelige Schwaden wehten hinter ihnen her, wie Spinnweben. Und auf ihren Gesichtern stand ein Ausdruck von Verwirrung, als ob sie sich im Labyrinth von Zeit und Ewigkeit verlaufen hätten und keinen Weg zum Jetzt finden könnten.

Vengis begann, unverständliche Worte zu stammeln.

Es klopfte laut gegen die Tür, und eine hohle, stöhnende Stimme rief: »Öffnet! Öffnet im Namen des Lords von Ys!«

Der Offizier wollte dem Befehl sofort folgen, doch Vengis

eilte ihm nach und umklammerte seinen Arm. »Nein! Laß sie nicht herein!«

»Aber, Eure Lordschaft«, sagte der Offizier, »er verlangt Einlaß in Eurem Namen, also muß es sich um eine wichtige Angelegenheit handeln. Außerdem, wenn ihr gestattet, erwarte ich einen Bericht meiner Patrouillen.«

Vengis' Blicke fuhren im Raum hin und her, auf der fieberhaften Suche nach einem Versteck. In der hinteren Ecke sah er einen Schrank, der höher war, als ein Mann; er lief darauf zu, kletterte hinein und zog die Tür hinter sich zu.

Der Offizier sah dem Schauspiel verwundert zu, dann öffnete er die Tür und taumelte zurück vor der Erscheinung, der er sich gegenübersah. Groß und hager, und mit einem tiefen Schnitt durch die Kehle, die wie ein zweiter Mund aussah, stand der legendäre Lord Gazemon, der mit eigenen Händen den Grundstein zur Stadt Ys gelegt hatte, in der Tür.

Jetzt hielten diese Hände ein Langschwert, und er trat mit langsamen, wuchtigen Schritten zu dem Schrank, in dem Lord Vengis sich verkrochen hatte, zerschlug die Bretter der Tür mit einem einzigen Schwerthieb und zerrte seinen miserablen Nachfolger in das Licht der flackernden Kienfackeln.

»Du kennst mich!« knurrte der Gründer dieser Stadt.

Vengis schluckte und stöhnte und bekam keinen Ton heraus; nur ein Nicken brachte er zustande. Die Riesengestalt schüttelte ihn, wie ein Terrier eine Ratte schüttelt. »Oh, zu was für Zwergengestalten sind die Weichlinge dieser Tage zusammengeschrumpft!« grollte er. Der Offizier, der hinter einem schweren Eichentisch in Deckung gegangen war, konnte nicht sagen, aus welcher Öffnung die Stimme kam, aus dem Mund, oder aus dem klaffenden Schnitt im Hals, durch den Lord Gazemons Leben verströmt war.

Wieder polterte eine Faust gegen die Tür, und der Offizier beeilte sich, sie zu öffnen, bevor Gazemon ihn dazu auffordern konnte. Mit zitternden Händen zog er die Tür auf und ließ die ein, die davor standen: Lorin, der Gazemon ermordet und sich in den Besitz seines Throns gesetzt hatte; Angus, der ihn gestürzt hatte und als rechtmäßiger Erbe Lord von Ys geworden war; dann Caed; dann Lady Degrance, die sich als Mann ausgegeben und wie ein Mann regiert hatte, bis die Ärzte bei ihrem Tod ihr wahres Geschlecht feststellten; dann Walter von Meux; dann Auberon; dann Lams, und schließlich der erste Vengis, der während des einen Jahres seiner Regierung ein starker und tapferer Herrscher gewesen war, und alle, die nach ihm gewesen waren, bis zu dem, der vor dem jetzigen Lord auf dem Thron in der Staatshalle gesessen hatte.

Mit Streitäxten, Keulen und Schwertern, mit Federkielen und Schriftrollen und Geldwechsler-Waagen, gemäß der Art, durch die sie zur Größe Ys' beigetragen hatten, versammelten sie sich um das unglückliche Opfer ihrer Verachtung.

»Wir sind in der Stadt umhergegangen, seit man uns aus unseren Gräbern zurückgerufen hat«, knurrte Gazemon, dessen Hand noch immer Vengis' Schulter umklammerte. »Wir haben faulige Tümpel auf den Straßen gesehen, Fensterläden, die an einem letzten Scharnier an den Wänden einst prachtvoller Häuser baumeln; wir sind von Bettlern und hungernden Kindern belästigt worden in dieser Stadt, für deren Wohl wir ein Leben lang gearbeitet haben! Du hast unsere goldenen Türme stumpf werden lassen, unsere eisernen Tore verrosten; du hast zugelassen, daß unser prächtiger Hafen versandet und unsere einst fruchtbaren Felder voller Unkraut sind; du hast unsere Reichtümer für billigen Tand verschleudert, ohne zu bedenken, daß wir dafür mit unserem Blut bezahlt haben. Was sagt ihr, alle, die ihr hier versammelt seid? Ist es nicht an der Zeit, daß wir zu einer Abrechnung kommen?«

»Höchste Zeit!« riefen sie wie aus einem Munde, und als Vengis in ihre drohenden Gesichter blickte, rollte er die Augäpfel empor und ließ den Halt an seinem Leben los.

7

»Oh, hier bist du!«

Auf einem grauen Felsen auf der Kuppe eines grauen Hügels hockte Jaques, der Stadtschreiber, wandte seinen Blick von der im Licht der untergehenden Sonne liegenden Ys ab und blickte mit gerunzelter Stirn zu dem Wanderer auf, der zu ihm getreten war. Keine Fußspuren verrieten, aus welcher Richtung er gekommen war, und doch war das kein Wunder an einem Ort, wo Laprivan die Vergangenheit sofort auslöschte.

»Ich habe hier nun lange genug gesessen«, beschwerte sich Jaques. »Der Wind ist kalt! Und trotz deines Versprechens, daß ich erleben würde, wie das Verhängnis über Ys hereinbricht, sehe ich nichts, was ich nicht immer gesehen habe, wenn ich von ferne auf die Stadt blicke. Wann wird dieses Verhängnis über die Stadt hereinbrechen, will ich jetzt wissen!«

Der Wanderer seufzte. Jetzt, wo sich der Gang der Ereignisse unaufhaltsam seinem Ende näherte, fühlte er eine tiefe Niedergeschlagenheit, obwohl es keinerlei Alternative gegeben hatte. Er mochte Jaques nicht besonders, er hielt ihn für aufdringlich und selbstgerecht, aber trotzdem . . .

»Das Verhängnis nimmt bereits seinen Lauf.«

Jaques sprang auf und stampfte mit dem Fuß auf. »Soll das heißen, daß ich es versäumt habe?«

»Das nicht«, sagte der Wanderer. Er hob seinen Stab und deutete mit ihm durch das zwielichtige Grau, das über dem Tal lag. »Siehst du nicht, dort beim Tor, eine Gruppe von Menschen, die in diese Richtung marschiert?«

»Eine . . . ja, ich glaube, ich kann sie sehen.« Jaques starrte angestrengt in das unsichere Grau. »Aber aus dieser Entfernung kann ich sie nicht erkennen.«

»Aber ich«, murmelte der Wanderer. »Es sind all die Menschen, die beschlossen haben, daß Jaques, der Schreiber, nicht der Gelegenheit verlustig gehen soll, am Untergang von Ys teilzuhaben.«

»Was?« Jaques Gesicht wurde totenbleich. »Warum ich? Was wollen sie von mir?«

»Abrechnen.«

»Aber . . .!« Jaques trat von einem Fuß auf den anderen, als ob er fortlaufen wollte. »Erkläre mir doch, was das zu bedeuten hat! Bitte!«

»Wenn du willst«, sagte der Reisende in Schwarz müde und stützte sich auf seinen Stab. »Du mußt vor allem wissen, daß die sogenannten Zauberer von Ys heute Erfolge gehabt haben, die ihre wildesten Träume übertrafen, und – wie sie es sich wünschten – alle die zurückgerufen, welche die Stadt einst begründet und erhalten haben. Und sie stellten fest, wie es unvermeidlich war, daß ihre Vorfahren Menschen waren, mit menschlichen Schwächen behaftet, häufig sogar mit bemerkenswerten Schwächen, denn nur so kann ein Mensch auch auf anderen Gebieten bemerkenswert und hervorstechend sein.«

»Aber . . . ich habe doch ständig von diesem Unsinn abgeraten«, stammelte Jaques.

»Nein«, korrigierte der Reisende in Schwarz. »Du hast nicht geraten, sondern den Menschen gesagt: ihr seid starrköpfige Narren, weil ihr nicht einseht, daß ich recht habe und alle anderen im Unrecht sind. Und als sie deinen dogmatischen Anmaßungen keine Aufmerksamkeit schenkten – was ich ihnen nicht verdenken kann –, hast du deine Hände in Unschuld gewaschen und ihnen ein schlimmes Ende gewünscht.«

»Habe ich ihnen mehr gewünscht, als sie verdient haben?« Jaques versuchte, herrisch zu erscheinen, doch seine Stimme hatte einen jammernden Tonfall angenommen, und er mußte die Finger ineinander verschränken, um das Zittern seiner Hände zu kaschieren.

»Diskutiere all diese Fragen mit denen, die jetzt kommen und dich suchen«, schlug der Wanderer vor und lächelte sardonisch. »Ihre Meinung deckt sich nicht mit der deinen. Sie geben dir die Schuld daran, durch deine großmauligen Reden die Menschen so angewidert zu haben, daß sie sich aus Trotz gegen dich und deinen Standpunkt stellten. Damit nämlich hast du verhindert, daß rationales Denken sich wieder in Ys verbreiten konnte. Wo du hättest vernünftig diskutieren sollen, hast du die anderen nur beleidigt; wo du deinen Standpunkt nüchtern und sachlich hättest darlegen sollen, hast du Zweifel in die Herzen aufrechter Menschen gesät, hast sie blinde Idioten genannt. Das ist es, was sie sagen. Ob ihre Ansicht die richtige ist, oder die deine, überlasse ich ihnen und dir zu entscheiden.«

Jaques blickte wieder zu der Kolonne von Menschen, die vom Stadttor her auf den Hügel zuschritt, und jetzt war sie nahe genug, daß man Einzelheiten erkennen konnte. An ihrer Spitze marschierte der Schmied mit seinem Hammer auf der Schulter; ihm folgte ein Feldarbeiter mit seiner Hacke, dann ein Gärtner mit seiner Sichel, und zwei Küfer mit schweren Faßdauben. Und alle, die ihnen folgten, hatten sich mit irgendwelchen Gegenständen bewaffnet, die ihnen gerade in die Hände gefallen waren, bis zu einer fülligen Hausfrau, die den Stößel ihres Butterfasses in der Hand hielt.

Jaques blickte ängstlich umher und suchte nach einem Fluchtweg. »Ich muß fort!« schrie er verzweifelt. »Ich muß mich verstecken!«

»Das würde dir nicht viel helfen«, sagte der schwarzgekleidete Wanderer. »Diese Leute sind finster entschlossen, mit dir abzurechnen. Selbst wenn du dich in der Tiefe von Fegrims Vulkan verkriechen solltest, würden sie dich aufspüren.«

»Oh, ich Verdammter!« stöhnte Jaques und vergrub sein Gesicht in den Händen. »Ich wollte, daß ich nie in diese Lage gekommen wäre! Ich wollte, daß ich alles, was ich getan habe, ungeschehen machen könnte!«

»Wie du es wünschst, so soll es sein«, sagte der Wanderer erleichtert, denn dadurch wurde diese momentane Abweichung in der kosmischen Entwicklung zu einem sehr befriedigenden Abschluß geführt. Er klopfte mit seinem Stab dreimal auf einen Stein und sagte leise: »Laprivan! Laprivan von den Gelben Augen!«

Jaques schrie auf.

Unten im Tal blieb die Kolonne von Männern und Frauen, die heranzogen, um Rache an Jaques zu üben, plötzlich stehen, wich zurück und lief Sekunden später in panischer Flucht nach

Ys zurück. Denn aus der Flanke des Hügels stierten die Augen Laprivans, und was im Blick dieser Augen lag, gehörte zu einer Zeit, als das Chaos das All beherrschte.

Einige Macht verblieb ihm, solange er lebte, und er benutzte sie für seinen einzigen Lebenszweck: die Tafel des Gestern leerzuwischen.

Er starrte auf die Stadt Ys hinab und sah dort, was für ihn ein Greuel war: Schatten der Vergangenheit, denen Substanz verliehen worden war. Er streckte einen Arm aus dem Hügel und löschte aus . . . löschte aus . . . löschte aus . . .

Honorius, der ein ansteckendes Fieber in den Straßen verbreitete, war nicht mehr.

Dreißig satte Babies, mit blutbeschmierten Gesichtern und Händen, waren nicht mehr.

Der Vergewaltiger d'Icque, der seine blutigen Trophäen schwang, war nicht mehr.

Bardolus' Mutter, die aus ihrem Grab gestiegen war, war nicht mehr.

Das Haus Meleagras, dessen Nahrungsvorräte vertilgt, dessen Räume ausgeplündert waren, lag in tiefem Schweigen.

Und alle, die gekommen waren, um mit dem dekandenten Lord Vengis abzurechnen, waren verschwunden.

Und auch die vielen anderen, die aus Gräbern und Mausoleen gestiegen waren, aus hohlen Wänden und unmarkierten Gräbern am Straßenrand, aus Verliesen und Flußbetten und aus den Tiefen von Brunnen – waren nicht mehr.

»So!« sagte der Reisende in Schwarz, als er Laprivan wieder eingekerkert hatte. »Du hast eine Gnadenfrist, Jaques – bist du glücklich darüber?«

Der bärtige Mann nickte schweigend.

»Und wirst du dir das eine Lehre sein lassen?«

»Ich will es versuchen . . . der Himmel sei mein Zeuge, daß ich es versuchen will!«

»Das ist gut«, sagte der Wanderer. »Dann geh jetzt zu den Menschen, die sich im Tal versteckt haben! Tritt als Freund zu ihnen und zeige ihnen nicht, daß du weißt, warum sie bewaffnet zum Hügel marschiert sind! Sag ihnen, daß die Herrschaft des Chaos über Ys beendet sei und daß sie zum letztenmal in die Stadt zurückkehren sollen, um ihre Habe zusammenzuschnüren, bevor sie und alle anderen Einwohner in alle Winkel der Welt zerstreut werden.«

»Aber . . . aber ist dies unsere Welt?« wimmerte Jaques. »Auf dem Weg nach Barbizond sah ich . . . und jetzt hier . . .«

»Ah, Dinge dieser Art wirst du nicht mehr sehen. Sie gehören zum Gestern, und Laprivan hat sie mit allen anderen Spuren des Gestern ausgelöscht.« Der Reisende in Schwarz gestattete sich ein Lächeln. »Und trauere nicht zu sehr um Ys. Für Städte kommt genau wie für Menschen ihre Zeit . . . Außerdem gibt es eine Weissagung: eines Tages wird ein Fürst einen Namen für seine neue Hauptstadt suchen; man wird ihm von Ys berichten, und aus Neid über die Größe dieser Stadt wird er sagen: ›Ich nenne meine Stadt Parys, weil sie Ys gleich ist.‹«

»An sich halte ich nicht viel von Weissagungen«, sagte Jaques und starrte auf die Stadt. »Aber an diesem ungewöhnlichen Ort . . . doch, das ist ja gleich. Ich werde mich jetzt verabschieden, Sir und . . . und möchte dir danken. Du hast mir einen ehrlichen Spiegel vor das Gesicht gehalten.«

»Gut«, sagte der Reisende in Schwarz. »Und beeil dich!«

Er wartete lange Stunden auf der Kuppe des Hügels, während das letzte Tageslicht verging und die Sterne auf ihren Bahnen emporstiegen, bis sie die Konstellationen erreichten, die die Mitternacht markierten. Es wurde immer schwieriger, Ys zu erkennen; die Türme verschmolzen mit dem Nebel, die Mauern und Tore waren schattendunkel unter Schatten. Eine Weile glomm das Licht von Fackeln durch die Nacht, dann konnte man auch das nicht mehr ausmachen, und als der Morgen dämmerte, konnte man keine Stadt mehr im Tal sehen – und auch nicht den Reisenden in Schwarz auf der Hügelkuppe.

DREI

Die Wette, die durch Gewinnen verloren wurde

Welchen Einsatz bietest du bei diesem Spiel? (sagt Arundel)
Wisse, Sir, obwohl ich nackt und ohne einen Penny sein mag, bin ich doch im Besitz meines Kopfes (sagt Amalthea).
Den schätze ich auf keine Weise (sagt Arundel). Ich würde lieber einen Kochtopf gewinnen, als einen solchen Hohlschädel. Setze an seiner statt jenen Schatz, der, obwohl du ihn an mich verlierst, wieder dein sein wird, wenn ich mit ihm fertig bin.

Glück und Unglück Amaltheas

1

Eine Armee zog durch ein hübsches Tal; die Fahnen an der Spitze des Heerzugs wehten in der warmen Sommerbrise, Trommler schlugen den Takt für die Männer, die hinter ihnen marschierten und in ihren schweren Bronze-Kürassen und hohen Stiefeln schwitzten. Jeder der Männer zu Fuß trug ein Wehrgehänge mit einer Streitaxt und einem Schwert, einen Speer und einen quadratischen Schild. Jeder der Offiziere ritt ein Pferd, das einen feingearbeiteten, leichten Panzer trug, war in Hemd und Hose aus Samt gekleidet, die mit kleinen Stahlplatten besetzt waren, und trug ein Langschwert in einer reichverzierten Scheide. Sonnenlicht wurde von den mit Gold und Emaille besetzten Sätteln reflektiert.

Der Reisende in Schwarz stand auf seinen Stab gelehnt im Schatten einer Kastanie und blickte auf die vorüberziehende Kolonne. Sowie er ihrer ansichtig geworden war, hatten die Banner ihm verraten, woher diese Truppe kam; keine andere Stadt als Teq verwandte diese drei Farben in ihrer Flagge: Gold und Silber, und das Rot von frisch vergossenem Blut. Sie symbolisierten die Moral eines Sprichwortes, das dem Wanderer wohlbekannt war und das er für barbarisch hielt, weil es behauptete, daß jeder Schatz mit Blut erkauft werden müsse.

In Übereinstimmung mit dieser Vorschrift mußten die Lords von Teq, bevor sie das Erbe ihrer Väter antraten, alle Herausforderer töten, und sie taten das mit allen erreichbaren Mitteln, ob durch einen sauberen Schwertstreich oder durch heimtückische Gifte und Drogen. Als Folge davon waren einige der Männer, die in Teq die Macht in ihren Händen gehalten hatten, kaum für diese Rolle geeignet gewesen waren – ihre Größe hatte allein in ihrer Gier gelegen.

»Das«, sagte der Wanderer zu den Blättern des Kastanienbaums, »ist ein äußerst bedrückendes Spektakel!«

Doch er blieb, wo er war, weder verborgen, noch auffällig, und ließ, wie immer, die Dinge ihren Lauf nehmen. Die wenigsten der Soldaten bemerkten ihn, als sie vorüberzogen, da sie unter der Tageshitze und dem Gewicht ihrer Ausrüstung litten, doch zwei oder drei der Offiziere blickten neugierig zu ihm hinüber. Sie maßen dem kleinen Mann in seinem schwarzen Umhang aber kaum irgendeine Bedeutung bei und hatten ihn, wenn sie eine Meile oder zwei weitergeritten waren, sicher völlig aus ihrem Gedächtnis gestrichen.

Das war üblich und zu erwarten. Die wenigsten Menschen erkannten dieser Tage den Wanderer, wenn sie nicht Zauberer von großen Gaben waren und die Einzigartigkeit dessen erkannten, der viele Namen hatte, aber nur eine Natur, oder in seltenen Künsten bewandert waren, so daß sie die Bedeutung der Konjunktion der vier Planeten kannten, die derzeitig in einer sehr beziehungsvollen Konstellation am südlichen Himmel standen.

Es hatten große Veränderungen stattgefunden, und die, die ihn dieser Tage erkannten, waren seltene Ausnahmen.

Die Reisen, die der Wanderer bisher unternommen hatte, überschritten jede Möglichkeit, sie in Zahlen ausdrücken zu können. Außerdem waren die meisten von ihnen kaum von den anderen zu unterscheiden – nicht, weil auf allen die gleichen Ereignisse stattgefunden hätten, sondern weil sie sich alle in einem Maße voneinander unterschieden, das sie gleich wirken ließ. Nach und nach erkannte er Zeichen, die auf einen endgültigen Sieg seines Unternehmens hindeuteten. Vielleicht hatte der Verlust von Ryovora in die Zeit einen Wendepunkt dargestellt; aber wie auch immer es sein mochte, die Tatsache war nicht abzustreiten. Bald – was der Reisende in Schwarz unter bald verstand – würden alle Dinge nur noch eine Natur besitzen. Er würde dann nicht mehr einzigartig sein, und die Zeit würde stehenbleiben müssen. Und daraufhin . . .

Erlösung.

Während er den zielstrebigen Marsch der Armee beobachtete, dachte er über diese Vorstellung mit einem Anflug von Überraschung nach. Das war ihm vorher nie bewußt geworden. Doch es wäre weise und nett von Ihm, der ihm diese Aufgabe übertragen hatte, wenn seine eine Natur die Möglichkeit des Müdewerdens einschlösse, so daß er zu dem Augenblick, an dem er seine Aufgabe erfüllt hatte, gerne abtreten würde.

Doch bis dieser Punkt erreicht war, mußte er noch viel Mühe aufwenden. Er wartete, während die Armee vorüberzog, jetzt holperten die von Mulis gezogenen Troßwagen den ausgefahrenen Weg entlang; und dann, als die dumpfen Schläge der Trommeln in der Ferne erstarben und ihre letzten Echos wie der Pulsschlag eines sterbenden Riesen von den Bergwänden zurückgeworfen wurden, setzte er seinen Weg fort.

Erst als er einige Zeit später nach Erminvale gelangte, erkannte er, daß er sich – müde oder nicht – einer Phalanx starker, geheimer Kräfte stellen mußte, die gegen ihn aufgezogen waren.

Für kurze Zeit konnte er sich fast davon überzeugen, daß dies die letzte seiner Reisen sein würde und er bei seiner nächsten Rückkehr die Orte, die er gekannt hatte, fest in der Hand der Zeit vorfinden würde. Das Grenzland zwischen Rationalität und

Chaos schien immer weiter zu schrumpfen, als sich die harten Gesetze der Logik in diesem Teil des Alls verbreiteten. Die Vernunft ist das Stiefkind der Erinnerung, und die Erinnerung existiert nur in der Zeit, nicht in den willkürlichen Zufälligkeiten der Ewigkeit.

Deshalb erinnerten sich die Menschen jenseits von Leppersley noch an Farchgrind, dessen hauptsächliches Attribut es war, daß niemand sich an Listen, auf die er hereingefallen war, erinnern konnte, sondern immer wieder deren Opfer wurde. Doch wo es einstmals einen monströsen Berg von Torheiten gegeben hatte, jede ein Memento an einen anderen Trick – ›Bau dies und bete mich an, und ich will dir mehr Reichtümer geben, als du tragen kannst!‹ oder: ›Bau jenes und bete mich an, und ich werde dir die Gesundheit und die Kraft eines zwanzigjährigen geben!‹ (die Reichtümer bestanden natürlich aus einer Tonne Erz, und die Gesundheit war die eines zwanzigjährigen Krüppels), gab es heute klardenkende Familien, die in kleinen, sauberen Holzhäusern wohnten, und die sagten: »Ja, wir hören Farchgrind, wenn er zu uns spricht, aber wir erinnern uns, was Großvater geschehen ist, als er glaubte, was ihm gesagt wurde, und deshalb kümmern wir uns lieber um unsere eigenen Angelegenheiten.«

Der Wanderer sprach mit Farchgrind, der ihm fast leid tat, als er sich über die Skepsis beklagte, die sich immer weiter unter den Menschen ausbreite, und nahm deshalb Farchgrinds Antwort ohne Widerspruch entgegen.

»Auch du«, sagte der Elementar, »bist Teil der Dinge, so wie sie sind, und ich – ich bin nur Teil der Dinge, so wie sie waren!«

Gleichermaßen waren auch Hufabdrücke auf der Straße, die Jorkas entlanggetrabt war, doch waren es nicht die seinen; irgendein Karrengaul hatte sie hinterlassen, und heute oder morgen würde Regen sie auslöschen, damit ein anderes Pferd neue Spuren in den Schlamm prägen konnte. Außerdem war der hohe Turm im schwarzen Acromel, der wie ein Achatpfeiler mit einer Krone aus Onyx aussah, wo einst Herzöge dem Vierfachen Gott Opfer dargebracht hatten, abgebrochen wie ein dürrer Stecken. Und zwischen seinen Trümmern versuchten ein paar

Narren, einen sterbenden Kult wieder zum Leben zu erwecken, doch waren ihre Torheiten kaum erwähnenswert neben den Wahnsinnsunterfangen des Zauberers Manuus, der sich einmal in die Angelegenheiten dieser Stadt eingemischt hatte, und selbst neben denen des armseligen Tyrannen Vengis, dessen Faulheit und Gier das Verhängnis über seine Mitmenschen und über sich selbst herabbeschworen hatten.

»Ah, wenn ich doch nur den Schlüssel zu diesem Geheimnis finden könnte!« sagte einer von ihnen, der den Wanderer eingeladen hatte, die Wärme seines Feuers zu teilen, das er mit Manuskripten und ledergebundenen Büchern der herzoglichen Bibliothek fütterte. »Dann würden die Menschen zu mir kommen und vor mir die Knie beugen und mir feine Kleider geben, um mich warmzuhalten, anstelle dieser schäbigen Lumpen, und wohlschmeckende Speisen anstelle dieser Ratte, die ich jetzt auf einem Zweig gespießt über den Flammen röste, und schöne Töchter der größten Familien, um mein Bett zu zieren, anstelle der alten Schachtel, die ich dumm genug war zu heiraten.«

»Wie du es wünschst, so soll es sein«, sagte der Wanderer und stieß seinen Stab dreimal auf die Altarplatte, die der alte Narr als Feuerstelle benutzte.

Als der nächste Morgen heraufzog, lief seine Frau zu allen Nachbarn, um ihnen ein Wunder zu verkünden: Ihr Mann sei in Stein verwandelt worden, reglos, doch nicht tot. Und da seit dem Abzug des Vierfachen Gottes kein vergleichbares Wunder geschehen war, kam alles so, wie er es sich gewünscht hatte. Die Menschen setzten ihn auf den Stumpf des hohen, schwarzen Turms und hüllten ihn in die kostbarsten Gewänder; sie verbrannten die delikatesten Speisen in einem Holzkohlebecken, damit der Duft zu seinen Nüstern aufstiege; und sie suchten die schönsten Mädchen der Stadt, schnitten ihnen die Kehlen durch und hängten ihre Leichen vor ihm mit Ketten am Galgen auf – alles in strikter Befolgung uralter Riten.

Nach einer Weile jedoch, als ihre Opfer und Anbetungen ihnen nicht die Erfüllung ihrer Wünsche brachten, um die sie ihn angefleht hatten, vergaßen sie ihn und ließen ihn hilflos zusehen, wie die kostbaren Roben zerfielen und das Feuer im Becken erstarb und die Körper der Mädchen von Maden gefressen wurden, bis nichts weiter übrig blieb als nackte, bleiche Knochen.

Gleichermaßen beklagte sich auch ein Träger im Schatten von Yorbeth, dessen Wurzeln einen wunderbaren Saft aus der unsichtbaren Quelle unter Ganders Brunnen zogen, und sagte: »Oh, was habe ich für ein schweres Los! Jahr um Jahr, wenn der Schnee schmilzt, komme ich hierher und pflücke unter Beachtung aller Vorsichtsmaßnahmen von diesen langen Ästen Früchte und Blätter, wie sie noch keine der Sonnen gesehen hat. Sieh hier, eine samtene Kugel, die mit leiser Stimme schreit, wenn sich meine Hand um sie schließt! Und hier: ein Blatt, so durchsichtig wie Kristall, und wenn man hindurchblickt, sieht man ein Bild, das kein Mensch beschreiben kann! Dinge wie diese sind bei den Zauberern sehr begehrt.

Doch was mich aufregt« – und er beugte sich vor und verzog das Gesicht –, »ist schlicht und einfach die Ungerechtigkeit. Ziehen die Zauberer über die ausgefahrene Straße zu Ganders Brunnen? Riskieren sie den Tod oder Schlimmeres, um den Inhalt eines schweren Packens zusammenzutragen? Natürlich nicht! Das überläßt man mir! Und was ich hier zusammentrage, muß ich für ein Trinkgeld an Fremde verschleudern, die zweifellos die Hälfte der Beschwörungen verpfuschen, die sie auf das aufzubauen versuchen, was ich ihnen bringe! Ich wollte, ich wüßte, was für Wunder die Dinge hervorbringen können, die ich beschaffe!«

»Wie du es wünscht, so soll es sein«, seufzte der Wanderer. Er schlug dreimal mit seinem Stab auf den Brunnenrand, dann trat er beiseite, um mit Yorbeth über die Erlösung zu sprechen – die Erlösung, um die er ihn unerwarteterweise beneidete. Denn es gab nur eine einzige Möglichkeit, um zu erfahren, was man mit den Dingen, die an dem Baum wuchsen, anfangen konnte, und das war, Yorbeths Platz im Stamm dieses Baums einzunehmen.

Und dort, wütend und gefangen, fand sich der Träger kurz darauf, eins mit all den Geheimnissen, die er dort vermutet hatte, bis hin zu dem Wissen, daß man mit einem Stück seiner

Rinde Ogram-Vanvit aus seiner Höhle zu locken vermochte – doch unfähig, es zu seinem Nutzen zu verwenden.

Yorbeth hörte natürlich auf zu sein. Schweren Herzens zog der Wanderer weiter.

2

In dem bergigen Land, das Eyneran genannt wurde, wo die Menschen vor allem stolz auf ihre Schafe und Ziegen waren, hatte er einst den eisigen Elementar Karth eingekerkert, dank dessen geringer verbliebener Kraft ein seltsames Tal jedoch unter einer Eisdecke ständig gefroren blieb, wenn rings herum helle Sommerblumen erblühten und von den grasenden Herden das Läuten ihrer Glocken erschallte. Hier traf der Wanderer auf einen Mann, der mit Stahl und Stein das Eis in Brand zu setzen versuchte. Sein Gesicht war grimmig und blau gefroren, und er schlug verbissen immer wieder den Stahl gegen den Stein.

»Warum«, fragte der Reisende in Schwarz, »verschwendest du so viel Mühe um eine aussichtslose Sache?«

»Oh, du bist ein Einfaltspinsel wie alle anderen!« rief der Mann und schlug Funken um Funken. »Liegt es nicht in der Natur von Eis, zu schmelzen, wenn die heißen Sonnenstrahlen darauf fallen? Da das, was sich in diesem Tal befindet, nicht schmilzt, kann es also kein Eis sein. Und es ist gewiß auch nicht Stein – es unterscheidet sich erheblich von Bergkristall, Quarz, Diamant und Fluorit. Also muß es eine bernsteinartige Substanz sein. Und Bernstein, das ist erhärtetes Harz, und Harz brennt sehr gut, wie jeder Schwachkopf weiß, der schon einmal Kiefernscheite in den Herd geworfen hat. Folglich muß dieses sogenannte ›Eis‹ brennen. Früher oder später«, schloß er etwas deprimiert und fuhr sich mit der Hand über die Stirn. Diese Geste verursachte ein knisterndes Geräusch, denn so schneidend war der Wind, in diesem Tal, daß der von seiner Anstrengung verursachte Schweiß auf seiner Stirn sofort zu einer dünnen Eisschicht gefror.

Der Wanderer erinnerte sich traurig an Jaques von Ys, der sich auch eingeredet hatte, daß nur er allein recht hätte, und versagte es sich, gegen die Logik des Eisverbrenners zu argumentieren. Doch der Mann spürte irgendwie, daß er seine Überzeugung nicht teilte und warf ihm einen scharfen, feindseligen Blick zu.

»Ich bin es satt, daß alle Welt sich über mich lustig macht«, rief er wütend. »Ich wünschte, daß sich die wahre Natur dieser Substanz zeigen würde, damit du und alle anderen sie erkennen könnten!«

»Wie du es wünscht, so soll es sein«, sagte der Wanderer und erkannte, daß der Zeitpunkt der Erlösung auch für Karth gekommen war. Mit dem Ersterben seiner bereits stark reduzierten Kraft wurde das Eis von den Strahlen der Sonne aufgetaut, und warme Zephire wehten Wasser von den Rändern des Gletschers.

Der Mann starrte auf das schmelzende Eis, fuhr mit der Hand in dem Wasser herum, schmeckte es und fluchte vor Enttäuschung.

»Wenn dies Wasser ist, dann müßte es vorher Eis gewesen sein – aber es war kein Eis, und deshalb kann dies kein Wasser sein!«

Gischt sprühte ihm ins Gesicht; um seine Knöchel schäumte ein neugebildeter Bach.

»Es ist kein Wasser«, erklärte er hartnäckig und blieb auf seinem Platz. Doch als dann aufgestautes Schmelzwasser wie eine Flut den Hang herabstürzte, schwemmte es ihn samt seinem Stahl und seinem Stein zur Talsohle hinab und zerschmetterten ihn an einem Felsen, der seinem Flehen gegenüber taub blieb.

Gleichmütig stand der Wanderer auf einem erhöhten Felssims, blickte auf die tobenden Wasser hinab und überlegte, daß er, der so viele Äonen von Jahren gesehen hatte, daß es kein Maß für seine Lebensdauer gab, jetzt wußte, was die Worte ›ich bin alt‹ bedeuteten.

Gleichermaßen lebte in Gyrte, einer schönen und reichen Stadt, eine Dame, die sich unter fünfzig Männern einen Gatten hätte auswählen können, doch ihr Herz vor allen verschloß, wegen eines Mannes, der, wie sie sagte, ihr nicht einmal einen Blick vergönnte, obwohl er Mädchen in einem Umkreis von vielen Meilen verführt hatte.

»Warum verachtet er mich?« rief sie. »Er muß sich doch nach einer Frau sehnen, die ihn von seinen endlosen Abenteuern erlöst! Kann er nicht zu mir kommen, die ich mich nach ihm verzehre?«

»Wie du es willst, so soll es sein«, sagte der Wanderer, und am folgenden Tag erschien der Mann ihrer Träume und warb um ihre Gunst. Sie glaubte, daß ihr brennendster Wunsch endlich Erfüllung gefunden habe und stellte ihm ihr Haus und ihren Körper zur freien Verfügung. Und am nächsten Tag behandelte er sie so, wie er alle anderen Frauen behandelt hatte: er rollte sich von ihrem Bett, nachdem er sein Vergnügen gehabt hatte, ohne ihr auch nur einen freundlichen Blick oder einen Kuß zu gönnen und verließ sie, die verzweifelt die Hände rang und ihr Unglück beklagte.

Gleichermaßen stand ein alter Grabstein auf dem Friedhof von Barbizond unter dem Regenbogen, der die Präsenz des Lichtwesens Sardhin anzeigte. Das Gras um das Grab wucherte bei dem nie endenden Regen. Der Wanderer suchte das Grab auf, weil er bei dem Mann, der reich an Jahren und Verdiensten darunter seine letzte Ruhestätte gefunden hatte, in der Schuld stand.

Als er sich abwandte, um weiterzugehen, wurde er von einer in ein Cape aus Blättern gekleideten Person angesprochen, die auf den ersten Blick wie eine Siebenjährige wirkte, ob Junge oder Mädchen.

»Guten Morgen, Sir«, zwitscherte das kleine Ding mit piepsiger Stimme. »Stählst du dich für den Tod, indem du all diese Gräber betrachtest – oder hast du Grund zu dem Wunsch, daß er jemand anders einholen möge, bevor du selbst an der Reihe bist?«

»Und was wäre, wenn letzteres der Fall sein sollte?« fragte der Wanderer.

»Dann könnte ich dir zu Diensten sein«, sagte die Person mit einem schlauen Lächeln. »Ich bin seit sechsunddreißig Jahren so, wie du mich siehst: zwergwüchsig, geschlechtslos und agil. Wie könnte ich diese Gaben besser einsetzen, als zum besten Attentäter in der Geschichte von Barbizond zu werden? Rings um dich herum siehst du die Beweise meines Geschicks; hier liegt ein alter Knauser, dessen Tochter mir die Hälfte seines Schatzkoffers zahlte, dort ein erstgeborener Sohn, der den Weg seines jüngeren Bruders zu einem Erbe versperrte . . .«

»Du sprichst so offen von deinem nichtswürdigen Gewerbe?«

»Aber Sir, es ist doch niemand da, der mich hören könnte, außer dir, und würden die Menschen dich nicht für verrückt halten, wenn du behaupten solltest, daß ein kleines Kind sich solcher Taten gerühmt habe?«

»In der Tat, dein kindliches Aussehen ist eine gute Verkleidung«, gab der Wanderer zu. »Doch sage mir: sprichst du zu mir lediglich, um einen neuen Kunden zu werben, oder weil deine Tarnung so wirksam ist, daß sie dir lästig wird?«

Der andere runzelte die Stirn. »Nun, ich muß zugeben, daß diese Tarnung, die meinem Gewerbe zugute kommt, meine Selbstachtung untergräbt. Ich verdiene meinen Lebensunterhalt auf eine einmalige Art, doch niemand weiß, daß ich der größte Könner auf meinem Gebiet bin – außer jene, die meine Dienste in Anspruch genommen haben und nicht darüber zu reden wagen. Ich wollte, mein Ruhm als der größte Meister meines Berufes würde sich durch das ganze Land verbreiten!«

»Wie du es wünscht, so soll es sein«, sagte der Wanderer und klopfte mit seinem Stab auf den zunächst stehenden Grabstein. Noch an diesem Abend begannen Gerüchte in Barbizond zu kursieren, und alle, die einen Verwandten unter verdächtigen Umständen verloren hatten, durch ein Gift, das so raffiniert war, daß selbst die Zauberer es nicht feststellen konnten, oder eine lautlose Schlinge, oder ein Messer, das aus dem Dunkel in den Rücken fuhr, nickten ernst und bemerkten, was für eine wunderbare Maske das Aussehen eines Kindes im zarten Alter für einen Mörder war.

Am nächsten Morgen, als er die Straße nach Teq entlangging, sah der Reisende in Schwarz einen Leichnam auf einem Dunghaufen liegen, der der Leichnam eines Kindes hätte sein können.

Wird es jetzt geschehen? Diese Frage verfolgte den Reisenden in Schwarz, als er weiterschritt. Die Hälfte seines Seins war in angespannter Erwartung, denn alles, was er während der unzähligen Äonen, die ihm zugeschrieben worden waren, gekannt hatte, war die ihm gestellte Aufgabe; die andere Hälfte jedoch sehnte sich nach einem Ende. Karth war gegangen, Yorbeth war gegangen, Jorkas war gegangen – würde es bald auch zum Ende Tuprids und Caschalanvas kommen, für Quorril und Laprivan von den Gelben Augen?

Einem Impuls folgend, als er den Eschenhain bei Segrimond erreichte, der zu den Orten gehörte, an welchen solche Dinge möglich waren, zwang er Wolpec wie gewohnt in eine Kerze, doch als er ein Stück Glas in den Rauch ihrer Flamme hielt, um die drei Wahrheiten daraus zu lesen, zersprang das Glas. Resigniert schloß er daraus, daß er sie nicht erfahren sollte und setzte seinen Weg fort.

In Kanish-Kulya lag die Mauer, die einst die Männer von Kanish und die von Kulya getrennt hatte, in Trümmern und war kaum noch mehr als eine langgestreckte Bodenwelle, die mit Efeu und Unkraut bewachsen war; Straßen führten durch sie hindurch, auf denen die bunten Wagen der Händler und abenteuersuchende Ritter von einem Ort zum anderen zogen. Doch in den Köpfen gewisser Menschen stand diese Mauer noch immer.

»Nicht nur«, grummelte ein gewisser Händler in Kanisch, »daß meine älteste Tochter sich weigert, sich in ihr Schicksal zu ergeben und entsprechend unserer Tradition Fegrim geopfert zu werden! Nein, sie hat sogar die Stirn, einen Krieger aus Kulyan heiraten zu wollen!«

Der Wanderer, der mit dem Elementar Fegrim recht vertraut war und auch wußte, daß dem Opfer höchst gleichgültig waren, zog es vor, zu schweigen.

»Dies schwöre ich bei meinem Leben!« rief der Händler außer sich vor Wut. »Falls meine Tochter so weiter macht wie bisher, werde ich nie wieder ein Wort mit ihr sprechen – und auch nicht zulassen, daß sie jemals ihren Fuß in mein Haus setzt!«

»Wie du es wünscht, so soll es sein«, sagte der Wanderer. Von diesem Augenblick an sprach der Händler nie wieder ein Wort; stumm geworden starrte er der prunkvollen Prozession nach, mit der seine Tochter auszog, um ihren Bräutigam einzuholen, und bevor sie mit ihm zurückkehrte, wurde er von einem Schlaganfall getötet, so daß das Haus nicht mehr ihm gehörte.

Doch dieser Vorfall war alles andere als außergewöhnlich. Gier, Haß, Neid – sie waren weit verbreitet, und es stand außer Frage, daß sie selbstzerstörerisch waren.

Der Wanderer zog weiter, nach Erminvale.

3

In diesem Land gewellter Ebenen und Hainen von Birken und Ahorn lag das Dorf Wantwich, eine Ansammlung weißer Farmhäuser, durch ordentlich geschnittene Hecken voneinander getrennt, die um einen Anger standen, auf dem sich an Sommerabenden die jungen Burschen und Mädchen trafen und zur Musik eines Fiedlers und eines Harfenspielers tanzten und flirteten. Auf einer Seite des Dorfangers lag ein Weiher, den der Reisende in Schwarz dem Wesen Horimos unterstellt hatte, für das er eine besondere Vorliebe entwickelte, weil Horimos unter allen Elementaren zu faul war, um irgendwelchen Schaden anzurichten und nur in Ruhe gelassen werden wollte. Während die Burschen und Mädchen tanzten, tobten die Kinder fröhlich kreischend im Wasser umher oder beschmierten ihre nackten Körper mit dem roten und blauen Lehm des Ufers, und malten einander stolz ihre Namen auf den Rücken, wenn sie schreiben konnten. Im Winter liefen sie auf dem vereisten Weiher Schlittschuh, in wärmende Ziegenfelle gewickelt und auf Holzkufen, die an ihre Füße geschnürt waren.

Es war ein gutes Dorf, Erminvale: mit einem Überfluß sahniger Milch, Rüben, die so fest und süß waren, daß man sie in

Streifen geschnitten mit Salz, Beeren und Nüssen aller Art aß, und langgranniger Gerste für kräftiges Brot. Man braute dort auch ein gutes Bier, und bei den Festen wurden drei große Fässer davon auf den Anger gerollt, so daß jeder, ob Einheimischer oder Reisender, so viel trinken konnte, wie er wollte, nachdem der erste Becher, natürlich, für Horimos in den Weiher gegossen worden war. Zufrieden mit dieser Geste der Wertschätzung schlummerte dieser auf dem schlammigen Grund weiter.

So war das Leben, das ein Mädchen namens Viola von Kindheit an gekannt hatte, und da sie Berichte von Durchreisenden über andere Dörfer und Städte gehört hatte, war sie sehr zufrieden, in Wantwich geboren zu sein. Wo sonst fand man ein so gutes, sorgloses Leben? Große Städte waren überfüllt und voller Qualm und Gestank; außerdem hatten sie anspruchsvollere Herren als Horimos, wie Hnua-Threl von Barbizond, zum Beispiel, schwarz von dem Blut derer, die sich vor seinem Altar duelliert hatten, oder der blinden Lady Glück, die in ihrer Launenhaftigkeit einen Bürger von Teq anlächeln mochte, um ihm von nächsten Tag an für immer den Rücken zuzukehren.

Sie hatte von Teq durch einen vornehm gekleideten Reiter erfahren, der vor einiger Zeit hier vorbeigekommen war. Sein Pferd war ein großer Rotschimmel, und er hatte seinen langen, blonden Schnurrbart gezwirbelt und mit Gold um sich geworfen.

Er war am ersten schönen Frühlingsabend ins Dorf gekommen, als Viola und ihr Anverlobter, Leluak, mit allen anderen jungen Leuten auf dem Anger getanzt hatten, und weil es geboten war, Fremde mit aller Höflichkeit zu behandeln – selbst einen Fremden, der sich über die Enge seines Zimmer im einzigen Gasthaus des Dorfes beschwerte – und auch, gestand sie sich ein, weil alle anderen Mädchen sie beneiden würden, hatte sie seine Aufforderung angenommen, von ihm einen neuen Tanz zu lernen, der gerade in Teq in Mode gekommen war. Die Instruktion nahm nur kurze Zeit in Anspruch; sie war eine gute Tänzerin, leicht und graziös auf ihren schlanken Beinen, denen nicht einmal der lange Winter die Sonnenbräune des letzten

Sommers ganz nehmen konnte. Nach dem Tanzen unterhielten sie sich.

Sie erfuhr, daß er Achoreus hieß und einem der großen Herren von Teq diente. Außerdem sagte er ihr, daß er sie sehr schön fände, was ihr nicht unerwartet kam, da alle anderen ihr das gleiche gesagt hatten; sie hatte lange, blonde Zöpfe, große Augen, die irisierten wie Opale, und ihre Haut war so glatt wie Satin. Als nächstes erklärte er ihr, daß solche Schönheit in diesem abgelegenen Dorf verschwendet sei und dem Adel und der vornehmen Welt einer großen Stadt vorgestellt werden sollte – womit er natürlich Teq meinte. Sie dankte ihm für seine Komplimente, erklärte ihm jedoch, daß sie bereits versprochen wäre. Daraufhin bewies er, daß er bei all seinem feinen Getue der einfachsten Anstandsregeln ermangelte und griff ihr ins Mieder, woraufhin sie ihn stehen ließ.

Hätte er sich anständig benommen, sie zu einem Spaziergang in den Wald eingeladen und dort ein Bett aus Moos gefunden, wäre sie vielleicht seiner Aufforderung gefolgt. Es war der Brauch in Wantwich, Fremde so zu behandeln wie die besten Freunde. Doch so, wie die Dinge lagen – so sagte sie Leluak, als sie ihm gute Nacht wünschte –, schien er zu erwarten, daß allein sein Anblick sie den Burschen vergessen lassen würde, mit dem sie aufgewachsen war. Was für eine Narretei!

Die Vorbereitungen der Hochzeit liefen also gemäß den alten Bräuchen weiter, und bei Sonnenuntergang des Vorabends dieser Zeremonie wurde sie von ihrem Vater, ihrer Mutter, zwei Schwestern und einer Tante in der vorgeschriebenen Form für die Nacht eingekleidet, in der sie allein jeden der fünf Berge, die das Tal von Erminvale einschlossen, aufsuchen und dort fünf Samen in die Erde legen sollte: einen Apfelsamen, einen Schlehensamen, ein Maiskorn, eine Eichel und ein Gerstenkorn.

Mit einer Ledertasche, in der sich Brot und Käse und eine Flasche mit Wasser befanden, und einer Fackel aus harzigem Wacholder, machte sie sich unter aufmunternden Zurufen der Dorfbewohner auf den Weg.

Es war ein langer und schwieriger Marsch durch das Dunkel, doch sie war durch das Tal von Erminvale gezogen, seit sie alt genug war, um ohne ihre Mutter aus dem Haus zu gehen, und obwohl sie felsige Hänge hinaufsteigen und ihren Weg durch Dornendickichte suchen mußte, in denen Nachtvögel schrien und zirpten, erreichte sie jeden der fünf Berggipfel ohne schlimmere Verletzungen als Dornenkratzer auf ihren Waden. Als das erste fahle Grau der Morgendämmerung über den östlichen Horizont kroch, drückte sie den letzten Samen, das Gerstenkorn, in den Boden und wässerte ihn aus ihrem Körper, um ihm einen gesunden Start ins Leben zu geben. Dann machte sie sich zufrieden auf den Rückweg, müde, doch voller Vorfreude auf den aufdämmernden Tag. Gegen Mittag würde sie sicher in Leluaks Armen sein und das Fest konnte beginnen.

Als sie jedoch noch eine Meile von dem Dorf entfernt war, spürte sie, daß irgend etwas nicht stimmte. Rauchgeruch wurde von der Morgenbrise in ihre Nase geweht, doch fehlte ihm das reiche Aroma von bratendem Fleisch und frischgebackenen Broten und Kuchen, den sie erwartet hatte. Als sie sich dem Dorf näherte, wunderte sie sich, daß keine schrille Musik zu ihr herüberklang, denn niemand hatte je Fiedler Jarge daran hindern können, sein Instrument zu spielen, sobald sich irgendeine Gelegenheit dazu bot, selbst wenn die Braut noch nicht von den Bergen zurück war.

Das Schlimmste aber war, daß bei dem Stein, der die letzte Wegbiegung markierte, und wo der Bräutigam traditionell wartete, um seine Braut nach Wantwich einzuholen, keine Spur von Leluak war.

Von einer unsäglichen Angst erfüllt begann sie zu laufen, und als sie den Felsen umrundet hatte, fiel ihr Blick auf das erste, am Dorfrand liegende Haus von Wantwich, dessen Bau sie als kleines Kind miterlebt hatte, und sie wurde ohnmächtig vor Entsetzen. Die schönen, weißen Wände des Hauses waren rauchgeschwärzt, das Hofgatter zerbrochen, und der beste Zugochse der Remban-Familie lag stöhnend in einer Blutlache.

Und dahinter: das Haus der Harrings in Flammen – das war die Quelle des Rauchs, den sie gerochen hatte! Ihr eigenes Heim war verwüstet, die Tür mit der Axt von dem Brennholzhaufen eingeschlagen, die Fensterläden heruntergerissen! Leluaks

Haus schien in Ordnung zu sein, doch die Tür stand offen, und niemand antwortete ihr, als sie rief.

Von namenlosen Entsetzen gepackt lief sie zum Dorfanger, und dort lag Jarges Fiedel zertreten auf dem Rasen. Die für die Hochzeitsfeier bereitgestellten Bierfässer waren zerschlagen. Und in ihrer Nähe war ein Stück Rasen verbrannt, wofür sie keine Erklärung fand. Und das Wasser des Weihers war rot von dem Blut der Enten, die fort fröhlich gequakt hatten.

Auf ihrem Schaukelstuhl, von dem aus sie seit unendlich vielen Jahren grinsend den Hochzeiten zugesehen hatte, saß die einzige verbliebene Einwohnerin von Wantwich, Oma Anderland, die tatsächlich bereits Ur-Urgroßmutter war, und blickte Viola mit einem zahnlosen, senilen Lächeln an.

»Oma!« schrie Viola. »Was ist passiert?«

Doch alles, was Oma Anderland tun konnte – alles, was sie jemals hatte tun können, seit Viola ein Baby gewesen war – war, ihre rosa Gaumen in einem albernen Grinsen noch weiter zu entblößen und vor und zurück zu schaukeln.

Viola schrie Leluaks Namen, bis sie heiser war und vor Erschöpfung und Angst zusammenbrach, und so fand sie der Wanderer, als er zufällig durch das Dorf kam.

4

Er verhielt kaum seinen Schritt, als er in das Dorf kam, auf einem anderen Weg als dem, auf welchem Viola von den Bergen zurückgekommen war. Doch sein Gesichtsausdruck wurde bei jedem Schritt, den er tat, ernster, bis er schließlich vom Dorfanger aus das ganze Ausmaß der Verwüstung sehen konnte, und seine Stirn so finster wirkte wie eine Gewitterwolke.

Seine Schritte waren zu leise, als daß das Mädchen sie durch ihr Schluchzen hätte hören können, und die alte Frau neben ihr, war ihm sofort klar, hatte entweder einen solchen Schock erlitten, daß sie nicht mehr klar denken konnte, oder aber sie war zu senil, um die Welt zu verstehen. Also wandte er sich an das Mädchen.

Beim Laut seiner Stimme kroch Viola furchtsam von ihm fort, und auf ihrem tränenfeuchten Gesicht stand ein Ausdruck namenlosen Entsetzens. Doch nichts an der Erscheinung des kleinen, schwarzgekleideten Mannes, der auf seinen Stab gestützt vor ihr stand, deutete darauf hin, daß er irgend etwas mit der Verwüstung von Wantwich zu tun haben konnte. Und außerdem schien er von einem unbeschreiblichen Zorn erfüllt, der offensichtlich nicht gegen sie gerichtet war.

»Wer bist du, Kind?« fragte der Wanderer.

»Ich . . . mein Name ist Viola, Sir«, stammelte das Mädchen.

»Und was ist heute hier geschehen?«

»Ich weiß es nicht, ich weiß es nicht!« Viola rang die Hände und erhob sich. »Warum sollte irgend jemand uns so etwas antun? Es müssen Monster gewesen sein – Teufel!«

»Davon gibt es in dieser Gegend nicht sehr viele«, murmelte der Wanderer. »Wahrscheinlich sind es Menschen gewesen – falls sie diese Bezeichnung verdienen. Warst du außerhalb des Dorfes?«

»Heute sollte meine Hochzeit sein«, sagte Viola mit erstickter Stimme.

»Ich verstehe. Also warst du auf den fünf Gipfeln und hast dort Samen in die Erde gelegt.«

»Ihr . . . Ihr seid mit unseren Bräuchen vertraut, Herr?« Viola gewann ihre Selbstkontrolle zurück, wischte sich die Tränen aus den Augen und blickte den Fremden aufmerksam an. »Ich kann mich aber nicht erinnern, Euch schon einmal hier gesehen zu haben.«

»Es ist nicht mein erster Besuch in Wantwich«, sagte der Wanderer, ohne zu erwähnen, wie oft er schon hiergewesen war, und wann diese Besuche stattgefunden hatten. »Aber um diese wichtige Angelegenheit weiterzuverfolgen: hat diese alte Lady gesehen, was geschehen ist?«

»Wenn sie es gesehen haben sollte, ist sie nicht in der Lage, darüber zu berichten«, sagte Viola dumpf. »Sie ist seit vielen Jahren in dem Zustand, in dem Ihr sie jetzt vor Euch seht. Sie mag, daß man zu ihr spricht, nickt dazu und kichert manchmal auch, aber darüber hinaus . . .« Sie zuckte die Achseln.

»Ich verstehe. Dann müssen wir eben auf eine andere Weise feststellen, was passiert ist. Bist du tapfer, Mädchen?«

Sie starrte ihn zweifelnd an. »Sir«, sagte sie schließlich, »wenn Ihr irgend etwas tun könnt, um das Unrecht zu sühnen, das diesen guten Menschen geschehen ist, bin ich so tapfer, wie Ihr es von mir verlangt.« Sie ballte ihre Hände zu Fäusten und preßte die Fingernägel hart in die Handflächen. »Oh, daß irgend etwas getan werden könnte! Ich kann mir nicht vorstellen, was man tun kann – aber *irgendeine* Möglichkeit muß es doch geben!«

»Wie du es wünschst, so soll es sein«, sagte der Reisende in Schwarz und nahm ihre Hand. Er führte sie über den Anger, an dem verbrannten Grasstück vorbei – auf das er einen verwunderten Blick warf – und zum Ufer des Dorfweihers.

»Bleib still stehen«, befahl er. »Fürchte dich nicht vor dem, was du jetzt sehen wirst.«

»Ich . . . ich verstehe nicht!«

»Es ist auch besser, wenn du nichts verstehst«, murmelte der Wanderer und stieß seinen Stab ins Wasser. Er löste damit eine der Kräfte, die das Licht zusammenhielten, aus dem der Stab bestand, und ein heller Strahl schoß zum Grund des Weihers hinab.

»Horimos!« rief er. »Horimos!«

Die Augen des Mädchens weiteten sich vor Staunen, und dann riß sie erschrocken den Mund auf. Denn das Wasser des Weihers wallte auf, zähflüssig wie Pech, und aus den emporsteigenden, platzenden Blasen schienen sich blubbernde Worte zu formen.

»La-a-a-ss mi-i-ich i-i-n-n Ru-u-u-uhe!«

»Horimos!« rief der Wanderer scharf. »Rühre dich! – Du schläfst seit Äonen in deinem weichen Schlammbett! Soll ich dich nach Kanish-Kulya schicken, damit du den Vulkanschlot mit Fegrim teilen kannst?«

Ein Geräusch zwischen einem Grollen und einem Schrei folgte.

»Ja, er wäre ein sehr unruhiger Schlafgenosse für dich, nicht wahr?« rief der Wanderer. »Auf! Auf! Ich will mit dir reden!«

Viola war neben ihm in die Knie gesunken, und alle Farbe war aus ihrem Gesicht gewichen. Zu entsetzt, um auch nur blinzeln zu können, starrte sie auf das Wasser, in dem sie so oft gebadet hatte, und sah es aufwallen – aber absurd langsam, als ob die Zeit auf ihre doppelte Länge ausgedehnt würde. Wieder zerplatzten große Blasen an der Oberfläche, und Wellen und Wirbel breiteten sich nach allen Seiten aus, so langsam, daß man glaubte, sie mit der Hand in eine andere Richtung schieben zu können.

Und schließlich . . .

»Vielleicht solltest du jetzt lieber die Augen schließen«, sagte der Wanderer, und rief dann: »Horimos! Sprich! Und mach schnell! Je eher du mir sagst, was ich wissen will, desto eher kannst du wieder in deinen Modder zurücksinken. Was ist mit allen den Menschen dieses Dorfes geschehen?«

»Sind fortgebracht worden«, murmelte Horimos verdrießlich. Es war kein wirklicher Mund, mit dem er die Worte formte, doch schließlich ist die Körperform aller Elementaren ein wenig absonderlich.

»Wann und von wem?« Der Wanderer stieß ungeduldig seinen Stab auf den Boden.

»Armee ist heute morgen einmarschiert«, seufzte Horimos. »Soldaten sind durchs ganze Dorf gerannt, haben alle auf den Anger getrieben – die meisten waren ohnehin schon dort. Haben eine Schmiede aufgestellt – die Stelle, wo das Gras verbrannt ist – und alle mit Eisenfesseln an eine lange Kette geschmiedet. Haben alle Enten und Hühner gebraten und gegessen, die Bierfässer leergetrunken und zerschlagen und dann die Dorfbewohner fortgetrieben. Ich bin froh, daß sie weg sind – hatte nie eine ruhige Minute, seit du mich hierhergebracht hast, mit all dem Fiedeln und Tanzen und Schwimmen und Eislaufen, und was sie sonst noch so trieben!«

»Wessen Armee war es? Wie waren ihre Farben?«

»Woher soll ich wissen, wessen Armee eine Flagge in Gold, Rot und Silber führt?«

Die Finger des Wanderers schlossen sich fester um seinen Stab.

»Und du hast nicht versucht, den Leuten zu helfen?«

»Habe dir doch gesagt: bin froh, daß ich sie los bin.« Horimos zeigte einen solchen Ausdruck von Langeweile, daß die Oberfläche des Wassers mit ihm zu gähnen schien. »Und wenn du nicht gekommen wärst, hätte ich zum erstenmal wieder anständig schlafen können!«

»Für deine Faulheit«, sagte der Wanderer leise, »soll es dich bis zur Rückkehr der Leute von Wantwich so gewaltig jucken, daß du nicht viel von deiner Ruhe hast. Verschwinde! Und hoffe, daß diese Sache bald zu einem guten Ende geführt werden kann.«

»Aber . . .«

»Willst du dich mit mir streiten?«

Das hatte Harimos nicht vor. Als er wieder auf den Grund des Weihers hinabgetaucht war, war das Wasser nicht mehr still und ruhig, sondern wogte ununterbrochen hin und her, obwohl kein Luftzug sich rührte.

»Wer seid Ihr?« flüsterte Viola. »Ich habe immer geglaubt, Horimos sei . . . sei . . .«

»Eine Legende?« Der Wanderer lachte leise. »Ganz und gar nicht. Doch sein größter Fehler ist seine unglaubliche Faulheit, und wenn man die mit den Fehlern von anderen seiner Art vergleicht . . . Was mich betrifft, so kannst du mich Mazda nennen, oder was du willst. Ich habe viele Namen, doch nur eine Natur.«

Er wartete, ob diese Information, die er nur solchen gab, die ihn direkt danach fragten, ihr irgend etwas sagte. Interessanterweise schien das der Fall zu sein, denn für einen Augenblick trat ein Ausdruck von Hoffnung und Ehrfurcht auf ihr schönes Gesicht.

Doch als er sie zum zweitenmal ansah, wurde ihm das Herz schwer. Denn jetzt sah er dort auch eine Spur von Selbstsucht.

»Dann ist es wahr«, rief sie ungestüm, »daß ich von Euch die Erfüllung meines größten Herzenswunsches erbitten kann?«

»Überlege es dir wohl, bevor du das tust!« warnte der Reisende in Schwarz und hob seinen Stab. »Nur du kannst wissen, was dein größter Wunsch ist.«

»Ich brauche nichts zu überlegen«, sagte sie entschlossen. »Ich will mit meinem Mann wiedervereinigt sein!«

Der Wanderer seufzte, ließ jedoch auch diesesmal den Dingen ihren unaufhaltsamen Lauf. »Wie du es wünscht, so soll es sein«, sagte er.

»Was soll ich tun?« flüsterte Viola, plötzlich beklommen von der Finalität ihres Verlangens.

»Warten.«

»Nicht mehr als warten? Hier?« Sie blickte verwirrt umher, sah die zerstörten Häuser, die abgeschlachteten Haustiere, den Rauch, der noch immer über dem niedergebrannten Haus hing. »Aber . . .«

Doch als sie sich wieder nach dem Wanderer umwandte, war er verschwunden.

Etwas später, als die Sonne noch immer hoch am Himmel stand, hörte sie das Geräusch eines galoppierenden Pferdes auf der Straße, fuhr aus ihrer Erstarrung auf und wollte fliehen. Doch der Reiter holte sie leicht ein, beugte sich aus dem Sattel, riß sie vor sich auf die Kruppe des Pferdes und lachte nur über ihre verzweifelten Versuche, sich loszureißen.

»Ich habe dich vermißt, als ich die anderen einfangen ließ«, sagte Achoreus von Teq. »Doch ein schönes Gesicht wie das deine kann ich nun mal nicht vergessen. Und noch weniger eine Beleidigung wie die, welche mir bei meinem ersten Besuch hier widerfahren ist. Also bin ich zurückgeblieben, weil ich wußte, daß du irgendwann wiederkommen müßtest, und hier bist du nun. Aber nicht für lange. Ich werde dich zu deiner Familie und deinen Freunden bringen, und zu diesem Dorftrottel, den du mir vorgezogen hast.«

Er gab seinem Pferd die Sporen, und sie galoppierten dem elenden Zug der Gefangenen nach, die mit einer Kette aneinandergefesselt waren.

5

Lautes, schrilles Lachen klang unter dem herrlichen Baldachin hervor, der Lord Fellian von Teq vor den grellen Sonnenstrahlen schützte. Der Baldachin bestand aus plissierter Drachenhaut, die mit dem Leben eines Mannes in einem fernen Land erkauft worden war, in dem Chaos und Vernunft sich nicht die Waage gehalten hatten und eigenartige Geschöpfe umherzogen, mit Löwenklauen und Adlerschnäbeln und Schwingen aus dröhnender Bronze.

Doch wie bekannt wurde, gab es diese Kreaturen jetzt nicht mehr; selbst ihre Knochen waren von der Realität zurückgewiesen worden.

»Aber ich habe meinen Baldachin!« pflegte Lord Fellian dann zu sagen.

Sein Schatten fiel auf einen Boden aus Steinmustern: Marmor war das gewöhnlichste Material, das dabei verwendet worden war, und hatte auch den geringsten Anteil, weit übertroffen von Chalcedon, Jaspis, Sardonyx, Chrysopras und anderen, die so kostbar und selten waren, daß sie keinen anderen Namen hatten als ›eine der Bodenfliesen von Lord Fellians Galerie‹. Diese befand sich auf der Spitze eines hohen Turms, von wo der Lord über seine Domäne hinwegblicken konnte: Ländereien, die bis zum Horizont reichten, und über ihn hinaus, und ihren Reichtum in seine Schatzkammern bluteten.

Vor dem Haus erhob sich eine hohe Mauer, damit, wenn er auf seinem Thron saß – er war aus den Knochen eines Tiers errichtet, von dem die Zauberer behaupteten, daß auf keinen Fall mehr als ein Exemplar existiert haben könnte, durchsichtig wie Wasser, doch härter als Stahl –, nicht einmal ein zufälliger Blick über seine Schulter auf jenes Gebäude fallen konnte, das als einziges in ganz Teq höher war als sein Turm. Auf der Spitze dieses mächtigen Bauwerks thronte Lady Glück, die Göttin, die auf einem Auge blind war und das andere mit einer Binde verdeckt hatte, und deren Lächeln das Geschick derer bestimmte, die über Teq herrschten.

Es war nicht üblich, sie anzusehen. Es wurde behauptet, daß

solche, die es insgeheim versucht hätten, um zu sehen, in welche Richtung ihr Blick gewandt war, einen grausamen Tod gestorben wären. Und tatsächlich luden die Agenten der Lords Fellian, Yuckin und Nusk von Zeit zu Zeit auf dem Marktplatz die Leichen von Männern und Frauen ab, die offensichtlich grausame Folterungen erlitten hatten, und dieser Anblick war für das einfache Volk eine sehr wirksame Abschreckung. Zumeist waren es Leichen von Menschen, die sich der Gunst von Lady Glück gerühmt hatten. Und es wurde als sicher angenommen, daß die anderen Leichen solchen gehörten, die nicht einmal kurz ihre Gunst besessen hatten, um sich dessen rühmen zu können.

Lady Glück anzublicken war ein Spiel, das kein Lord von Teq riskieren würde. Warum sollte er auch? War nicht der Überfluß an sich Beweis genug, daß die Lady ihr rätselhaftes Lächeln ständig demjenigen zuwandte, der sie besaß?

Lord Fellian auf seinem Thron aus unbeschreibbaren Knochen, mit reichem Goldschmuck behängt, in einer Robe, deren Purpurfarbe von der Stachelschnecke stammte, die Füße in Pantoffeln aus weichstem Lammleder, das mit goldenen Runen verziert war, um seine Füße auf den glücklichsten aller Wege zu lenken, seine sorgfältig gebrannten Locken mit grünen Bändern verflochten, die Nägel mit einer Paste aus zerriebenen Perlen poliert, vor seinen kurzsichtigen Augen Linsen, nicht aus Bergkristall, mit denen seine Rivalen auskommen mußten, sondern aus Diamanten, an seinen Ohren Gehänge aus Bernstein, den Gürtel mit Saphiren verziert, er, Lord Fellian, der größte Gewinner unter allen Lords von Teq, lachte und lachte und lachte.

Das Lachen übertönte das Klappern von einem Tisch, auf dem ein dressierter Affe, der mit einer Samtleine angebunden war, Elfenbeinwürfel warf, einsammelte, und wieder warf – die Augenzahl jedes Wurfs wurde von einem Sklaven gewissenhaft auf ein Pergament notiert – und auch das Rasseln eines Glücksrades, das von einer Schwachsinnigen gedreht wurde. Beide sollten, nachdem so jede mögliche Beeinflussung unterbunden worden war, in einem Reihenversuch von je fünfzigtausend Würfen oder Drehungen feststellen, ob sich bestimmte Präferenzen ergaben, die er bei seinen endlosen Konflikten mit den Lords Yuckin und Nusk ausnutzen könnte. Sein Lachen übertönte auch das Zirpen der herrlichen Singvögel in ihren goldenen Käfigen, die er in der letzten Woche beim Shen-fu-Spiel von Lord Nusk gewonnen hatte, und die Weise, die eine Gruppe von Musikanten auf Instrumenten spielte, die er – zusammen mit den Männern – vor einem Jahr oder so von Yuckin gewonnen hatte. Die Instrumente waren aus Eierschalen, Ebenholz und Silber gefertigt, und ihr Klang war beklemmend schön.

Vor dem Thron aus Knochen stand Achoreus – der sich in den Dienst Lord Fellians begeben hatte, als er erst siebzehn Jahre alt gewesen war, und sich jeden Tag zu dieser Weitsicht gratulierte – und grinste von einem Ohr zum anderen über die Inspiration seines Herrn.

»Bevor diese Narren lernen, daß von mir zu gewinnen nichts kostet«, erklärte Fellian, »werde ich ihnen allen die Dächer über ihren Köpfen weggenommen haben! Sie würden sich schämen, meine Einsätze nicht zu halten, und ich kann so hoch gehen, wie ich will, während sie, die armen Toren, sich abstrampeln, um mithalten zu können. Oh, wie freue ich mich darauf, Yuckins Gesicht zu sehen, wenn ich heute abend hundert erstklassige Sklaven setze, darunter Mädchen, die des Bettes eines Königs wert sind! Du hast deine Sache gut gemacht, Achoreus. Torquaida, komm her!«

Aus der großen Gruppe von Hofleuten, die Tag und Nacht bereit waren, jede seiner Launen zu befriedigen, trat der ältliche Schatzmeister hervor, der ein so scharfes Gedächtnis hatte, wie er behauptete, daß ihm selbst die unwichtigsten Details geläufig waren, zum Beispiel: wie viele der Kupfermünzen in den Truhen seines Herrn abgefeilte Ränder hatten und nicht ehrlich abgegriffene, und die deshalb dafür verwendet wurden, Händler zu bezahlen.

Zu nicht geringem Maß, sah Fellian ein, verdankte er seine Siege in den endlosen Spiel-Turnieren mit seinen Rivalen Torquaidas Informationen darüber, was sie gegen seine eigenen Einsätze aufzubringen vermochten und wo die Grenzen ihrer Möglichkeiten lagen. Er hatte seinen Schatzmeister für diese

Dienste großzügig belohnt, während jene, die seinen Rivalen dienten, häufig bestraft wurden und als Folge davon jeden Tag mehr verbitterten.

»Der junge Achoreus«, erklärte der Lord, »hat uns einen hervorragenden Dienst erwiesen. Wir haben jetzt durch ihn über hundert Sklaven mehr, als wir für unseren Haushalt brauchen, und dazu noch viele Kinder, die man ein nützliches Handwerk lehren kann. Auf welche Weise sollte dieser Dienst belohnt werden?«

»Das ist schwer zu schätzen«, antwortete Torquaida und runzelte die Stirn. Seine alte Stimme zitterte; Fellian brachte die Musiker durch einen unwilligen Blick zum Schweigen, damit er den alten Mann besser verstehen konnte. »Bei dieser Angelegenheit gibt es zwei Aspekte, die beachtet werden müssen. Der erste, das Einbringen von hundert Sklaven, ist einfach. Gib ihm Dirhans, damit er den Einsatz bei der Wette erhöhen kann, die er mit Hauptmann Ospilo von Lord Yuckins Gefolge abgeschlossen hat; unsere Informationen besagen, daß die Chancen neun zu vier für ihn stehen, während Ospilo davon keine Ahnung hat. Durch Erhöhung seines Einsatzes könnte der Gewinn daher stark vergrößert werden. Ich schlage vor: einhundert Münzen.«

Fellian schlug sich auf die Schenkel und kicherte über die Schläue des Alten, während Achoreus seine Schnurrbartenden zwirbelte und den Neid der anderen genoß.

»Außerdem jedoch«, fuhr Torquaida fort, »bleibt festzustellen, welchen Wert diese Sklaven haben. So wie man nicht auf ein Pferd setzt, ohne das Tier und seine Konkurrenten vorher zu inspizieren, muß man sich auch vorher diese Gefangenen ansehen.«

»Dann laßt sie herbringen!« rief Fellian. »Macht ein wenig Platz, damit sie uns vorgeführt werden können!«

»Sir«, sagte Achoreus, »es sind einige unter ihnen, die sich meiner . . . ah . . . Einladung, in den Dienst eurer Lordschaft zu treten, widersetzt haben. Es wäre also notwendig, auch genügend Platz für die Wachen zu schaffen, die sie eskortieren.«

»Was?« Fellian beugte sich irritiert vor und runzelte die Stirn. »Willst du damit sagen, daß ein Mann, den Lady Glück so lange und so oft angelächelt hat, sich von . . . von einer Horde dummer Bauerntölpel in acht nehmen muß? Oder hast du etwa verabsäumt, sie zu entwaffnen?«

Achoreus, der sein eben erlangtes Vermögen in ernstlicher Gefahr sah, sagte in beruhigendem Ton: »Mylord! Es gab kaum irgendeine Waffe in dem ganzen Dorf, außer den bäuerischen Werkzeugen, die ich kaum dem Namen nach kenne, da ich keinerlei Beziehungen zu ländlichen Belangen habe: Sicheln oder Sensen, und vielleicht ein paar Hacken . . . die wir ihnen natürlich sofort abgenommen haben! Aber alle, die wir hergebracht haben, sind gesund und kräftig und können deshalb ihre Fäuste und Füße gebrauchen!«

»Hmmmmm!« Fellian rieb sich das Kinn. »Ja, ich erinnere mich noch sehr gut an einen Gladiator, den Lord Yuckin vor Jahren gegen einen meiner Champions gestellt hat. Der Mann verlor im Lauf des Kampfes sowohl sein Netz, als auch den Dreizack, gewann aber trotzdem durch einen heimtückischen Trick, indem er meinem Gladiator mit bloßen Händen die Hoden herausriß.« Er hüstelte verlegen; er haßte es, von irgendeiner Wette zu berichten, die er verloren hatte. »Also gut, bring sie her, aber mit einer starken Bewachung, wie du es gesagt hast.«

Erleichtert wandte Achoreus sich um und gab die nötigen Befehle. Kurz darauf trottete zu der Begleitmusik klirrender Fesseln der Zug der Gefangenen aus dem Hof die schrägen Rampen herauf, die zur Galerie führten; die unterste war mit gewöhnlichem Granit gepflastert, doch je höher sie stiegen, desto kostbarer wurden die Steine, auf die sie traten: bei der obersten Rampe bestand der Boden aus Katzenaugen, Opalen und Turmalinen.

Da sie während des ganzen langen Marsches von Erminvale nichts zu essen bekommen hatten, um ihre Kräfte abzubauen und so eine mögliche Flucht zu verhindern, und gerade genügend Wasser, um nicht zu verdursten, war selbst dieser allmähliche Aufstieg fast zu viel für sie, und die Wachen mußten sie mit den Enden ihrer Speere voranstoßen.

Schließlich standen sie jedoch in einer Reihe entlang der Rückwand der Galerie, außerhalb des Schattens des Drachenhaut-Baldachins, und blickten blinzelnd in das helle Sonnenlicht und auf ihren neuen Herrn. An einem Ende der langen Kette war Leluak angeschmiedet, das linke Auge zugeschwollen, ein Zeugnis seines vergeblichen Widerstandes; so weit wie möglich von ihm entfernt Viola, fast nackt nach dem Kampf mit Achoreus, bei dem er ihr die Kleider heruntergerissen hatte. Und zwischen ihnen alle Einwohner von Wantwich, mit Ausnahme von Oma Anderland, von Säuglingen bis zu grauhaarigen Patriarchen.

Begleitet von dem stolzgeschwellten Achoreus schritt Torquaida die Reihe entlang, blickte in jedes Gesicht und stieß hin und wieder seinen knochigen Zeigefinger, so hart wie die Stilii, die er benutzte, wenn er Zahlen in seine Wachstafeln ritzte, in die Leiber, um die Härte von Muskeln oder die Erschlaffung eines Bauches zu prüfen. Vor einem älteren Mann in einer roten Jacke blieb er stehen; der Mann wirkte unsagbar müde.

»Wer bist du?« krächzte der Schatzmeister.

»Ah . . .« Der Mann fuhr mit der Zunge über seine trockenen Lippen. »Mein Name ist Harring.«

»Sage: wenn es gefällig ist, Bursche!«

Harring murmelte die verlogene Höflichkeitsformel.

»Und was kannst du?« fragte Torquaida weiter.

»Ich bin Brauer.« Und, widerwillig, nach einer kurzen Pause: »Sir!«

»Du lernst rasch«, sagte Achoreus ironisch und folgte Torquaida weiter.

»Und du?«

»Ich bin Bäcker – Sir.«

»Ich? Oh, ich bin Schneiderin.«

»Und ich bin Schmied.«

Die Antworten kamen rasch und zügig, als ob sich die Gefangenen durch Nennen ihres Handwerks versichern wollten, daß ihnen dank ihres Könnens noch etwas Würde verblieben war. Auf Torquaidas Anweisungen stellte ein Schreiber eine Liste mit allen Namen und Fertigkeiten auf, wobei nur die Kinder unter zwölf Jahren ausgelassen wurden, und überreichte sie schließlich Lord Fellian.

Der Lord blickte sie durch seine Diamant-Linsen prüfend an und wandte sich dann an Achoreus.

»Und wie gut sind diese Lümmel in ihrem Handwerk? Kompetent oder Stümper?«

»So weit ich es beurteilen kann, Sir«, antwortete Achoreus, »darf man sie wohl als kompetent bezeichnen. Natürlich liegen ihre Anforderungen weit unter den unseren, doch ihre Häuser schienen solide zu sein, ihre Zäune in gutem Zustand, und sie hatten gute Ställe und Gehege für ihr Vieh.«

»Verstehe.« Fellian rieb sich die Nasenspitze an den scharfen Facetten eines Rubinrings, den er an seinem linken Mittelfinger trug. »Dann wäre es vielleicht besser, sie für uns zu behalten, anstatt sie als Wetteinsatz zu verwenden. Wir haben keinen Brauer in diesem Haushalt, so weit ich mich erinnere. Irgendein Spülweib oder Stallknecht wären entbehrlicher als dieser Mann. Wie heißt der Kerl? Harring? Also, du tust jetzt folgendes, Torquaida: Nimm ihnen die Bälger ab und stecke sie in den Kinderstall oder gib sie in eine Lehre, dann sortiere die anderen nach ihrem Wert; für jeden, den du für würdig hältst, unserem Haushalt zugefügt zu werden, nimmst du einen, der faul oder unbotmäßig oder deformiert ist, und stellst ihn mir zur Verfügung, damit ich ihn heute nacht als Einsatz verwenden kann. Hah! War das nicht eine prachtvolle Inspiration von mir?« Er rieb sich die Hände und kicherte vergnügt.

»Oh, wie freue ich mich darauf, die Gesichter dieser beiden Hohlköpfe zu sehen, wenn ich gegen jeden von ihnen fünfzig Sklaven setze! Und es ist todsicher, daß ich gewinnen werde! Doch falls sie gewinnen sollten, was Lady Glück, wie ich hoffe, verhindern wird, belasten sie lediglich ihren Haushalt mit unnützem Gesindel, das sie füttern müssen, während ich neue Handwerker bekommen habe, und wenn ich gewinne – was ich nicht in Zweifel ziehe – habe ich eine Menge überzähliger Aufseher, die die Diener, welche von den beiden als Einsatz gebracht werden, in die Reihe bringen werden. Ho-ho! Wir müssen bald wieder so ein Unternehmen starten, Achoreus!«

Achoreus verbeugte sich tief und strich über seinen Schnurrbart.

»Bringt sie fort!« befahl Fellian, lehnte sich auf seinem Thron zurück und griff mit blassen, fetten Händen nach dem Mundstück einer Jade-Huqqah, die neben ihm auf einem Lacktisch stand. Sofort sprang ein Sklave vor und drückte eine glühende Holzkohle auf den mit aromatischen Kräutern vermischten Tabak.

Furchtsam und wütend, doch zu geschwächt, um sich widersetzen zu können, trotteten die Menschen von Wantwich, von ihren Bewachern angetrieben, die Rampen hinab und in den Hof zurück. Fellian blickte ihnen nach. Als die letzten der angeketteten Gefangenen an ihm vorbeizogen, schnippte er mit den Fingern, und alle anderen blickten ihn erwartungsvoll an.

»Das Mädchen am Ende der Kette«, murmelte er. »Sie ist nicht unattraktiv – auf ihre bäuerische Art. Laß sie von den anderen trennen, baden und parfümieren und in mein Schlafzimmer bringen.«

»Aber . . .!« Achoreus trat einen Schritt vor.

»Möchtest du etwas sagen?« In Fellians Augen lag ein gefährlicher Glanz.

»Ich . . .« Achoreus zögerte, dann schüttelte er den Kopf.

»Dann tu, was ich dir befohlen habe,« sagte Fellian lächelnd und saugte befriedigt an seiner Huqqah.

6

Wütend überwachte Achoreus den endgültigen Auszug der Gefangenen aus der Galerie, doch als er glaubte, das erledigt zu haben, sah er einen Mann, der zurückgeblieben war und offensichtlich weder zum Stab des Haushalts gehörte, noch zu den Sklaven; ein unscheinbarer Mann in einem schwarzen Umhang, der sich auf einen Stab stützte.

»Achoreus!« rief Fellian wütend. »Warum hast du den Burschen nicht mit den anderen hinausgeschafft?«

Achoreus starrte den Fremden an. »Den habe ich noch nie gesehen! Er war nicht unter den Dorfbewohnern, als ich sie zusammengetrieben habe, und . . . Ah! Ich *habe* ich schon einmal gesehen, aber nicht in Wantwich. Jetzt erinnere ich mich wieder: als wir von Teq auszogen, stand er unter einem Baum und sah zu, wie unsere Armee vorbeizog, und er hielt denselben Stab in seiner Hand.«

»Und er will sich aus freiem Willen den Gefangenen anschließen?« sagte Fellian lachend. Ein beifälliges Gelächter seiner Speichellecker quittierte diese witzige Bemerkung. »Also gut! Wir wollen ihm das Privileg nicht vorenthalten!«

Überall sah man jetzt strahlende Gesichter. Fellian war ein sehr launenhafter Herrscher, doch wenn er auf diese joviale Art zu scherzen beliebte, stand zu erwarten, daß einige von ihnen Gunsterweise oder Geschenke erhalten würden, damit, wie er es begründete, seinen Gefolgsleuten die Wichtigkeit des Glücks vor Augen geführt wurde.

»So, alter Mann«, fuhr er fort. »Was führt dich her, wenn es nicht die lange Kette war, an der die anderen hergebracht worden sind?«

»Die Notwendigkeit, zu wissen«, sagte der Reisende in Schwarz und trat über den juwelenbesetzten Boden ein paar Schritte vor.

»Um was zu wissen? Wann daß Glücksrad des Lebens für dich die schwarze Todesmarke zeigen wird? Frag doch Lady Glück danach; ich bin sicher, sie wird es dir sagen!«

Einige seiner Höflinge erbleichten bei diesen Worten. Es war nicht gut, über Lady Glück zu scherzen.

»Um zu wissen«, antwortete der Wanderer ungerührt, »warum du eine Armee nach Wantwich gesandt hast, um das Dorf zu verwüsten.«

»Ach ja«, sagte Fellian ironisch. »Ich kann verstehen, daß ein Fremder eine Frage dieser Art stellen mag, da ihm jedes Verstehen der Prioritäten des Lebens fehlt. Die meisten Menschen glauben, sie brauchten nichts anderes zu tun als vernünftig zu handeln, ihren Pflichten nachzukommen, ihre Schulden zu bezahlen – und dann bricht plötzlich irgendeine Macht in ihre armselige, stille Existenz herein, vielleicht mit einer Peitsche, vielleicht mit dem Schwert, und all ihre Vernunft ist sinnlos geworden! Das ist für sie die Gelegenheit, die Wahrheit zu erfahren. Nicht die Vernunft regiert den Kosmos, sondern das Glück – hast du mich verstanden? Das *Glück*!«

Er hatte sich vorgebeugt und das letzte Wort mit einer solchen Intensität hervorgestoßen, daß Speichel aus seinem Mund sprühte.

»Siehst du diese Schwachsinnige, die dort das Glücksrad für mich dreht? He, du! Bring die Irre her!«

Mehrere Diener setzten sich eilig in Bewegung, um den Befehl zu befolgen. Fellian zog zwei Ringe von seinen Fingern, deren Edelsteine den Wert einer kleinen Farm oder eines Weinberges hatten, und warf sie der Schwachsinnigen in den aufgehaltenen Schoß ihres Rocks.

»Laßt sie frei! Das Glück hat heute in ihre Richtung gelächelt!«

»Das stimmt nicht«, entgegnete der Wanderer ruhig.

»Was? Du widersprichst mir? Du wagst es, Fellian zu widersprechen?!« Dem Lord quollen vor Erstaunen fast die Augen aus dem Kopf.

»Wir wollen lieber sagen, daß ich beide Seiten des Glücks sehe«, entgegnete der Wanderer. »Ist es nicht großes Glück für eine Idiotin, von einem reichen Lord ernährt, gekleidet und versorgt zu werden? Ist das nicht viel mehr wert, als ein paar hübsche Steinchen zugeworfen zu kriegen und dann sich selbst überlassen zu sein? Wo ist das Glück, wenn sie in der nächsten Woche verhungert?«

Fellians Gesicht lief rot an, als ihm die Wahrheit dieser Worte dämmerte, und er starrte einen der Männer rechts von sich an, der anscheinend ein Lachen unterdrückte.

»Du handelst mit Logik, nicht wahr?« sagte er irritiert. »Du bist ein Schulmann, denke ich, von der Sorte, die wir dazu bringen, Lady Glück anzublicken, und die dann sehr elend sterben!«

»Was es natürlich sehr erschwert«, bemerkte der Wanderer milde, »sie dazu zu überreden, sich deiner Ansicht anzuschließen. Die Toten sind nun einmal nicht leicht zu konvertieren; ihre Ansichten sind ziemlich unverrückbar.« Er wechselte seinen Stab zur anderen Hand.

»Laß mich überlegen, ob ich deine Ansichten verstehe«, fuhr er fort. »Du behauptest, glaube ich, daß das Leben ein einziges, fortdauerndes Spiel ist?«

»Natürlich!«

»Wenn dem so ist, warum sollte man dann noch mehr Einsätze machen? Ist nicht jeder Einsatz neben dem, der dein ganzes Leben einschließt, zu trivial, um ihn auch nur zu erwägen? Ich weiß, daß du meine Ansicht nicht teilst, da du heute nacht bei Wetten gegen deine beiden rivalisierenden Lords Menschen als Einsatz benutzen willst, und nur zu diesem Zweck hast du die harmlosen Leute von Wantwich verschleppen lassen.«

»Nichts anderes als Wetten gibt dem Leben die Würze!« schnaubte Fellian. »Ich sitze hier auf diesem Thron; ist das nicht ein Beweis dafür, daß ich bereits eine große Wette gewonnen habe? Ich habe meine ganze Existenz darauf gesetzt, der Lord von Teq zu werden, und die Tatsache, daß ich hier sitze, beweist, daß die Lady auf dem Turm in meine Richtung lächelt!«

Der Wanderer neigte spöttisch den Kopf. »Nenn dich einen großen Spieler, oder einen großen Gewinner, oder was immer du willst. Aber ich kann dir eine Wette anbieten, die du nicht halten wirst.«

»Was?« heulte Fellian, und alle anderen blickten den Wanderer entsetzt an. »Glaubst du, daß du den Lord von Teq ungestraft beleidigen kannst? Wachen! Packt ihn und legt ihn in Ketten! Er hat mich tödlich beleidigt und wird dafür bezahlen!«

»Wodurch habe ich dich beleidigt? – und wie? Die Feststellung, daß ich dir eine Wette anbieten kann, die du nicht halten wirst, ist doch keine Beleidigung; falls du meinen Einsatz zwar halten könntest, es aber nicht willst!« Der Wanderer blickte Fellian scharf an.

»Mutest du mir zu, mit einem Niemand zu wetten? Ich wette nur gegen Meinesgleichen! Man braucht unendliche Reichtümer, um meine Einsätze halten zu können! Wenn ich dich ernst nehmen würde, könnte jeder Bauerntölpel zu mir kommen und sagen: ›Ich wette meine Holzpantinen und meine Lumpen, alles, was ich besitze, gegen alles, was du besitzt – das ist doch eine gerechte Wette‹!«

»Aber es gibt etwas, das jeder Mensch gegen jeden anderen als Einsatz bringen kann«, sagte der Wanderer, »weil kein Mensch mehr als eines davon besitzt.«

Mehrere Herzschläge lang herrschte Stille. »Mylord«, sagte Torquaida schließlich mit rostiger Stimme, »er meint das Leben.«

Fellian erbleichte und fuhr mit der Zunge über die Lippen. »Und wenn!« sagte er dann arrogant. »Ein Leben hat noch fünfzig Jahre vor sich, wie das meine, zum Beispiel. Und dagegen will er eines setzen, das schon morgen, oder in einer Woche ausgelöscht werden mag?«

»Bedauerlicherweise«, sagte Torquaida, »ist das eine faire Wette. Aber . . .« – er verzog das faltige Gesicht zu einem trockenen Lächeln – »ist es nicht recht voreilig, von den Einsätzen zu sprechen, bevor man die Wette kennt?«

Fellian grinste ihn dankbar an; dies war der Ausweg, den er selbst vergeblich gesucht hatte. »Ja, das ist der wesentliche Punkt! Um was geht die Wette, die du mit mir abschließen willst, alter Mann?«

»Ich wette«, sagte der Wanderer in die Totenstille, die plötzlich herrschte, »daß Lady Glücks Blick sich von deinem Thron abgewandt hat.«

Einen Augenblick lang herrschte entsetztes Schweigen. Doch Lord Fellian zwang sich zu schallendem Gelächter.

»Die Wette hast du bereits verloren!« schrie er. »Ist es nicht ein sicheres Zeichen für die Gunst dieser Lady, daß ich hier unter unermeßlichen Reichtümern sitze?«

»Heute noch«, sagte der Wanderer. »Was morgen sein wird, weißt du noch nicht.«

»Warum nur morgen?« rief Fellian. »Warum nicht auch in der nächsten Woche, im nächsten Monat, im nächsten Jahr, wenn du willst. Wenn ich alle weiteren Wetten gegen Yuckin und Nusk gewonnen habe, werden wir dich an einer hohen Stange emporziehen, damit du Lady Glück direkt ins Gesicht sehen und erkennen kannst, daß sie noch immer in meine Richtung lächelt. Bis dahin biete ich dir die Gastlichkeit meines Verlieses. He, Wachen!«

»Vielen Dank, aber ich benötige kein Quartier«, sagte der Wanderer. »Außerdem ist mir eine Woche zu lange. Ein Tag reicht völlig. Ich werde morgen wieder herkommen; sagen wir bei Einbruch der Dämmerung. Doch bis dahin: lebe wohl!«

»Packt ihn!« schrie Fellian, und auf Achoreus' Zeichen hin stürzten sich die Soldaten von allen Seiten auf den Wanderer. Doch sie prallten aufeinander, als ob sie versucht hätten, einen Armvoll Luft einzufangen.

7

In der weiträumigen, höhlenartigen Küche des Palastes rührte ein Koch schwitzend und fluchend in einem riesigen Kessel. Das unter dem Kessel lodernde Feuer sengte seine Haut, der Rauch trieb ihm Tränen in die Augen.

Aus einer dunklen Ecke fragte eine Stimme, für wen die würzig duftende Brühe bereitet würde.

»Für Lord Fellian natürlich«, antwortete der Koch.

»Aber kein Mensch kann eine solche Menge Suppe hinunterbringen. Werden viele Gäste erwartet?«

»Natürlich.« Der Koch verzog das Gesicht. »Doch die essen höchstens zwei Löffel davon, oder vielleicht drei.«

»Und du ißt, was übrig bleibt?«

»Ich, Sir?« Der Koch lachte bitter auf. »Niemals. Das würde ich nicht wagen! Was Mylord übrig läßt, bekommen seine Hunde! Heute wie jeden Tag besteht mein Mahl aus einer trockenen Brotkruste und einem Stück ranziger Speckschwarte. Aber immerhin haben Hunde keinen Gaumen für Wein, und wenn ich schnell genug bin, kann ich die Reste der Pokale für mich behalten, und der Wein wird meinen knurrenden Magen so weit beruhigen, daß ich schlafen kann.«

Im scharfen Guano-Gestank saß der Falkner vor der glaslosen Fensteröffnung und arbeitete mit gichtigen, doch geschickten Händen delikate Goldmuster in die Kappe eines Wanderfalken.

»Das Leder ist wunderbar«, sagte eine sanfte Stimme über seine Schulter. »Aber du trägst sicher viel schönere Kleidung, wenn du abends fortgehst und eine Taverne aufsuchst?«

»Ich, Sir?« grunzte der Falkner, ohne sich umzublicken; das Licht verging, und es war ihm verboten, Kerzen oder Öl für eine Lampe zu verschwenden. »Aber nein. Ich stehe im Dienst von Lord Fellian und habe keine Zeit, mich zu vergnügen. Und wenn ich die Zeit hätte, müßte ich das tragen, in dem du mich jetzt siehst: eine alte Segeltuchhose, die von einem ausgefransten Strick zusammengehalten wird. Und außerdem: womit sollte ich einen Becher Bier bezahlen? Mit einer Schaufelvoll von diesem Mist?«

In den Ställen polierte ein Pferdeknecht liebevoll die Ränder einer Box. Sie war aus Jade und Elfenbein gefertigt, und die Raufe war mit frischem, duftendem Heu gefüllt; in der Krippe war Hafer, der so gut war, daß man Brot daraus hätte backen können.

»Wie ein Palast«, sagte eine Stimme hinter ihm. »Und das alles für ein Pferd?«

»Ja, Sir«, murmelte der Mann, ohne sich bei seiner Arbeit stören zu lassen. »Für Westwind, Lord Fellians Lieblingshengst.«

»Wenn er schon so gut für ein Pferd sorgt, ruhst du bestimmt in weichen Betten, die mit Schwanendaunen gefüllt sind, unter einer Seidendecke, oder unter wärmenden Fellen im Winter!«

»Ich schlafe auf Stroh, Sir – mach dich nicht über mich lustig! Und wenn ich Zeit dazu habe, um etwas Lehm sammeln und damit die Ritzen in meiner Kate zuschmieren zu können, damit die Kälte nicht hereinkriechen kann, schätze ich mich glücklich.«

Neben einer Badewanne, in die parfümiertes Wasser rann, schüttete ein schlankes Mädchen belebende Kräuter auf einen Lufa-Schwamm und die Borsten einer Bürste, die aus dem Rückenfell eines Ebers hergestellt worden war.

»Mit solchen Mitteln«, sagte eine Stimme von jenseits der

aufsteigenden Dampfwolken, »muß sich deine Schönheit weit über die ihr zugemessenen Jahre hinaus erhalten lassen.«

»Glaubst du, ich wage auch nur ein Körnchen dieser kostbaren Essenzen für meine eigene Haut zu verschwenden?« antwortete das Mädchen und warf eine schwarze Haarsträhne zurück, in der – obwohl das Mädchen höchstens zwanzig Jahre alt sein konnte – bereits ein leichter silberiger Schimmer zu entdecken war. »Wenn man mich dabei erwischte, könnte ich von Glück reden, nur aus diesem Fenster gestürzt zu werden. Darunter liegt der Küchengarten, der den Aufprall etwas mildern würde. Nein, mein einziges Vermögen ist meine Jugend, und man braucht die Kräfte eines Elementars und die Fantasie eines Genies, diese Jugend lang genug zu strecken, um Lord Fellian vom Frühling bis zum Herbst zufriedenzustellen.«

»Warum bleibst du dann in seinem Dienst?«

»Weil er ein Gewinner im Spiel des Lebens ist.«

»Und woher weißt du das?«

»Woher . . .?« Das Mädchen seufzte. »Alle sagen das.«

Als die Sonne hinter den Horizont versank, trafen die Lords Yuckin und Nusk in der hohen Bankethalle des Palastes ein, um mit ihrem Gefolge auf Kosten des größten Gewinners zu speisen, bevor die Spiele dieser Nacht begannen. Sie waren in letzter Zeit zu oft in diesen Palast gekommen; es gab kein freundliches Gespräch zwischen ihnen. Mit düsteren Mienen – doch mit gutem Appetit, weil ihre eigenen Küchen solche Delikatessen nicht hervorbringen konnten – saßen sie weit voneinander getrennt und ihre Gesichter verfinsterten sich immer mehr, als immer mehr Platten aus Gold und Silber, Weinpokale aus Email und Kristall herbeigeschafft wurden – von denen sie viele als ihr früheres Eigentum erkannten.

Lord Fellian, der sich eigentlich über die niedergeschlagene Stimmung seiner beiden Rivalen hätte freuen sollen, war ebenfalls bedrückt, und das Gespräch an der langen Tafel drehte sich einzig und allein um den seltsamen Mann in Schwarz, der eine so bedrohliche Wette angeboten hatte.

»Das ist doch Unsinn!« erklärte Achoreus, der als ein Zeichen besonderer Gunst neben Fellian saß. »Wie du sehr richtig gesagt hast, Sir, ist es absurd, von einem Mann deiner Position zu erwarten, mit einem armseligen Niemand eine Wette einzugehen – abgesehen davon, daß die Wette, die er genannt hat, aus ihrer Natur heraus nicht entschieden werden kann!«

Doch auf seiner Stirn standen Schweißperlen, und als er diese Behauptung zum drittenmal wiederholt hatte, war seine Stimme so heiser, daß auch kein Wein mehr half.

»Und was sagst du, Torquaida?« fragte Fellian, den nach Beruhigung hungerte – aber nicht nach Essen; ein Teller nach dem anderen wurde unberührt wieder fortgebracht.

»Es gibt keinerlei Grund zur Sorge«, sagte der alte Schatzmeister keuchend. »Ob es dir paßt oder nicht, die Lords Yuckin und Nusk müßten ihre Zustimmung geben, ob es rechtens ist, eine solche Wette anzunehmen, oder ob sie abzulehnen ist. Man kann so wichtige Angelegenheiten nicht willkürlich entscheiden!«

Aber selbst das konnte Lord Fellian nicht völlig beruhigen. »Ah, wenn ich nur den Ausgang dieser Wette wüßte, so närrisch sie auch sein mag!« knurrte er, und bei diesen Worten lächelte der Wanderer, der unbemerkt in einer dunklen Nische stand, traurig.

»Wie du es wünschst, so soll es sein«, murmelte er. »Du hast deine Wette mit mir gewonnen, Lord Fellian – und es gab und gibt nur wenige, die das von sich behaupten können. Doch im Augenblick deines Sieges hast du gleichzeitig für alle Ewigkeit verloren.«

Nachdem diese Frage geregelt war, ging er fort.

Wenig später wurde die lange Tafel abgeräumt, und man brachte die handgeschnitzten Dominosteine, die für das Shen-fu-Spiel benötigt wurden, die mit farbigen Kugeln gefüllten goldenen Käfige, die unter dem Namen ›Lady Glücks Handknöchel‹ bekannt waren, die Glücksräder – solche mit vier, solche mit neun, und solche mit dreiunddreißig Feldern –, geblendete Singvögel, die darauf dressiert waren, eins, und nur eins, von drei verschieden gefärbten Maiskörnern aufzupicken und Springbohnen und mit Silberdraht gezäumte Flöhe und winzige, mit Alkohol berauschte Kröten und all die anderen Dinge, auf welche die Lords von Teq ihre Wetten setzten.

Außerdem riefen sie aus ihrem Gefolge die derzeitigen Champions im Ringen, Boxen und der Gladiatoren-Kämpfe heraus, nicht zu reden von Gauklern, Irren mit Farbtöpfen und Pinseln, auf Würfeln abgerichteten Affen, und was immer sonst sie in letzter Zeit entdeckt haben mochten, das sich zum Abschließen von Wetten eignete.

Es war üblich, daß einer der Herausforderer die Art der Wette vorschlug, und die anderen daraufhin die Höhe ihrer Einsätze verkündeten. Also war in strikter Befolgung des Protokolls Lord Yuckin an der Reihe, der als letzter gegen Lord Fellian verloren hatte; er räusperte sich und begann mit einer Runde Shen-fu, nachdem sich Lord Fellian mit diesem Vorschlag einverstanden erklärt hatte, und gewann einen Korb mit Sandflöhen – ein geringer Einsatz, wie er zu Beginn des Abends üblich war.

Dann wettete Lord Nusk auf eine Springkröte und gewann einen Beutel Münzen aus Barbizond, worauf Lord Fellian vorschlug, auf das vierfelderige Glücksrad zu setzen und einen Beutel Saphire gewann. Als er seinen Gewinn zu sich heranzog, flüsterte er seinen Begleitern zu, daß der alte Narr, der sich am Vormittag in die Galerie eingeschlichen hatte, ganz offensichtlich unrecht behielt.

Er gewann auch die nächsten fünf Wetten, die erste wieder auf Kröten, die zweite auf Flöhe, und eine weitere, nach zwei Shen-fu-Spielen, auf pickende Vögel. Danach verlor er seinen Einsatz beim neunfelderigen Glücksrad und mußte Yuckin ein edelsteinbesetztes Schwert überlassen, das Torquaida jedoch als ›zwar recht hübsch, doch äußerst unpraktisch‹ abtat, da seine Klinge aus schlechtem Stahl bestünde. Kein erheblicher Verlust.

»Und jetzt wird es Zeit, ernsthaft zu spielen«, murmelte Lord Fellian, und als Lord Nusk für die nächste Wette Shen-fu vorschlug, nannte er seinen Einsatz: fünfzig männliche Sklaven für den Gewinner eines einzigen Spiels.

Die Wirkung war so, wie er sie sich gewünscht hatte. Obwohl sie häufig erklärten, daß es unter ihrer Würde sei, sich mit so weltlichen Angelegenheiten zu befassen, wußten sie sehr genau, wieviel Personal jeder von ihnen besaß, und was für Qualitäten die einzelnen Dienstboten hatten. Einen von ihnen als Einsatz zu benennen, war nach einer schlechten Nacht, wenn alle anderen Möglichkeiten erschöpft waren, nicht unüblich; doch fünfzig auf einmal zu wetten war beispiellos.

Archoreus lachte amüsiert über die betroffenen Mienen der Besucher und stieß Torquaida in die fleischlosen Rippen. »Der größte Gewinner«, murmelte er und winkte nach einem neuen Krug Wein.

Doch als die Steine verteilt waren, fiel der Evas-Stern an Lord Nusk, und nur der Innerste Planet an Lord Fellian.

Lord Nusk, ein dicker Mann mit einer von einem schwarzen Haarkranz umrahmten Glatze, grinste von einem Ohr zum anderen und rieb sich seinen enormen Bauch. Lord Fellian runzelte die Stirn und forderte Lord Yuckin mit dem gleichen Einsatz heraus.

Lord Yuckin, groß und hager, die Augen hinter Linsen aus Bergkristall verborgen, setzte so viel Gold, wie ein bestimmter Mann tragen konnte, gewann und forderte nun seinerseits Fellian heraus, der daraufhin die anderen fünfzig Sklaven setzte.

Er legte den höchsten Wert des Shen-fu auf den Tisch, die Sternenkrone, und lachte amüsiert über Lord Yuckins armselige Planeten-Konfiguration.

Wenig später gewann er durch eine Wette auf eine Springkröte die fünfzig Diener zurück, die er an Lord Nusk verloren hatte, und von Lord Yuckin noch ein Dutzend dazu, darunter drei Rüstschmiede, die dieser Lord kaum entbehren konnte, und außerdem eine Farm im Vezby-Tal, und eine ganze Jahresernte Wein, und drei Handelsgaleeren mit kompletten Besatzungen, und dann von Lord Nusk den Landsitz von Copers Tor, mit dem Recht, den berühmten Schafskäse herzustellen, der dort nach einem Geheimrezept zubereitet wurde; dann verlor er für fünf kurze Minuten die Marschen von Gowth, mit allen vier Festungen und dem Feuer-Schrein, gewann sie jedoch mit dem vierfelderigen Glücksrad wieder zurück, und bekam das Gut Brywood, den Peak of Brend und das ganze Gebiet zwischen Hagglers Mound und Cape Dismay dazu.

Nachdem er so seine Position abgesichert hatte, begann er mit dem Abnutzungsfeldzug, von dem er so lange geträumt hatte, einem Feldzug, der seine Rivalen schließlich an den Bettelstab bringen würde. Er gewann kurz hintereinander: einen Koch, der Sorbets ohne Eis herstellen konnte, einen Küchen-Zauberer, der mitten im Winter Erdbeeren herbeischaffen konnte, einen Zauberer, der durch Spielen auf seiner Flöte Wild auf dem unwirtlichsten Land erscheinen lassen konnte, einen acht Fuß großen Schwertkämpfer, den Champion der letzten öffentlichen Gladiatoren-Kämpfe . . .

Torquaida hatte eine harte Nacht, als er versuchte, die Gewinne seines Lords genau festzuhalten und auszurechnen, was den beiden Rivalen noch verblieb. Doch er riß sich zusammen und erinnerte sich sogar immer daran, einen Boten zu Lord Fellian zu schicken, wenn er einen Einsatz der beiden anderen Lords für uninteressant hielt, weil, zum Beispiel, eine Konkubine an Blattern erkrankt gewesen und ihr Körper von Narben entstellt war, oder ein Soldat unter Krämpfen litt und sein Schwertarm zitterte, oder wenn auf einem Kasten voll Münzen ein Fluch lag und sie sich in Kieselsteine verwandeln würden, sobald der Gewinner sie berührte.

Lord Fellian überließ ihm aus Dankbarkeit für seine wertvolle Beratung das Gut von Brywood und lachte schallend, als seine beiden Gegner verstört nach dem Verlust ihres gesamten Besitzes gingen.

8

Das Lachen drang aus der hohen, gewölbten Bankethalle bis in die untersten Räume des Schlosses hinab, wo die Gefangenen von Wantwich noch immer wach lagen. Nur wenige von ihnen hatten Schlaf finden können – auf etwas zusammengekratztem Stroh, wenn sie Glück hatten, auf harten Steinplatten, wenn nicht . . . doch zumindest schliefen sie.

Eine, die selbst auf einer Matratze aus Eiderdaunen und in einem Nachtgewand aus feinster, mit kleinen Perlen besetzter Seide keinen Schlaf finden konnte, war das Mädchen Viola, umgeben von anderen weiblichen Lust-Objekten Lord Fellians. Als sie leise Schritte neben ihrer Couch hörte, schreckte sie zusammen und starrte in das Dunkel, doch sah sie nur eine vage Gestalt in dem tiefen Schwarz.

»Ist da jemand?« flüsterte sie.

»Ich bin es«, antwortete der Wanderer.

»Wie . . . wie bist du hereingekommen?« Viola setzte sich auf. »Ich habe die Türen probiert – und auch die Fenster. Sie sind alle verschlossen!«

Der Wanderer schenkte sich eine Erklärung.

Viola begann zu weinen. »Geh!« sagte sie. »Ich will dich nie wiedersehen! Du hast mir dies angetan, und dafür hasse ich dich!«

»Das stimmt nicht«, sagte der Wanderer. »Du hast es dir selbst angetan.«

»Ich habe niemals darum gebeten, hier eingesperrt zu sein, und darauf zu warten, daß so ein fetter . . .«

»Ah! Aber du bist wieder mit deinem Mann Leluak vereint worden, und das war dein größter Wunsch, wie du mir sagtest. Ihr seid jetzt beide unter demselben Dach, und wenn Lord Fellian deiner müde geworden ist, wird man dich zu den anderen werfen und du kannst mit ihnen die dunklen Löcher ihrer Unterkunft teilen, ihre Fieber und ihre Pestilenzen. Das konstituiert eine Wiedervereinigung.«

»Ich hätte länger nachdenken sollen, bevor ich meinen Wunsch äußerte«, sagte Viola nach einer Pause des Nachdenkens. Der Wanderer nickte. Zumindest hatte dieses grausame Erlebnis etwas Vernunft in ihren Schädel gehämmert.

»Du hast, wie ich glaube, Achoreus kennengelernt, bevor er den Überfall auf Wantwich leitete«, sagte er.

»Das stimmt. Ich habe sogar mit ihm getanzt, als er an einem Frühlingsabend in unser Dorf kam.«

»Aus reiner Höflichkeit?«

»Natürlich!« sagte das Mädchen scharf.

»Oder war es, weil er ein Fremder war, und ein gutaussehender Mann, und jedes andere Mädchen liebend gern den Platz mit dir getauscht haben würde?«

»Das auch ein wenig«, lautete die Antwort aus dem Dunkel.

»Ist es nicht wahr, Kind, daß dir mehr daran gelegen war – und ist –, den begehrtesten Junggesellen Wantwichs, den du gegen die Konkurrenz aller anderen Mädchen, die weniger schön sind als du, zurückhaben wolltest, als das Unrecht gesühnt zu sehen, das deiner Familie und deinen Freunden widerfahren ist?«

»Es muß wohl so gewesen sein«, stöhnte Viola. »Oh, wie sehr wünsche ich mir, daß dieses voreilige Verlangen rückgängig gemacht würde!«

»Wenn ein Mensch mich zum zweitenmal anruft«, sagte der Reisende in Schwarz, »kann ich ihn auf die Konsequenzen seines Verlangens hinweisen, wenn ich es will. Möchtest du wirklich wieder auf dem Dorfanger von Wantwich sitzen – allein?«

Eine Weile herrschte bedrücktes Schweigen, dann begann das Mädchen zu schluchzen.

»Aber das ist nicht nötig«, fuhr der Wanderer fort, als er glaubte, daß sie lange genug gelitten hatte, um die Moral unauslöschlich in ihr Gedächtnis einzugraben. »Alles wird zu einem befriedigenden Ende kommen. Doch wenn ich dir den Namen deines Retters nennen würde, würdest du mir nicht glauben . . .«

Er klopfte mit seinem Stab dreimal gegen das Sofa und schloß: »Schlaf jetzt, Kind, und erwache bei Anbruch der Dämmerung!«

Trunken vor Hochgefühl stolperte Lord Fellian, als das erste Rot eines neuen Tages die Türme von Teq färbte, zu seiner Galerie auf der Spitze des Schloßturms hinauf, um den davonziehenden geschlagenen Rivalen nachzublicken. Erledigt! Noch nie in der ganzen Geschichte Teqs hatte jemand in einer einzigen Nacht einen so fantastischen Sieg errungen! Ohne einen einzigen Begleiter, nachdem sie selbst ihre engsten Leibsklaven verloren hatten, schlichen sich die Lords Yuckin und Nusk davon wie zwei geprügelte Hunde. Und es war allein seiner Großmütigkeit zuzuschreiben, daß sie nicht auch ihre Kleider zurücklassen und den Heimweg nackt antreten mußten.

Lord Fellian lehnte sich trunken vor Freude über die Brüstung und stieß einen gellenden Ruf aus, wie ein Falkner, der eine Beute sichtet; und als Lord Yuckin mit düsterem Gesicht zu ihm emporblickte, um zu sehen, was für ein Geräusch das sei, verschüttete er vor Lachen den letzten Becher Wein.

»So viel für den alten Narren, der gewettet hat, daß Lady Glück sich von mir abgewandt habe!« schrie er und lachte, daß es durch die ganze, erwachende Stadt schallte.

»Bist du sicher?«

Nach dieser in höflichem Tonfall gestellten Frage trat der Wanderer in seinem schwarzen Umhang über den juwelenbesetzten Boden auf den Lord von Teq zu.

»Du . . .?« Fellian fuhr erschrocken zusammen und wollte rückwärts ausweichen, doch er stand mit dem Rücken an der Brüstung, und es gab keinen anderen Ausweg als in die mehr als unsichere Luft. »Wachen! Wachen!«

»Niemand ist dir hierher gefolgt«, sagte der Wanderer ernst. »Deine Wachen sind davon überzeugt worden, daß einem Gewinner wie dir – und du bist der größte von allen – Lady Glück so andauernd und so wirkungsvoll zulächelt, daß ihm nichts geschehen kann.«

»Ah-hah!« Fellian gewann etwas von seiner Haltung zurück. »Ich entnehme deiner Bemerkung das Eingeständnis, deine Wette gegen mich verloren zu haben.«

»Aber nein«, sagte der Wanderer, und seine Miene zeigte Bedauern, denn es war ihm immer unverständlich, wenn ein intelligenter Mensch – und Fellian war alles andere als dumm – sich zu selbstzerstörerischem Handeln verleiten ließ. »Ich habe gewonnen.«

»Was? Du bist verrückt!« rief Fellian. »Beweis es!«

»Das werde ich«, sagte der Wanderer und schlug mit seinem Stab gegen die Mauer, durch welche die Galerie vor dem Ausblick auf den höchsten Turm von Teq abgeschirmt wurde. Ein keilförmiges Stück brach heraus und stürzte auf den juwelenbesetzten Boden. Dahinter, wohin Fellians Reflexe seinen Blick lenkten, bevor er über die Konsequenzen nachdenken konnte, erhob sich Lady Glücks hoher, schlanker Turm vor dem rosafarbenen Horizont.

Ein Aufschrei erstarb in Fellians Kehle. Er starrte und starrte, und nach einer Weile sagte er: »Aber . . . aber die Spitze ist ja abgebrochen!«

Und dem war so; anstelle der gefeierten Statue war nur ein abgebrochener Stumpf auf der Turmspitze.

Fellian begann zu kichern. »Dann hast du trotzdem verloren! Du hast nicht darum gewettet, daß Lady Glück aufgehört habe, mich anzulächeln – in dem Fall hättest du fair gewonnen – sondern du hast gewettet, daß ihr Gesicht von meinem Thron abgewandt sei!«

»Das stimmt.«

»Also . . .«

»Also habe ich gewonnen.« Er deutete mit seinem Stab. »Sieh dir die Steine an, die ich aus der Wand herausgebrochen habe.«

Zögernd, doch auch nicht willens, sich Feigheit vorwerfen zu lassen, gehorchte Lord Fellian. Seine Finger fuhren über rauhen Mörtel und Steine, und er hustete wegen des Staubes, der dabei aufstieg. Dann umklammerte seine Hand die glatte, abgerundete Fläche eines Steins, dessen Form an eine menschliche Schulterpartie erinnerte . . .

»Es hat einen Sturm gegeben«, erklärte der Wanderer sachlich. »Die Statue wurde heruntergerissen und zerschellte auf der Straße. Es war immer so gewesen, daß jeder, der Lady Glück anzublicken wagte, sterben mußte, nicht wahr? Spare dir deinen Einwand für die Antwort auf; ich weiß, daß deine Agenten die Leichen von Menschen, die sich deinen Unwillen zugezogen hatten, auf den Marktplatz warfen und behaupteten, Lady Glück habe sie für ihre Anmaßung bestraft.

Aus diesem Grund hat dann niemand die Bruchstücke erkannt. Als du Steinsetzern befahlst, das notwendige Material zusammenzutragen und diese Mauer auf der Spitze deines Turms zu errichten, haben sie genommen, was ihnen gerade in die Hände fiel, und so gelangten die Trümmer der Statue in diese

Wand, darunter auch der Kopf, der so eingemauert wurde, daß der Hinterkopf auf deinen Thron weist.«

»Das ist nicht fair!« kreischte Fellian. »Du hast das schon die ganze Zeit gewußt, nicht wahr?«

»Wie kannst du es wagen, von fair und unfair zu sprechen?« fragte der Wanderer hart. »Habe ich dich nicht erst gestern gehört, daß du Achoreus eine Belohnung versprochen und ihm geraten hast, damit seinen Einsatz bei einer Wette zu erhöhen, die nach deinen privaten Informationen bereits so gut wie gewonnen war? Schweig! Ich bin nicht gekommen, um mich mit dir zu streiten, sondern um meinen Gewinn zu kassieren!«

Er richtete die Spitze seines Stabes auf Fellian, und mit einer Hand ein Fragment der Statue umklammernd und mit der anderen in die Luft krallend, als ob er sie einfangen und in seine erstickenden Lungen stopfen wollte, ging der größte Gewinner unter allen Lords von Teq ins Nichts.

Etwas später, als sie den Toten fanden, begannen die, welche in seinem Dienst gestanden hatten, sich um das zu streiten, was er in der Welt zurückgelassen hatte, also um die ganze Stadt und alles, was um sie herum lag.

»Ich werde die Schatzkammer behalten!« rief Torquaida. »Die steht mir zu!« Doch ein junger, kräftiger Schreiber der Kämmerei schlug ihn mit einem goldenen Kerzenhalter nieder. Sein alter, kahler Schädel zersplitterte wie eine Eierschale.

»Wenn ich sonst schon nichts kriegen kann, werde ich mir zumindest die Beute nehmen, um die Lord Fellian mich betrogen hat!« rief Achoreus und machte sich auf die Suche nach dem Mädchen Viola. Doch beim Eingang des Frauenhauses glitt sein Fuß auf einer der polierten Marmorstufen aus, und als er wieder zu sich kam und vorsichtig die Beule auf seinem Kopf befühlte, war Viola längst fort.

Im Gegensatz dazu: als der Stallknecht, der Westwind versorgte, erfuhr, daß sein Lord im Spiel des Lebens trotz allem verloren hatte, seufzte er auf und sattelte den Hengst.

»Diese kleine Entschädigung habe ich mir redlich verdient«, murmelte er, als er die Stalltür öffnete.

Festino -82-

Später, in Barbizond, lieh er Westwind als Deckhengst an Züchter aus, und von den Fohlen, die er für diese Dienste bekam, baute er sich einen eigenen Mietstall auf.

Auch der Falkner nahm seinen Lieblingsfalken mit, als er vom Tod seines Herrn erfuhr und fortging, und verdiente mit diesem Tier einen bescheidenen Lebensunterhalt. Er verlor den Falken, als er ihn gegen einen Adler ansetzte, der ein kleines Kind in den Fängen hielt, ein Kampf, dessen Ausgang voraussehbar war. Doch das Kind war der einzige Sohn eines reichen Grundherrn, der den Falkner aus Dankbarkeit zum Verwalter seiner Ländereien ernannte.

Der Koch nahm einen Feuerbrand von seinem Herd und trat in einen Geheimgang, dessen Zugang sich hinter dem Ochsengrill befand. In diesem Gang vertrat er sich den Fuß auf einem rechteckigen Objekt, das halb unter einer dicken Staubschicht vergraben auf dem Boden lag. Im Licht seines Feuerbrandes erkannte er, daß es das verlorengegangene *Buch ritterlicher Vitalität* war, durch das, wie die Fama behauptete, Count of Hyfel, der Gründer von Teq, die amourösen Künste und die Kraft erlangt hatte, siebenundzwanzig Frauen zu heiraten und zu schwängern. Mit einigen Rezepten aus diesem Buch eröffnete er ein kleines Restaurant, und enttäuschte Liebhaber aus allen Städten der Umgebung kamen über Berg und Tal zu ihm gepilgert, um von seinen einzigartigen Gerichten zu probieren und sich von ihren Sorgen wieder aufrichten zu lassen.

Die Gefangenen von Wantwich jedoch benutzten das Durcheinander, um ihren Weg in die Freiheit und in die wärmende Morgensonne zu finden.

9

Als die Dorfbewohner nach Wantwich zurückkehrten, fiel ihnen als erstes auf, daß der Weiher neben dem Anger, der, so lange sich irgend jemand von ihnen zurückerinnern konnte, ruhig und still gewesen war, jetzt aus irgendeinem unerfindlichen

Grund in Wallung geraten war. Doch als die Reparaturen fortschritten – neue Dächer und Fensterläden, neue Gatter und Zäune, um die von den Soldaten Teqs zerstörten zu ersetzen –, hörten diese Wallungen allmählich auf. Bevor neues Bier gebraut worden und neue Fässer geböttchert worden waren, bevor man für Jarge eine neue Fiedel gebaut hatte, lag das Wasser wieder so ruhig da wie einst.

Und an dem Tag, als Leluak – mit einiger Verspätung – seine Braut auf den Anger führte, um den Hochzeitstanz zu eröffnen, stand ein Mann in einem schwarzen Umhang hinter einer Platane und lächelte wohlwollend.

»War das nicht klug, Horimos?« sagte er leise zu dem Elementar, der auf dem Grund des Weihers gefangen saß, »war es nicht genial, das Denken rationaler Männer zu pervertieren, so daß sie den willkürlichen Pfad des Spielers beschritten, dem selbst das gefährliche Wissen eines Zauberers fehlt, wenn er sich mit den Mächten des Chaos anlegt?«

Unbemerkt – nur von dem Wanderer wahrgenommen, ließ der Weiher eine große Blase mit stinkendem Sumpfgas an seine Oberfläche emporsteigen, die wohl eine Antwort darstellen sollte.

»Ha-al-l-lt – br-r-r-mp – Mu-br-rr-r-nd!«

»Aber gerne, Horimos«, murmelte der Wanderer und leerte einen Becher von Brauer Harrings gutem Bier, den man ihm, wie allen Durchreisenden, an diesem Festtag angeboten hatte. Er setzte den Becher auf einem Baumstumpf ab, und die Musik steigerte sich zu einem fröhlichen Crescendo.

Als etwas später die Braut, ein wenig schüchtern, zum Ufer des Weihers trat, um ihn zu begrüßen und zu fragen, ob er mit ihr tanzen wolle, war keine Spur mehr von dem Reisenden in Schwarz zu sehen, außer dem geleerten Becher.

VIER

Das Schreckensreich

Sieh! Dein Schreckensreich, Chaos, ist wieder hergestellt; das Licht stirbt vor deiner unschöpferischen Welt . . .

POPE: Die Dummkopfiade

1

»Guten Morgen, Sir«, sagten die Menschen höflich zu dem Mann in Schwarz, der sich auf seinen Stab lehnte – einen Stab aus einem ungewöhnlichen Material – und ihnen zusah, wie sie Wasser aus Ganders Brunnen heraufzogen und forttrugen. Er antwortete ihnen, doch geistesabwesend, zerstreut, und keiner von ihnen sah ihn so genau an, als daß er ihn wiedererkannt hätte. Sie spürten, daß sie ihn in tiefen Gedanken gestört hatten.

In der Tat war er so tief in Gedanken versunken, daß die Sonne untergegangen war, und die Jungen und die Hausfrauen, deren Aufgabe es war, Wasser vom Brunnen zu holen, längst nach Hause zu ihrem wohlverdienten Mahl gegangen waren, bevor er sich von der Stelle rührte, an der er den ganzen Tag zugebracht hatte. Und als er es tat, war es, um einen Mann anzusprechen, der, mit einem dicken Mantel vor der Abendkühle geschützt, hergekommen war, um Zunder von einem verrotteten Baumstumpf zu schaben, der unweit des Brunnens stand, und die abgeschabten Stücke in einem Tonkrug sammelte.

»Du gehst wohl auf eine längere Reise, nehme ich an«, sagte der Wanderer.

»Allerdings.« Der Mann blickte auf. »Ich muß meine Schwester aufsuchen, die in Wehen liegt; ihr Mann ist unterwegs, und irgend jemand muß bei ihr sein und sich um ihre anderen Kinder kümmern.«

»Und das willst du als Zunder gebrauchen?« fragte der Wanderer und deutete mit seinem Stab auf den Baumstumpf.

»Es gibt keinen besseren in dieser Gegend«, sagte der Mann. »Alle, die nachts unterwegs sein müssen, holen ihn sich von hier. Er trägt das Feuer selbst durch den stärksten Sturm. Man sagt sogar . . .« – er hüstelte, wie um sich dafür zu entschuldigen, daß er einem solchen Aberglauben nachhing – »daß ein heller Geist in dem Stumpf wohnt, der den Funken gegen alle Widerstände zur Flamme werden läßt. Wenn Ihr, Sir, den ich für einen Fremden halte, Euren Weg bei Nacht fortsetzen wollt, so rate ich Euch, ihn Euch auch nutzbar zu machen. Mehr als einmal sind Freunde von mir für diesen Rat dankbar gewesen, wenn sie geglaubt hatten, eine Reise bei Tageslicht zu Ende führen zu können und dann bei einer weggewaschenen Brücke oder einer überfluteten Furt festhingen.«

»Wie weit ist es denn bis zum Haus deiner Schwester? Es ist noch immer etwas Licht, und es dürften noch mindestens zwei Stunden vergehen, bis es völlig dunkel geworden ist.«

»Hm!« sagte der Mann, richtete sich auf und verschloß seinen Zundertopf. »Ich sehe, daß Ihr wirklich hier fremd seid, Sir! Ich muß nach Cleftor Heights gehen, und dort fällt die Dunkelheit sehr schnell, das könnt Ihr mir glauben! Ich muß mich beeilen, selbst wenn ich den Zunder habe, um mich vor dem Stockdunkel zu schützen.«

»Eine letzte Frage«, sagte der Wanderer und machte eine Geste mit seinem Stab. »Ich habe bemerkt, daß die Leute meilenweit gehen, um ihre Eimer an diesem Brunnen zu füllen. Ist dieses Wasser besonders wohlschmeckend?«

Der Mann kicherte. »Nicht, wenn man es so trinkt. Aber Ihr müßt wissen, daß jetzt die Zeit gekommen ist, wo man Bier braut, und – warum, weiß ich auch nicht – wenn man zum Brauen Wasser von Ganders Brunnen nimmt, bleibt man den ganzen Abend wach und lustig, und am nächsten Morgen sind der Kopf klar und der Magen ruhig. Gebt acht, daß man Euch in den Tavernen der Städte nichts Schlechteres anbietet; manchmal versuchen sie, einem Fremden Bier zu verkaufen, das sie selbst nicht anrühren würden.«

»Danke für den Rat«, sagte der Reisende in Schwarz.

Als er allein war, schüttelte er traurig den Kopf. Früher hatte Yorbeth in der Verkleidung eines Baums hier gelebt, die längste Pfahlwurzel in einer wundersamen Quelle. Dann war dieser gierige Narr von einem Träger aufgetaucht . . .

Doch der war ein Sterblicher, was der Elementar nicht gewesen war, und was war geblieben? Dieser Baumstumpf, von dem sich Reisende Zunder holten, und eine Quelle, die dafür bekannt war, daß man aus ihrem Wasser gutes Bier brauen konnte.

Aber das war nicht verwunderlich. Es paßte zu allem anderen, was er während dieser, der letzten seiner vielen Reisen, die er gemäß der Verpflichtung, durch die er gebunden war, erfahren hatte. Der letzten? Er hielt es fast für möglich, daß es wirklich die *letzte* war.

Zum erstenmal war es ihm kaum zu Bewußtsein gekommen, daß diese Reise *diese* Reise war, nicht die davor und nicht die folgende. Im Chaos war die Willkürlichkeit so extrem, daß die Kontraste selbst für eine gewisse Uniformität sorgten. Jetzt waren wirkliche Veränderungen eingetreten, von denen das Verschwinden Yorbeths nicht die größte war.

Farchgrind zum Beispiel, der jenweits von Leppersley lebte, war zu einem braven Haustier geworden! Die Menschen hörten ihn noch immer, beschworen ihn jedoch nur noch herbei, um ihre Freunde zu unterhalten und brachen in höhnisches Gelächter aus, wenn er seine großsprecherischen Reden führte. Laprivan von den Gelben Augen hatte seine Substanz verbraucht, woraus immer sie auch bestanden haben mochte, und war seines ständigen Kampfes gegen die Spuren der Vergangenheit müde geworden. Fußspuren von denen, die auf seinen Hügel stiegen, blieben eine Stunde oder sogar noch länger sichtbar.

Und Barbizond war den Weg Ryovoras gegangen, trotz Sardhin. Das Vordringen der Vernunft hatte ihn erschöpft – jenes Lichtwesen in seiner regenbogenumsäumten Wolke. Es wurde zwar noch immer behauptet, daß ein Messer aus Barbizond auf ewig scharf bliebe, doch der Mann, der das dem Wanderer während dieser Reise gesagt hatte, war ein nüchterner Farmer in Kanish-Kulya gewesen, und er hatte in dem gleichen unsicheren Tonfall gesprochen wie der Mann, der gerade gegangen war und sehr verlegen reagiert hatte, als die Rede auf einen Geist gekommen war, der in dem Baumstumpf wohne, von dem der immer brennende Zunder stammte.

Der Farmer war ein sachlicher Mann, der ein ruhiges Leben führte, und er war hin und wieder ein wenig verwundert, wenn seine gut genährten, zufriedenen Knechte ihm unmögliche Gewächse mitbrachten: eine Rispe Weintrauben, die wie poliertes Metall glänzten, eine Steckrübe, die, aufgeschnitten, die Kammern eines menschlichen Herzens zeigte . . .

Doch sein Wein war stark und süß, und es mangelte ihm nie an Braten für die Spieße über seinem Herdfeuer, und deshalb machte er sich keine Gedanken über Spuren aus einem anderen Zeitalter. Selbst die Abstammung seiner Schwiegertochter war nur ein Thema harmloser Scherze. Es hatte einmal eine Zeit gegeben, wo jede gute Familie in Kanish wie die seine ein Mädchen aus Kulya auf die Gänseweide verbannt hatte, und wenn sie noch so schön gewesen wäre – oder ihre Schönheit vielleicht mit einer Massenvergewaltigung geehrt, wenn ein halbes Dutzend genügend betrunkener Männer verfügbar gewesen wären.

Jetzt aber saß eine Kulya-Lady Abend für Abend an seinem Tisch, und sein Erbe stieß immer wieder seinen Weinpokal gegen den ihren, und sie tranken auf ihre drei kräftigen Söhne, die oben in ihrem Zimmer schliefen. Und wenn man drei heranwachsende Enkel hatte, was störte es einen dann schon, wenn sich die Harke hin und wieder in der leeren Augenhöhle eines halb verrotteten Schädels verfing? Der Krieg war vorüber; die Waffen schwiegen.

Gleichermaßen verhöhnten die Menschen in Teq jetzt Lady Glück; die Opfergaben, die man ihr darbrachte, waren Gläser voller Rotz und Spucke, die man auf den Boden kippte, wenn jemand von einem allzu ehrgeizigen Vorhaben sprach.

Doch der Reisende in Schwarz war durch das Gesetz gebunden, und es lag nicht in seiner Natur, sich zu beklagen. Weiter zog er, auf Pfaden, die ihm fremd geworden waren, und sprach mit vielen Menschen an vielen Orten, so zum Beispiel in Wocrahin, wo einst . . .

Erinnerungen! Erinnerungen! Er hatte niemals vorausgesehen, daß diese Unfaßbarkeit, welche die fließende Natur der Ewigkeit in die quantifizierte Ordnung der Zeit band, auch den Willen behinderte, genau wie das Altern! Er begann fast jene zu beneiden, die sterben konnten . . .

Doch das war letzten Endes gleich. In Wocrahin saß ein Mann in einem eleganten Speisesaal und verschlang eine Neunaugen-Pastete; er war fett und trug ein purpurfarbenes Wams, das mit Soßenflecken bekleckert war. Den Mund voller Fisch und Kruste sagte er: »Woll-wi-wär-dei-Mutt-lo!«

»Ach ja«, seufzte seine Frau, die daran gewöhnt war, solches Gerede richtig zu interpretieren; sie war fett wie eine preisgekrönte Zuchtsau, obwohl sie keine Kinder geboren hatte, ihr gewaltiger Busen war fast bis zu den Warzen entblößt, ihre perlenbesetzte Robe mit Essensresten verschmiert, und ihr Kopf schien von dem Gewicht einer mit Edelsteinen besetzten Tiara heruntergedrückt zu werden, die sie aufgesetzt hatte, obwohl sie keine Gäste zum Abendmahl hatten und nur drei bohnenstangendürre Diener in der Halle waren.

»Ja, ich wollte auch, wir wären meine Mutter los«, wiederholte sie den frommen Wunsch ihres Mannes, als sie Mund und Kehle mit einem Schluck Wein freigespült hatte. »Ah, wie gut wir leben könnten, wenn sie nicht mehr da wäre! Sie frißt uns das Dach über dem Kopf weg, diese alte Vettel!«

». . . Da-übern-Kop-we!« bestätigte ihr Mann.

Die hohen Fenster des Speisesaals standen offen, um die laue Luft des Sommerabends hereinzulassen. Dort stand der Wanderer und betrachtete die Reihe der Bettler, die – mehr aus Gewohnheit, denn aus Optimismus – gekommen waren, um den Koch um die Abfälle zu bitten; er hörte ihre fehlenden Worte, und er sah die Mutter der Lady, eine abgehärmte, in Lumpen gekleidete Frau, die durch die Gitterstäbe des Kellers, in dem sie eingesperrt war, den Koch anflehte, ihr etwas von den Abfällen zu geben, die er den Bettlern zuwarf.

Der Reisende in Schwarz klopfte mit seinem Stab dreimal an die Hauswand.

»Wie du es wünschst, so soll es sein«, sagte er und ging weiter. Hinter sich hörte er die Decke des Speisesaals einstürzen; sie befreite das gierige Paar von einer Sekunde zum anderen von allen Lasten, einschließlich der ihres Lebens.

Gleichermaßen gab es in Medham, einer Stadt, die wegen ihrer schönen Mädchen berühmt war, einen Mann, der Dutzende von ihnen ausprobiert hatte und jetzt mit anderen in einer Taverne saß und sich seiner Verführungskünste rühmte.

»Ah, wenn ich nur ein Quart Bier für jede, die ich gehabt habe, hätte, würde ich bis zum Ende meines Lebens nie wieder nüchtern sein!« sagte er zu den anderen, als er seine Börse umdrehte und nicht mehr eine einzige Münze darin vorfand. »Die Lady Fretcha ist auf den Knien vor mir herumgekrochen und hat gesagt, ich hätte ihr Leben ruiniert! Haha! Hat mich angefleht – ich schwöre euch, *angefleht*! – eine ehrbare Frau aus ihr zu machen! Hahaha! Und dann war da die Lady Brismalet; die hat das gleiche getan – was für eine Frechheit! Und die Lady Thespie, und dann Padovine . . . Ho! Wie gesagt, wenn ich nur ein Quart Bier für jede hätte, die ich schon gehabt habe . . .«

»Wie du es wünschst, so soll es sein«, sagte sein Nachbar, ein Mann in einem schwarzen Umhang und mit einem seltsamen Stab, und erhob sich. Niemand nahm Notiz davon, als er ging. Sie waren alle entsetzt von dem Anblick des großmäuligen Verführers, der mit angeschwollenem Bauch auf dem Boden lag und sich auf erbärmliche und widerliche Weise erbrach, weil sein Magen sechsundzwanzig Quart Bier nicht halten konnte.

»Du blödes Vieh!« rief ein Kärrner in einem Dorf kurz vor Acromel und prügelte mit einer langen Peitsche auf sein Pferd ein. Doch so brutal er auch zuschlug, es zeigte sich kaum Blut auf dem Hinterteil des Tiers – er hatte die Peitsche so oft benutzt, daß Rücken und Hinterbeine des armes Tiers nur noch aus hartem Narbengewebe bestanden. Dennoch wieherte es

vor Schmerz und zuckte bei jedem Hieb zusammen. Und der Mann schlug immer härter zu.

»Ho, daß du etwas mehr Verstand hättest!« schrie er. »Ich wollte, du würdest lernen, meine Ladung nicht herunterzukippen, wenn die Räder ausgerechnet durch eine Bodenrinne rollen!«

Noch immer fluchend über den mangelnden Verstand des Pferdes ging er zurück, um den schlecht gestauten Kornsack zu holen, der von dem überladenen Karren gefallen war.

»Wie du es wünschst, so soll es sein«, sagte der Wanderer leise, und das Pferd richtete sich auf die Hinterbeine auf und kippte die tonnenschwere Ladung des einachsigen Karrens auf den Kärrner. Dann benutzte es seinen Verstand, um die Riemen durchzunagen und lief fort, um in Freiheit auf saftigen Bergwiesen umherzuziehen.

»Eine Frage, Sir«, sagte ein Junge von zehn oder zwölf Jahren, der in der Nähe des Dorfes Wyve aus einer Hecke gekrochen war, »ist dies giftig oder eßbar?« Er reichte dem schwarzgekleideten Wanderer einen bräunlichen Pilz.

»Eßbar«, sagte der Wanderer. »Gebraten sind sie besonders gut.«

Mit einer unwilligen Geste warf der Junge den Pilz zu Boden.

»Freust du dich nicht, etwas Eßbares gefunden zu haben?« fragte der Wanderer. »Ich dachte, du suchst Pilze für ein Mahl.«

»Nein, Sir«, sagte der Junge; seine Augen und seine Stimme waren älter als seine Jahre. »Ich suche Giftpilze, die ich meiner Mutter geben will. Sie behandelt mich schlecht und läßt mich nicht tun, was ich will.« Er seufzte tief auf. »Oh, daß ich sofort erkennen könnte, was den sicheren Tod bringt!«

»Wie du es wünschst, so soll es sein«, sagte der Reisende in Schwarz und ging weiter. Der Junge begann zu weinen, weil er erkannte: Ganz gleich, was er von nun an aß, es würde früher oder später zum Tode führen.

So führte der Weg des Wanderers weiter, wie es zu erwarten gewesen war, bis zu jener Nacht, da an der Flanke von Rotten

Tor von einer Dunkelheit überrascht wurde, die tiefer war als die anderen Nächte, und er begriff, warum der ehrliche Arbeiter von Ganders Brunnen sich für einen Weg von nur einer Stunde so umsichtig mit Zunder versorgt hatte.

Und warum dieser Zunder von einem Baum stammen mußte, der einst von den wunderbaren Säften einer unterirdischen Quelle genährt worden war.

Und noch etwas, das ungleich wichtiger war: warum er, wenn alles um ihn herum den Triumph gewöhnlicher, alltäglicher Tugenden verriet, und das Überdauern von nur so gewöhnlichen Lastern wie Faulheit und Gier – und auch von diesen nur sehr wenige vor dem nahen Abschluß seiner Aufgabe –, er zum erstenmal den Geschmack jenes bitteren, neuen Gefühls erfahren sollte, das sich aus Anspannung und Erwartung zu etwas Gröberem wandelt.

Angst.

2

Wahrlich, dies war keine gewöhnliche Nacht! Obwohl sie sich in einen guten Plaid-Schal gewickelt und sogar wollene Handschuhe angezogen hatte, litt die Frau unter der schneidenden Kälte, die durch die dicken, festen Wollstoffe bis ins Mark drang, und unter der Schwärze dieser Nacht. Das Kind Nelva, das sie hinter sich herzog, weil sie es nicht zu Hause zu lassen gewagt hatte, war zu müde – oder zu durchfroren –, um weinen zu können.

Endlich tauchte ein winziger Lichtpunkt vor ihr auf: sie waren ihrem Ziel nahe.

Doch wenn sie an den Rückweg dachte . . .

Sie erschauerte so heftig, daß ihre Zähne aufeinanderschlugen. Der Rückweg war nun einmal etwas, das unvermeidlich war, und sie mußte sich damit abfinden. Sie beugte den Kopf, obwohl kein Wind wehte, umklammerte die Hand ihrer Tochter und ging eilig weiter.

Strahlendes Licht erhellte den kleinen Laden. Andere Menschen mochten unter diesen nicht der Jahreszeit entsprechenden dunklen Nächten leiden, die nach Cleftor Vale gekommen waren, nicht jedoch Master Buldebrime, der Eigentümer dieses Ladens. Helle Lampen brannten über der Theke, die der Tür zugewandt war, durch welche die Kunden von der Straße hereintraten, und auch auf den hellen Kiefernplanken, die als Regale dienten und alle Wände des Ladens bedeckten. Selbst über der zweiten Tür, die zu den Wohnräumen des Hauses führte, brannte eine Lampe.

In einigen dieser Lampen befanden sich Kerzen aus gutem Rindertalg, die meisten von ihnen brannten jedoch ranziges Fett. Manche der Dochte schwammen in klarem Öl, doch waren das nur wenige, und am rarsten waren die Lampen, die mit aromatischen, exotischen Destillaten gefüllt waren, die nicht nur ein Licht in den Raum streuten, das einen leichten, saphirblauen Schimmer hatte, sondern auch einen herrlichen Duft verbreiteten. Diese Lampen hatten ein Reservoir, das einem Inhalt entsprach: künstlerisch bearbeitete Behälter aus Alabaster, Amethyst und Jade.

Auf der Straße mochte es kalt sein, doch die beiden zur Straße führenden Fenster des Ladens waren mit Läden verschlossen, deren Kanten er mit feuchtem Leder abgedichtet hatte, so daß im Laden eine angenehme Wärme herrschte. Jetzt, wo die vielen Lampen ihr Licht durch klare Glaszylinder, farbige Kristallgloben oder Schirme aus hauchdünn geschabten Hornplatten warfen, war es fast heiß. Der delikate Duft der kostbarsten unter ihnen vermischte sich mit dem Gestank verdampfenden Fettes, und die Flammen wirkten verhungert bei dieser überreichen Nahrung.

Doch selbst jetzt, in diesem strahlenden Licht, sah die rohe Balkendecke wie ein trister Kohlenstollen aus, in den Wasser einen Schaft Sonnenlicht gewaschen hatte, und man erkannte, daß Juwelen in den Felsen saßen.

Auf der Ladentheke stand eine Zeit-Kerze, deren brandrotes Wachs in daumenbreiten Abständen schwarze Ringe aufwies, und verkündete, daß die Öffnungszeit dieses Tages fast vorüber war.

Plötzlich neigten sich alle Flammen der Lampen gleichzeitig in eine Richtung, als die Tür aufgerissen wurde und eine Frau hereinstürzte. Ihre schweren Holzschuhe polterten über den Steinboden, und das Mädchen Nelva, das sich an ihre Schürze klammerte, vergaß für einen Augenblick Müdigkeit und Kälte und rief entzückt ›Oh!‹ und ›Ah‹, als sie die vielen, bunten Lichter sah. Eine Wolke von Gestank nach ranzigem Fett wehte aus der offenen Tür wie der Atem eines Sterbenden, und hinter der Trennwand ertönte der Ruf: »Ich komme gleich!«

Den Kerzenlöscher in der Hand, um die Zeitkerze und alle anderen zu löschen, erschien der Ladeninhaber in einem talgfleckigen Wams. Seine frischrasierten Wangen glänzten, als ob sie das Material seiner Waren ausschwitzten. Er hatte ein strahlendes, serviles Lächeln aufgesetzt, da er Angehörige der besseren Gesellschaft erwartete, die häufig in den späten Abendstunden kamen, um seine Ware zu begutachten, da sie in ihren Kutschen und Sänften natürlich weniger Angst vor der Dunkelheit hatten als das gemeine Volk.

Doch das Lächeln erlosch sofort, als er nur eine arme, unscheinbare Frau vor der Theke stehen sah, die wahrscheinlich hoffte, eine Lampe gegen irgendwelchen nutzlosen Kram einhandeln zu können, anstatt sie ehrlich zu bezahlen.

»Was willst du?« fragte er scharf.

»Wozu sollte ich wohl herkommen, wenn nicht um eine Lampe?« sagte die Frau und setzte dann leiser hinzu: »Sei still, Nelva!«

Das kleine Mädchen gehorchte, doch ihre Augen blieben groß und rund, während sie von einem der hellen Lichter zum anderen blickte.

»Hier!« fuhr die Frau fort und klatschte Münzen auf die Theke. »Drei gute Kupferstücke, wie du siehst – und ihre Ränder sind nicht abgefeilt! Wir brauchen eine Lampe, damit wir unser Abendbrot essen können. Die Lampe, die wir hatten, ist zerbrochen, und wenn ich Nelva an den Herd setze, damit sie im Licht des Feuers etwas sehen kann, läßt der Rauch ihre Augen rinnen, und sie salzt die Speisen mit ihren Tränen. Um des Kindes willen gib mir das Beste, was dir möglich ist.«

Sie stemmte die Hände in die Hüften und trat einen Schritt zurück. Master Buldebrime nahm die Münzen auf und betrachtete sie sehr genau. Wie die Frau behauptet hatte, waren ihre Ränder glatt, und sie schimmerten rötlich im Licht der Zeitkerze. Er biß auf eine von ihnen, zuckte die Achseln und trat zu dem Regal mit seinen billigsten Lampen.

»Das ist das Beste, was ich dir dafür geben kann«, sagte er, als er eine davon herausnahm. »Wenn sie dir nicht gefällt, kannst du deine Kupferstücke wieder mitnehmen.«

Die Frau betrachtete die Lampe eingehend. »Aber die Kerze ist ja fast heruntergebrannt!« protestierte sie.

»Dann nimm eine neue Kerze und meinen Segen«, schnaubte Buldebrime, nahm ohne hinzusehen eine Kerze von dem Haufen auf dem mittleren Regalbrett und warf den Stummel in einen Eimer, um ihn später wieder einzuschmelzen. »Für drei Kupfermünzen kann ich wirklich nicht mehr tun. Und ich hätte nicht einmal das getan, wenn es nicht um das hübsche, kleine Mädchen ginge.« Er beugte sich über die Theke und betrachtete Nelva sehr eingehend. »Hmmm! Ja! In drei, vier Jahren kommst du wieder vorbei. Ich werde sie als Lehrling aufnehmen. Die Männer werden sich um eine Frau reißen, die ein so nützliches Handwerk erlernt hat.«

Die Frau wickelte die Lampe in ihren Schal. »Danke für das Angebot. Aber ich sage nein! Wir haben einiges über dich und deine Lehrlinge gehört, Master Buldebrime, selbst draußen bei Rotten Tor, wo wir leben. Du magst also nicht nur Jungen, sondern auch Mädchen?«

Das Gesicht Buldebrimes lief dunkelrot an.

»Hinaus mit dir!« schrie er und hob den Kerzenlöscher, als ob er ihn nach ihr werfen wollte.

Die Hand, in der er die drei Münzen hielt, blieb jedoch auf der Theke liegen.

Wieder flackerten die Flammen, als das Kind sich bei der Aussicht, wieder in die eisige Nacht hinaus zu müssen, in der Tür dagegen sträubte; kurz darauf aber zerrte ihre Mutter sie über die Schwelle, und die Tür fiel ins Schloß. Buldebrime blieb noch eine Weile stehen, vor Wut rauchend wie eine seiner billigsten Lampen, dann unterdrückte er seine Wut, trat zur Tür und legte den schweren Riegel vor. Anschließend machte er seine Runde durch den Laden und löschte eine Lampe nach der anderen, und als er sich in sein gemütliches Wohnzimmer zurückzog, wurde der Raum nur von dem durch das Dachfenster hereinfallenden, matten Licht erhellt; es war der unendlich weit entfernte Glanz von vier in einer bedeutsamen Konjunktion zueinander stehenden Planeten.

3

Nicht richtig, entschied der Reisende in Schwarz – überhaupt nicht richtig!

Er stand an der Flanke von Rotten Tor, einem hoch aufragenden Berg, dessen Hänge so steil waren, daß selbst eine Ziege an ihnen keinen sicheren Halt gefunden hätte, und starrte in die Richtung, in der, wie er auf Erfahrung wußte, Cleftor Vale liegen mußte. Zugegeben, das ganze Tal lag tagsüber im Schatten des Berges, aber sollte es jetzt nicht zumindest von Sternenlicht erhellt werden? Und, wenn man schon bei diesem Thema war, rückte nicht die volle Mondphase näher?

Und trotz allem herrschte eine solche Finsternis, daß sie höchstens von einem Ruf durchdrungen werden konnte – oder von einem Schrei! Wie dem, dessen Echo jetzt an sein Ohr drang, ein zwiegeteilter Schrei: er begann mit dem Greinen eines Kindes und setzte sich in einer tieferen Tonlage fort, lauter und dringlicher.

»Ho! wenn wir nur wieder sicher zu Hause wären! Helft uns, wenn jemand hier ist!«

Der Wanderer brauchte sein Lächeln nicht zu verbergen; die Dunkelheit nahm ihm diese Mühe ab. Er stieß seinen Stab auf den Boden, um den Weg zu finden, und umging die von einem Wildbach in den Stein gefräste Schlucht, die während des Sommers von üppigem Grün war, und das Tappen seines Stabes wurde bald darauf von der Frau wahrgenommen, die um Hilfe gerufen hatte.

»Ah! Freund! Wer immer du sein magst!« Sie griff blindlings nach seinem Arm. »Rette mich und meine Tochter – gib uns Obdach!«

»Ich habe kein Obdach hier«, sagte der Wanderer. »Aber du sicherlich.«

»Was?« Die Frau schien verwirrt; dann schien sie sich plötzlich zu fassen. »Was für eine Närrin bin ich doch!« Sie tastete sich ein paar Schritte weiter, und kurz darauf hörte er ihre Faust gegen festes Holz schlagen. »Zu Hause!« rief sie erleichtert. »Endlich wieder zu Hause!«

Eine Tür knarrte auf, und das Licht des Herdfeuers zeigte das Innere einer Hütte, die aus starken Balken und Planken erbaut worden war, jetzt jedoch ein eingesunkenes Dach und grünbemooste Wände hatte. Das Kind lief hinein und schlang seine Arme um einen Mann, der sich mühsam von einer kahlen Pritsche erhob und die fadenscheinige Decke abwarf, unter der er gelegen hatte. Er wollte etwas sagen, wurde jedoch von einem krampfartigen Hustenanfall geschüttelt.

»Ihr seid wieder zurück, heil und gesund!« krächzte er, als der Anfall vorbei war. »Oh, du hättest Nelva nicht mitnehmen sollen!«

»Du hast geschlafen«, sagte die Frau und umarmte ihn. »Und es ist so selten, daß du ruhig und fest schlafen kannst . . . Ah, fast hätte ich vergessen . . . Yarn, der Gentleman, der in der Tür steht, ist mein Retter.«

Der Wanderer trat ein, als sie ihn durch einen Wink dazu aufforderte und verneigte sich.

»Ich hatte mich völlig verirrt«, sagte die Frau. »Es war so dunkel . . .«

»Aber . . .« Yarn wurde wieder von einem Hustenanfall geschüttelt. »Aber du warst doch fortgegangen, um eine Lampe zu kaufen!«

»Das stimmt. Das stimmt! Zu Master Buldebrime. – Hier, Sir«, wandte sie sich an den Fremden und fuhr geschäftig hin und her, während Nelva sich zu ihrem Vater auf den Bettrand setzte,

»mach es dir bequem und sei willkommen! Ich wäre in die Schlucht gestürzt, wenn du nicht zufällig vorbeigekommen wärst, so gründlich hatte ich mich verlaufen, und das vor meiner eigenen Haustür! Entschuldige die Dürftigkeit unserer Gastfreundschaft, aber wenn du mit der einfachen Kost, die wir anbieten können, zufrieden bist, kannst du mit uns eine Gemüsesuppe essen, und etwas Brot und . . .«

»Aber eine Lampe zu kaufen und dann im Dunkeln nach Hause zu gehen!« Yarn bekam das in einem Atemzug heraus, bevor er wieder husten mußte.

»Hah!« Die Frau blieb in der Mitte des kleinen Raums stehen und stemmte die Hände in die Hüften. »Wenn ich das nächstemal in die Stadt komme, werde ich Buldebrime ordentlich Bescheid geben! Diese Lampe! Diese Lampe! Hier!«

Sie zog sie aus den Falten ihres Schals. »Habe ich sie nicht angesteckt, damit sie mir den Heimweg erleuchte? Und hat sich nicht im gleichen Moment eine Rußschicht, schwärzer als die Hölle, auf den Zylinder gelegt?«

Sie streckte die Lampe mit einer unbeherrschten Geste ihrem Mann entgegen.

»Entschuldigt mein Benehmen, Sir«, fügte sie an den Wanderer gewandt hinzu. »Aber in diesen Nächten ohne Lampe zu sein, ist mehr, als ein Mensch ertragen kann. Es ist, als ob das Dunkel, das draußen lauert, durch die Ritzen kröche und selbst die Flammen des Herdfeuers verdunkele! Und alle meine Nachbarinnen, Goodie Blanchet, und Goodie Howkle und all die anderen haben mir gesagt: ›Geh zu Master Buldebrime, seine Lampen sind die besten, wir haben die unseren auch von ihm und sitzen abends in ihrem warmen, gelben Licht‹ . . .« Während sie sprach, rieb sie den verrußten Zylinder an ihrem Schal. Feuchte Holzscheite auf dem Herd versprühten einen Kontrapunkt von Funken zu ihren Worten.

»Ich werde sie gleich wieder anzünden, um meine Worte zu beweisen«, sagte sie und bückte sich, um einen brennenden Span aus dem Feuer zu holen.

»Am schlimmsten aber ist«, setzte sie hinzu, als sie den verkohlten Docht mit der Flamme berührte, »daß er Münzen von mir nahm, nicht nur einen Eimer Schafsmilch oder eine andere Kleinigkeit, die wir entbehren können! Für so etwas!« Sie wandte sich dem Wanderer zu: »Findest du nicht auch, daß es ein Verbrechen ist, eine arme Seele so auszunutzen?«

Doch der Wanderer beachtete sie nicht. Er blickte auf den Glaszylinder der Lampe, der sich, wie vorausgesagt, sofort mit Ruß schwärzte, und formte traurige Worte in seinem Kopf.

›Ah, Wolpec, Wolpec! Bist du so tief gesunken?‹

Einst war dieses Wesen aus kleberigem Ruß ein Elementar gewesen, den er – selbst er – hin und wieder zu konsultieren hatte. Und an diese Befragungen waren Bedingungen geknüpft gewesen, die er – selbst er – zu erfüllen gezwungen gewesen war. Hier krümmten sich jetzt auf dem Zylinder einer gewöhnlichen Lampe Zeichen, wie sie früher transzendentale Wahrheiten verkündet hatten . . . doch wer von den Lebenden war noch in der Lage, die Bedeutung dieser Wahrheiten zu erkennen? Die Sprachen, in denen sie abgefaßt waren, waren überall in Vergessenheit geraten!

Als die Frau sah, wie aufmerksam er die Lampe anblickte, sagte sie hoffnungsvoll: »Sir, Ihr habt nicht zufällig Geschick im Reparieren von Lampen . . .?«

Dann, als sie seinen ernsten Gesichtsausdruck bemerkte, schwieg sie verwirrt.

Einige der alten Gesetze, schien es, waren noch immer gültig, doch ihre Grundstruktur war offensichtlich zersplittert, so wie ein Gebäude noch seine äußere Form bewahren mag, obwohl große Platten von Decken und Wänden gefallen waren und sein Betreten deshalb unsicher war.

Denn diese Lampe zeigte auf die althergebrachte Weise drei Wahrheiten, doch ohne die angestammten obligatorischen Riten . . .

Von den dreien war die erste unverständlich und in einer Schrift abgefaßt, die Wesen, welche nicht ganz Menschen gewesen waren, verwendet hatten, um Imponderabilien niederzulegen. Es war gemutmaßt worden, daß diese Niederschriften einen Handel in Seelen betrafen, doch war das lediglich eine mehr als vage Vermutung. Auf jeden Fall hatten diese Symbole, da sie dem Chaos entstammten, jede Bedeutung, die irgendjemand ihnen beimessen mochte.

Doch die Zeichen verblaßten, und so wurde es Zeit, noch einmal zu fragen.

›Wie kommst du hierher?‹ dachte der Reisende in Schwarz. Jetzt erschien die diskutierbare Wahrheit, eine einzelne Hieroglyphe, wie man sie auf den hohen Pfeilern von Etnum-Yuzup sehen konnte, bevor diese Metropole sich unter Donnerschlägen in Staub aufgelöst hatte. Die Großen Fünf Weber waren nachlässig geworden und hatten sich nicht mehr an die Regeln gehalten, die sie in den Tagen der Gründung ihrer Stadt selbst aufgestellt hatten. Das war klar zu erkennen; und der Wanderer erkannte es.

Einer würde aufhören zu sein.

Und nun zu der dritten Wahrheit, der unentrinnbaren ... doch die Frage mußte richtig gestellt werden. Eigentlich, erkannte der Wanderer, sollte es keine Frage sein, sondern eine Aussage, eine Wahrheit von vergleichbarer Wichtigkeit. Er formte sie in seinem Kopf: ›Ich habe viele Namen, doch nur eine einzige Natur.‹

Der geschwächte Elementar verstand, und auf dem verrußten Glaszylinder erschienen die Schriftzeichen eines Gedichtes von Shen-i-ya Eng-t'an Zwu, der tausend Jahre lang unter einer Ulme gesessen hatte und von dem niemand sagen konnte, ob er lebte oder tot war, so völlig war er im Einklang mit der Natur.

Rauch
entschwindet in der Luft,
ist nicht mehr zu sehen!

Die kerzenlöschenden Winde von Äonen schienen durch den Schornstein der Hütte zu wehen.

»Sir«, sagte die Frau besorgt, »Ihr solltet Euch nicht so sehr mit einem so unwichtigen Problem beschäftigen.«

»Ist es nicht ein sehr wichtiges Problem für euch, keine Lampe zu haben?« Der Wanderer hob nicht den Kopf.

Die Frau seufzte. »Das gebe ich offen zu, Sir. Denn nahe beim

Feuer zu sitzen und den Rauch einzuatmen ist hart für meine Kleine, und vor allem für meinen Mann, Yarn, mit seiner kranken Lunge . . . Ich würde alles dafür hergeben, um eine gute, helle Lampe zu haben!«

»Wie du es wünschst«, sagte der Wanderer nicht ohne Trauer, »so soll es sein.«

Er blies die Flamme aus. Als er den Zylinder gereinigt hatte und den Docht wieder ansteckte, verbreitete die Lampe ein reines, warmes Licht.

Wolpec war klein gewesen; Kerzen hatten ausgereicht, um ihn gefangenzusetzen. Fegrim war ein Gigant und lag unter einem Berg. Doch der Wanderer hatte gesehen, daß sein zwischen den Zacken der Berggipfel von Kanish-Kulya liegender Vulkan jetzt unter einer weißen Eiskappe schlief, wo er früher Flammen und Asche bis zu einer Meile hoch in die Luft gespuckt hatte. Nicht die kleinste Welle zeigte sich auf der glatten Oberfläche des Weihers, in dem Horimos lag, und nach unzählbaren Äonen hatte der Fluß Metamorphia seine Natur verändert, die ihn einst gezwungen hatte, die Natur anderer Dinge zu verändern. Hausfrauen wuschen jetzt ihre Wäsche in der Quelle von Geirion, und der geisterhafte Gesang Jorkas' war zu einem Schlummerlied mit Nonsense-Reimen geworden, mit dem glückliche Babies in den Schlaf gesungen wurden. Selbst wenn die Namen der größten von ihnen genannt werden sollten – Tuprid and Iaschalanva, Jouril und Lry – würden die Menschen nur verwundert fragen: »Wer?«

Sie waren gegangen, um machtlos unter den Sternen umherzuschweifen, und manchmal schleuderten sie sinnlos Feuerspeere durch die Nacht – bei deren Anblick Liebende, die Hand in Hand gingen, fröhlich ausriefen: »Sieh, eine Sternschnuppe, bei der wir uns etwas wünschen können! Auf eine baldige Hochzeit und ein langes Glück!« Ein Kuß, und dann war es vergessen.

Nur hier nicht, und das war sehr seltsam. Beunruhigend! Es war im Cleftor-Land wirklich so, wie man es ihm geschildert hatte: als ob die Schwärze der Nacht durch die Mauern kröche und die Flammen des Feuers trübte: sie wurden von einem dunklen Rot, und selbst ihre Wärme schwächte sich ab. Für die neue Lampe traf dies allerdings nicht zu, doch dafür gab es gute Gründe.

Es würde klüger sein, sagte sich der Reisende in Schwarz, hier den Morgen zu erwarten.

Deshalb löste er eine der Kräfte, welche die Lichtstrahlen seines Stabes festhielten und schritt lautlos über den Steinboden der Hütte zur Tür. Draußen hing ein drückender Pesthauch in der Luft, als ob in jedem Haus des Tals die ganze Nacht über rußende Feuer gebrannt hätten, um den Mantel der Schwärze zu zerreißen, und sich aller Rauch zu einem fauligen Miasma vereinigt hätte. Selbst die Lichtlanze, die von seinem Stab ausging, konnte nicht weiter als einen oder zwei Schritte weit das Dunkel durchdringen.

Das Gewerbe eines Lampenmachers mußte in dieser Gegend wirklich recht lohnend sein.

Was diese Schwärze war, ließ sich nicht leicht feststellen. Es war kein Rauch, obwohl sich jetzt etwas davon hineingemischt hatte. Es war auch kein Nebel, feucht und durchscheinend, doch sauber, da er aus winzigen Wassertropfen bestand. Und es war auch keine Wolke, die ja aus der gleichen Substanz besteht. Es war – nun, es war einfach die Umkehrung von Helligkeit.

Und als die Dämmerung heraufzog, verspätet nach den Berechnungen des Wanderers, war auch das seltsam und ungewöhnlich. Anstatt daß das Dunkel sich lichtete und zurückwich, wie es bei Anbruch eines neuen Tages üblich war, zog es sich in sich selbst zurück und lagerte auf der Landschaft, als ob man Teer dazu gebracht hätte, bergan zu fließen. Und bergan war die Richtung, in die das Dunkel floß: aus dem Tal und zu dem aufragenden Gipfel von Cleftor Heights hinauf. Dort, fast außerhalb des Gesichtsfeldes des Wanderers, sammelte es sich zu einer schwarzen Kugel, zu einer kegelförmigen Spirale, zu einem dunklen Nebel – und nichts.

Doch hatte das Dunkel überall, auf jedem Zoll Boden, auf dem es gelegen hatte, eine Aura düsterer Vorahnungen hinterlassen.

Als er auf normalen Wegen weiterging, stieß er wenig später auf ein paar Kinder, die man zum Spielen aus dem Haus geschickt hatte, und die lustlos Kiesel nach einem Astloch warfen, wobei es ihnen gleichgültig schien, ob sie es trafen oder nicht.

»Wer herrscht über dieses Land?« erkundigte sich der Wanderer.

»Ich glaube, sein Name ist Garch, Sir«, antwortete eins der Kinder. »Soll ich ins Haus gehen und meine Mutter fragen? Sie weiß es bestimmt.«

»Danke; der Name reicht mir«, sagte der Wanderer.

4

Wenn der Mond seine volle Phase erreicht hatte, gewährte Garch, Thegn von Cleftor Heights, Audienzen, die sich wesentlich von den sonst gewohnten unterschieden. Einen Tag vor Vollmond sprach er mit keinem Menschen, sondern schloß sich in seine Privaträume ein und brütete über dickleibigen Büchern und alten Pergamentrollen; am folgenden Tag war es nie sicher – nicht einmal für seine Berater und engsten Vertrauten – ob er in der Lage sein würde, seine gewohnten Tätigkeiten wieder aufzunehmen und in der großen, mit Chrysoberyll-Platten ausgelegten Halle Hof zu halten.

Trotzdem aber herrschte er über ein Land, das von nah und fern beneidet wurde; bei allen Kriterien war es unmöglich. Obwohl es zum größten Teil felsig und nur von einer dünnen Krume bedeckt war, gab es hier die fettesten Rinder, die die sahnigste Milch gaben. Obwohl die Wurzeln der Pflanzen kaum Halt fanden und sie oft aus winzigen Felsspalten wuchsen, gab es keine Hecke, an der nicht Früchte und Nüsse wuchsen, die in Honig gekocht haltbar gemacht wurden. Obwohl es nur dünn besiedelt war und seine Dörfer weit auseinander lagen, brachte es große, kräftige Menschen hervor, und die Kinder waren fröhlich und gesund. Und was noch mehr war: Kleider, die anderenorts für die vornehmsten Damen reserviert sein mochten, trugen hier die Bauersfrauen, wenn sie mit ihrem Karren zum Markt fuhren, oder ihre Töchter bei einem Tanz. Samt und Seide, Satin und Purpurplüsch wurden so selbstverständlich getragen wie Selbstgewebtes, und nur an den äußersten Grenzen von Garchs Land – wie zum Beispiel bei Rotten Tor – mangelte es den Familien an Porzellan und silbernen Löffeln, wenn sie Gäste zu Tisch hatten.

Paradoxerweise waren die Leute dieses reichen Landes sehr unbeliebt. Es wurde gesagt, sie seien sehr berechnend; es wurde gesagt, mit ihnen Geschäfte zu machen sei wie der Versuch, einen Aal auf seinen Schwanz zu stellen. Außerdem wurde angedeutet, daß man seine Tochter keinen von diesen Leuten heiraten lassen sollte, auch wenn er noch so reich wäre, da schon nach kurzer Zeit ihr einziges Interesse an ihrer Familie wäre, sie nach besten Kräften auszunützen, und daß sie genauso würde wie ihre Nachbarinnen: schmallippig, hartäugig und geldgierig.

Trotz solcher Reden kamen jedoch häufig Besucher zu Garchs Schloß, hauptsächlich, um Handel zu treiben. Bemerkenswert unter ihnen waren diejenigen, die üblicherweise während des zweiten Mondviertels eintrafen und keine normalen Handelsgüter mitbrachten, sondern Ideen, Schätze und Antiquitäten, da dies die Periode des Monats war, während der der Thegn am ehesten bereit war, sie zu empfangen.

Nur wenige von ihnen gelangten jedoch über die erste, kritische Prüfung durch die Berater hinaus; Strafen für die Verschwendung der Zeit des Thegn waren streng, und alle Antragsteller für eine Audienz mußten vorher von den drei Räten genau überprüft werden. Jeden Morgen versammelten sie sich in einem Vorraum der großen Halle, mit einem Schreiber und einem Zahlmeister, der eine Münzkiste mitbrachte, und befragten jeden, der gekommen war, um einen Handel abzuschließen. Meistens ging das rasch und einfach, wenn es nur um normale Waren ging, deren Preis rasch ausgehandelt werden konnte, wie Vorhangstoffe, oder Salben, oder schöne Kunstgegenstände. Daneben kamen auch Männer, die ihre Dienste anboten, ihr Geschick als Schnitzer oder Schneider oder Schuhmacher, und danach strebten, ein Zulassungsschild ihres Herrn über der Tür ihres Geschäfts anbringen zu dürfen; diesen wurde in jedem Fall gestattet, eine Probearbeit gegen eine kleine, festgelegte Summe anzufertigen – die ihnen verlustig ging, wenn diese Arbeit nicht zufriedenstellend ausfiel – und bekamen dann einen Vertrag, wenn ihre Fertigkeiten sich als ausreichend erwiesen. Einer von diesen war einst Master Buldebrime gewesen, und jetzt war er Lieferant für alle Lampen und Kerzen, die im Schloß gebraucht wurden, von denen er einmal im Monat eine große Auswahl seiner besten Produkte dort vorführte.

Manchmal aber wurde diese Vorprüfung recht langwierig und erforderte eingehende Befragungen, die nur die mutigsten und härtesten der Bewerber durchstanden. Und von denen waren heute einige anwesend.

Garchs Berater waren, wie bereits erwähnt, drei an der Zahl. Auf einem hochlehnigen Stuhl aus Pferdeknochen, die von Bronzeklammern zusammengehalten wurden, saß die alte Roiga. Das zweite Mitglied des Triumvirats war Garchs Schwester, Lady Scail; sie saß auf einem Stuhl aus lackiertem Elfenbein, dessen Sitzfläche mit einem Schafsfell bedeckt war. Und in der Mitte präsidierte der einäugige Runch, dem jeder Komfort verhaßt war, auf einem gewöhnlichen Stuhl aus der Kämmerei. Er trug Grün, Roiga Braun, Lady Scail Gelb. Alles andere in diesem Raum war von sterilem Grau.

»Laßt den ersten eintreten«, sagte Runch mit seiner raspelnden Stimme, und sofort führten die Diener einen Mann herein, der die Tracht der Shebyas trug, fahrender Händler von der Insel Sheb, deren Heimat wieder von gelbem Dschungel überwuchert worden war; niemand konnte sagen, wie das gekommen war, doch vermutete man, daß Zauberei im Spiel gewesen sein mußte. Der Mann zog seine Mütze und legte einen Gegenstand in einem kleinen, rosafarbenen Beutel vor Runch auf den Tisch.

»Euer Ehren, ich bringe euch ein seltenes Relikt aus einer Stadt, die in den Tiefen des Taxhling-Sees versunken ist. Wenn ich nur das Gold hätte, eine Expedition zu finanzieren, würde ich Taucher einstellen – von denen es, wie ihr sicher wißt, eine große Anzahl gibt, die dort Muschelperlen sammeln – und die ganze Schlammschicht des Seegrundes durchsuchen lassen, in dem sicher noch viele andere solcher Schätze ruhen.« Er hüstelte hinter vorgehaltner Hand und fuhr dann mit leiserer Stimme fort: »Ich halte es nicht für ratsam, dieses außergewöhnliche Wissen bei der Bevölkerung jener Stadt bekannt werden zu lassen, die ich, aus Gründen, die ihr bestimmt versteht, lieber nicht beim Namen nennen will.«

Runch blickte das Relikt, das eine stark verrostete Axtklinge war, prüfend an. Dann schob er es beiseite. »Du kannst den Namen der Stadt nicht nennen, weil sie nicht existiert. Was du uns gebracht hast, ist Teil der Ladung eines Bootes, das bei einem Sturm gekentert ist. Geh!«

»Aber euer Ehren – euer Gnaden – eure Hoheit . . .!« protestierte der Mann. Die alte Roiga schnippte mit ihren knochigen Fingern, und Diener brachten den Shebya hinaus.

»Der nächste«, sagte sie mit einer Stimme, die wie das Rascheln von welkem Laub klang.

Ein anderer Mann trat ein, dessen blauer Umhang über den Boden wischte, als er sich verbeugte. »Ich, Sire und Ladies«, verkündete er, »habe in Pratchelberg ein Buch erwerben können. Da mir die Kenntnis der uralten Sprache ermangelt, in der es abgefaßt wurde, hielt ich es für richtig, es eurem Thegn zu bringen, welcher bekannt ist als der gebildetste, versierteste und . . .«

»Spar dir deine Worte«, murmelte Lady Scail, nachdem sie nur ein halbes Dutzend Seiten durchgeblättert hatte. »Der Text ist korrupt, und außerdem besitzt mein Bruder ein weitaus besseres Exemplar.«

Der Mann in dem blauen Umhang protestierte genauso vehement wie sein Vorgänger, als er seinen erzwungenen Rückzug antrat, und zu der Musik seiner Klagen trat ein dritter Bewerber herein und legte einen kleinen, pelzigen Ball auf den Tisch.

»Ein einmaliger Artikel«, erklärte er. »Er spricht, wenn man ihn leicht drückt, und er schreit mit einer leisen, schrillen Stimme, wenn man es fester tut. Er soll von den Ranchen bei Yorbeth stammen, und ich habe die Hälfte aller meiner Ersparnisse dafür aufgewandt, ihn sicher zu Thegn Garch zu bringen.«

Roiga nahm den kleinen Ball in die Hand und lauschte auf seinen Schrei. Dann warf sie ihn zur Seite. »Hah! Ja, er spricht wirklich – indem durch den Druck Luft zwischen zwei dünne Rohrplättchen gepreßt wird! Und weißt du auch, was er sagt? Er sagt: ›Der Mann, der mich hergebracht hat, ist ein Narr!‹ Verschwinde!«

»Werden die Leute denn niemals klug?« murmelte Lady Scail, als der Mann von zwei Dienern hinausbegleitet wurde. Sie hatte ein winziges Stück feinsten Schmirgelleinens in der Hand und fuhr damit über die Ränder ihrer rotlackierten Fingernägel. »Ist sonst noch jemand da?«

Es war noch jemand da. Ein Mädchen.

Plötzlich lag eine elektrische Vibration in der Luft; Scail legte ihr Schmirgelleinen auf den Tisch, Roiga faltete ihre knochigen, alten Hände auf der beruhigend festen Tischkante, und Runch suchte festeren Halt auf seinem Stuhl. Das Mädchen stand vor ihnen mit einem breitkrempigen Hut, und mit einem schwarzen Kettenhemd und einer Fellhose bekleidet. Eine ganze Weile herrschte absolute Stille.

Schließlich trat sie zum Tisch und legte ein kleines Päckchen vor die drei; es war in Pergament gewickelt und mit einem weißen Band verschnürt. »Gewürze«, sagte sie.

Die drei Räte holten gleichzeitig tief Luft, und es war Roiga, die schließlich sagte: »Vantcheen – ja?«

Das Mädchen nickte. Sie war sehr mager, als ob man ein Skelett wieder in seine Haut gewickelt hätte, ohne die Fleisch- und Fettschichten darunterzulegen, und ihre Augen brannten mit einem schwarzen Feuer.

»Dann nenne deinen Preis!« rief Runch.

»Ach ja. Einen Preis.« Das Mädchen tippte mit einem scharfen Fingernagel gegen einen genauso scharfen Vorderzahn. »Silber. Einen Hammerkopf aus Silber. Von drei Unzen Gewicht.«

Die drei Räte beugten sich vor. »Und der Stiel?«

Das Mädchen schüttelte kaum merklich den Kopf. »Ich danke euch für das Angebot. Aber den Stiel – habe ich bereits erhalten.«

»Oh, du bist noch so jung«, rief Roiga, »und doch schon so geschickt!«

»Noch einmal: habt Dank«, murmelte das Mädchen und wandte sich zum Gehen.

»Warte!« rief Lady Scail. »Wünschst du nicht mit meinem Bruder, dem Thegn, zu sprechen? Es ist eine lange Weile her, seit jemand hier war, der so begabt war wie du.«

»Wenn die Konstellationen für dieses Treffen richtig stehen, werde ich wiederkommen«, sagte das Mädchen ruhig und nahm von dem Schreiber eine Anweisung auf ihre Bezahlung entgegen, einen Auftrag an den Meisterschmied des Hofes, den silbernen Hammerkopf von drei Unzen Gewicht anzufertigen.

Tiefes Schweigen herrschte, nachdem das Mädchen den Raum verlassen hatte. Der Stiel ihres Hammers *mußte* knorpelig sein . . .

Dann stellten sie zu ihrer Erleichterung fest, daß sie die Sitzung bald würden vertagen können, da die anderen Bewerber um eine Audienz von der üblichen Art waren: Bauern, die sich um Ackergrenzen stritten, oder Eltern eines Brautpaares, die sich nicht über die Höhe der Mitgift einigen konnten – als sie plötzlich von draußen Gerenne und laute Rufe hörten, und dann stürmte an der Spitze eines Gefolges von Sekretären, Aufsehern und Dienern ihr Herrscher selbst in den Raum.

Die drei Räte erkannten verblüfft einen Ausdruck unbeherrschter Wut auf seinem Gesicht und standen auf.

»Ich bin betrogen und hereingelegt worden!« brüllte Garch.

Normalerweise war er ein ziemlicher Geck, dieser reiche Lord eines unwahrscheinlich reichen Landes, doch jetzt waren sein braunes Haar und sein Bart wirr, der Spitzenbesatz seines dunkelroten Hemdes hing schlaff herab, und seine Strümpfe ragten über die Schäfte der Stiefel hinaus. Um seinem Zorn Ausdruck zu geben, hämmerte er mit den Fäusten auf die Tischplatte und hätte dabei fast das Päckchen mit dem Vantcheen-Gewürz heruntergefegt.

»Durchsucht den ganzen Palast, jede Ecke und jeden Winkel!«

schrie er. »Und auch das ganze Land ringsumher! Und wenn sie nicht innerhalb einer Stunde gefunden wird, holt diesen Betrüger Buldebrime aus seinem Haus und bringt ihn zu mir!«

»Wenn *was* nicht gefunden wird?« konterte Scail, der es als seiner Schwester erlaubt war, eine so einfache, notwendige Frage zu stellen, ohne ihn noch mehr zu reizen.

Garch gelang es, seine Fassung zurückzugewinnen; er trat zu ihr und flüsterte ihr etwas ins Ohr. Aus der plötzlichen Veränderung ihres Gesichtsausdrucks erriet die Dienerschaft, vor der er diese Einzelheiten geheimhalten wollte, daß es sich um eine sehr ernste und bedeutende Angelegenheit handeln mußte. Einige der am besten Informierten zählten zwei und zwei zusammen, und als sie kurz darauf ihre Befehle erhielten – alle Lampen und Kerzen, die sie finden konnten, ins Schloß zu bringen –, erkannten sie, daß es wohl am klügsten wäre, fortzugehen und Dienst bei einem anderen Herrn zu suchen.

Es war schließlich nur eineinhalb Tage vor Vollmond.

Im Gegensatz zum Thegn war Master Buldebrime in bester Laune. Als er durch die Wohnräume seines Hauses ging, in dem sich auch sein Laden, seine Werkstatt und der Lagerraum befanden, gab er seinen Lehrlingen an diesem Tag nur ein paar Knüffe und griff nicht ein einzigesmal nach dem kräftigen Tau, das an seinem Gürtel hing und mit dem härtere Bestrafungen vollzogen wurden.

»Hier sind elf Kerzen, die fast das Gewicht von zwölf haben!« schrie er ein kleines Mädchen an, das die Aufgabe hatte, die fertigen Kerzen aus den in langen Reihen stehenden Tonformen zu nehmen und sie auf einer Schiebewaage zu wiegen – doch selbst sie, und auch der Junge, der die Formen gefüllt hatte, kamen heute mit ein paar Ohrfeigen davon. Nachdem er darüber gewacht hatte, daß überschüssiges Wachs abgekratzt und zur Wiederverwendung beiseite getan wurde, ging er weiter.

»Nicht so verschwenderisch mit dieser Essenz!« knurrte er einen Jungen an, der dabei war, verschiedene Parfüms, Tropfen für Tropfen, einer für die teuersten Lampen bestimmten Ölmischung hinzuzufügen. »Weißt du nicht, daß sie aus Alpraphand kommt? Hah! Ich hätte nicht übel Lust, dich die gleiche Entfernung in diesem Raum marschieren zu lassen, um dir einzubläuen, wie weit es bis dorthin ist! Aber das würde Wochen dauern, und ich denke nicht daran, dich zu füttern und zu kleiden, wenn du es dir nicht durch harte Arbeit verdienst!«

Und so kam auch dieser Lehrling mit ein paar Ohrfeigen davon.

Nachdem er sich schließlich davon überzeugt hatte, daß in den Kellerräumen, wo seine Waren hergestellt und gelagert wurden, alles in Ordnung war, stieg er die Treppe hinauf und trat in seinen privaten Bereich. Dieser bestand aus drei großen Räumen. Zuerst trat er in das luxuriöse Schlafzimmer, das von einem mit dicken, braunen Bärenfellen bezogenen Bett beherrscht wurde; ein kleines Mädchen war dabei, den großen Spiegel zu polieren.

Zu ihr sagte er nichts; für sich selbst murmelte er bedauernd, daß sie leider für den privaten Gebrauch Lord Garchs vorgesehen war. Denn sonst . . .

Aber es durfte nicht den geringsten Skandal um dieses Haus geben, weil sonst respektierliche Bürger aufhören würden, ihm ihre Bälger als Lehrlinge zu geben, in ein Haus, in dem es keine Frau gab, nicht einmal weibliches Hauspersonal. Aus diesem Grund konnten die beiden anderen Zimmer während der Nacht abgeschlossen werden, und die Schlüssel blieben immer in seiner Hand. Eins der Zimmer war für die Mädchen bestimmt, das andere für die Jungen. Sie waren sich ziemlich gleich; in jedem befanden sich Haufen von Lumpen, die von langem Gebrauch verdreckt waren, und Tröge, in die er bei Sonnenaufgang und Sonnenuntergang ein paar Eimer Hafergrütze kippte, die die Lehrlinge aufschlabbern mußten. Hin und wieder vergönnte er ihnen auch ein paar Speckschwarten oder die äußeren Blätter eines Kohlkopfes, da ihn die Erfahrung gelehrt hatte, daß die Kinder ohne diese Zukost von Fleisch und Gemüse zu kränkeln begannen – und dadurch für ihn unwirtschaftlich wurden. Er mißgönnte sie ihnen – so wie ihn jeder Penny reute, den er für ihre Nahrung ausgeben mußte –, doch blieb ihm nichts anderes übrig.

Noch eine weitere Tür gab es, und er öffnete sie mit dem kleinsten der vielen Schlüssel. Hinter ihr lag eine steile Treppe, kaum mehr als eine etwas schräg stehende Leiter, und er stieg die Stufen hinauf. Trotz der Anstrengung, die es ihm bereitete, seinen massigen Körper hinaufzuwuchten, summte er fröhlich vor sich hin, als er den Bodenraum betrat, zu dem die Stufen führten, einen großen, freien Raum, in den durch zwei breite Fenster Tageslicht fiel und dessen Boden er kürzlich mit glatten, nicht knarrenden Bohlen neu belegen hatte lassen.

In den tiefergelegenen Räumen arbeiteten die Lehrlinge weiter, fanden aber dennoch Zeit und Gelegenheit, miteinander zu flüstern und – wie immer – gewisse Gesten zu machen, die für Buldebrime nicht gerade schmeichelhaft waren. Ein Junge von vierzehn Jahren, mutiger als die anderen, und daran gewöhnt, für seine Widerborstigkeit durchgewalkt zu werden, nahm ein mehr als fingerlanges Stück Wachs und begann es zu einer menschlichen Gestalt zu formen. Ein Mädchen, das vielleicht hübsch gewesen war, bevor siedender Talg ihr eine breite Narbe auf die linke Wange gebrannt hatte, trat neben ihn und gab ihm Ratschläge. Dann traten auch andere dazu und sagten ihm ebenfalls, was er noch besser machen könnte. Wenig später war die Ähnlichkeit mit ihrem Meister unverkennbar, und sie kicherten und stießen einander vergnügt in die Rippen.

Als die Puppe fertig war, versteckten sie sie in einem Spalt zwischen zwei Bodenplanken, damit sie auch später ihren Spaß damit haben konnten.

Über ihnen, und ohne etwas von den Vorgängen unter sich zu ahnen, trat Buldebrime in die Mitte des großen Bodenraums. Dort standen ein Stuhl und ein Tisch, auf dem mehrere ledergebundene Bücher lagen, die aus sehr unkonventionellen Quellen stammten. Es gab auch ein Holzkohlebecken, und am Mittelpfeiler des Daches hing ein kleiner Wandschrank mit geschnitzten Türen. Der Lampenmacher öffnete ihn und nahm eine Reihe kleiner Gegenstände heraus: ein Bündel Federn, einen Beutel mit Kräutern und mehrere Pulver.

Der Reisende in Schwarz, der im tiefen Schatten stand und ihm dabei zusah, unterdrückte ein tiefes Seufzen. Er haßte diese hausgemachten kleinen Zauberer, nicht nur, weil sie Opfer desselben Paradoxon waren, dem ihre fähigeren Vorgänger erlegen waren – dem Wunsch, das Chaos zu beherrschen, um daraus Macht zu schöpfen, doch gleichzeitig ängstlich bemüht, es nicht durch ein Zuviel an Beherrschung zu zerstören –, sondern auch, weil er sie ungebildet, unhöflich und gleichgültig fand. Buldebrime schien ein typischer Vertreter dieser Gattung zu sein.

Er hielt es nicht für nötig, seine Anwesenheit bekanntzugeben. Wenn Buldebrime als Zauberer so geübt war, wie er es wahrscheinlich zu sein glaubte, hätte man ihm nicht zu sagen brauchen, daß sich jemand in diesem Raum befand.

Er legte alles, was für die beabsichtigte Zauberei nötig war, sorgfältig zurecht – bis auf ein wesentliches Requisit: eine einzige Kerze. Und dann, in dem Augenblick, als er feststellte, daß sich die Kerze nicht an ihrem gewohnten Platz befand, donnerten Faustschläge gegen die Ladentür.

»Buldebrime! Buldebrime!« schrien mehrere Stimmen. »Öffne im Namen von Garch, dem Thegn von Cleftor Heights!«

Der Reisende in Schwarz nickte und verschwand.

5

Da war eine bestimmte Stelle – eine hübsche Wiese, aus der flache Steine ragten, die nur dazu gemacht schienen, um sich darauf zu setzen –, von der aus man einen schönen Blick auf den Palast des Thegn hatte, und die nur einen kurzen Spazierweg von den nächstgelegenen Dörfern entfernt war. In jeder anderen Gemeinde würde man voraussagen können, daß an einem schönen Abend wie diesem die Menschen sich oft hier zusammenfinden würden, Speisen und Trank mit sich brächten, und vielleicht eine Trommel und ein paar Flöten, um die schöne Aussicht zu genießen und über ihr Glück nachzudenken, unter einem so fähigen und berühmten Herrscher leben zu dürfen.

Hier aber konnte man als sicher voraussetzen, daß am späten Nachmittag alle Menschen, die keine wirklich dringlichen Geschäfte zu erledigen hatten, in ihre Häuser zurückgekehrt waren und die Türen vor dem Anbruch einer Nacht verschlossen und verriegelt hatten, die das Licht der Sterne aufsaugte und mit scharfen Zähnen in die Knochen biß.

Und so geschah es auch. Die letzten Herden wurden in die Ställe zurückgetrieben, die letzten Gatter geschlossen, lange bevor die Sonne den gespaltenen Gipfel von Cleft Tor berührte. Als die Schatten länger wurden, wurde die Luft schwer und dick, und die Aura, die den ganzen Tag über auf dem Land gelastet hatte, gerann zu einem Vorgeschmack der Dunkelheit, die nun kommen würde.

Der Reisende in Schwarz saß auf einem flachen Stein neben dem gewundenen Weg, seinen Stab über den Knien, und blickte zum Schloß des Thegn hinauf. Es war ein hübsches, wenn auch nicht gerade originelles Gebäude. Anstelle einer Umfassungsmauer, standen niedrige Häuser, etwa hundert mal zweihundert Schritte messend, um einen Hof, dessen Kopfsteinpflaster gewisse geheime Verliese und Kammern unter sich verbarg, und aus dem Zentrum dieses Hofes erhob sich ein Turm, oder vielmehr der Stumpf eines Turms, dessen abfallenden Mauern etwa Kegelform hatten. Dort befanden sich die Privaträume des Thegn. Auf einer Plattform dieses Stumpfes stand eine Winsch, bei deren Kurbeln etwa zwanzig Taubstumme auf das Signal des Thegn warteten und ihm die Mühe des Treppensteigens ersparten, indem sie ihn an langen Seilen in einer Art Sänfte heraufzogen, die an eingefetteten Stangen befestigt war und in jeder Stockwerkhöhe des Turms angehalten werden konnte.

Während der Wanderer das Schloß studierte, sah er Diener Fackeln beim Tor aufstellen, obwohl es noch mehrere Stunden vor Sonnenuntergang war.

Schließlich kam um eine Wegbiegung eine Art kleiner Prozession in Sicht. Den Anfang machte ein bewaffneter Mann, der mißtrauisch nach allen Richtungen Umschau hielt. Ihm folgte ein Mann in der Tracht der Shebya: blaue Kappe, grüner Mantel, schwarze Stiefel mit silbernen Sporen. Er ritt auf einem Zelter. Nach ihm kam ein Mädchen, rosa gekleidet wie ein Page, doch ihr schwerer Busen ließ keinerlei Zweifel über ihr Geschlecht offen, und sie führte das erste Paar Tragmulis, deren Holzsättel halb leer waren; und den Schluß bildete ein anderer bewaffneter Mann, der ebenfalls ein Muli führte. Das war ein gewohnter Anblick in jedem gut regierten Land; die Shebyas waren die größten Händler dieses Gebiets, und selbst die ärmsten von ihnen besaßen zumindest ein Tragtier und einen Knecht, der es versorgte und führte.

Der Führer dieser Gruppe war jedoch offensichtlich nicht sehr zufrieden mit dem Geschäft, das er gerade abgeschlossen hatte. Er hockte mit gerunzelter Stirn auf seinem Pferd und stieß hin und wieder leise Flüche aus.

Er verdoppelte ihre Heftigkeit und ihre Tonstärke, als der an der Spitze reitende Bewaffnete eine schwarzgekleidete Gestalt am Wegrand stehen sah, seinen Speer zum Angriff einlegte und »Halt!« rief. Das Pferd blieb sofort stehen und hätte seinen Reiter beinahe aus dem Sattel geworfen.

»Guten Morgen«, sagte der Wanderer milde. »Würdest du deinem Mann sagen, seine übereifrige Speerspitze wieder emporzurichten? Sie ist auf einen Teil meiner Anatomie gerichtet, die ich gern intakt halten würde.«

»Tu es!« befahl der Shebya dem Mann und verzog das Gesicht. »Du mußt ihm vergeben«, setzte er dann hinzu und zog seine Kappe. »Aber wir sind alle etwas erregt, mußt du wissen. Wir haben miserabel abgeschnitten bei unseren Verhandlungen mit diesem berühmten Thegn – in die wir, wie ich zugeben muß, sehr große Hoffnungen gesetzt hatten.«

»Die Sättel deiner Mulis scheinen aber ziemlich leicht zu sein«, murmelte der Wanderer.

»Oh, normale Handelsgüter kann man überall loswerden«, sagte der Shebya achselzuckend. Der Blick seiner scharfen Augen war auf den seltsamen Stab gerichtet, den der Wanderer in seiner Hand hielt, und man konnte die logische, doch falsche Schlußfolgerung, die er daraus zog, beinahe hören. »Aber . . .

darf ich die Vermutung äußern, Sir, daß du dich auch auf dem Weg zu Garth befindest?«

»Diese Möglichkeit«, antwortete der Wanderer, »sollte nicht ausgeschlossen werden.«

»Das dachte ich mir!« rief der andere und beugte sich über die Kruppe seines Pferdes. »Darf ich außerdem annehmen, daß du jede Information, welche die angebliche Bereitschaft des Thegn betrifft ... ah ... Dinge von unschätzbarem Wert und andere Raritäten zu einem ansehnlichen Preis zu erwerben, willkommen heißen würdest?«

»Ich würde auf jeden Fall nicht abstreiten«, sagte der Wanderer, »von dieser Gewohnheit gehört zu haben.«

»Dann, Sir, erspar dir deine Mühe. Kehr um und entfliehe der hereinbrechenden Nacht – denn die Nächte, die sie hier haben, sind nicht von der normalen Art. Die Geschichten, die du gehört haben magst, sind Unsinn.«

»Unsinn, sagst du?«

»Allerdings!« Der Shebya senkte die Stimme und sagte in einem fast vertraulichen Tonfall: »Habe ich ihm nicht ein Objekt mitgebracht, das von wirklich unschätzbarem Wert ist? Und habe ich diese Kostbarkeit anschließend nicht von Tür zu Tür anbieten müssen, damit sie nun bei einer lausigen Haushalts-Zauberei Verwendung findet, anstatt bei den großen Zeremonien eines Adepten? Wenn ich nur daran denke, daß sie zusammen mit Kaulquappen und Hühnerblut ... ah! Wäre Drachensaat nicht schicklicher gewesen?«

»Und war dein Artikel wirksam?« fragte der Wanderer und verbarg ein Lächeln.

Der Shebya spreizte die Hände. »Sir, das festzustellen liegt nicht bei mir. Ich will nur sagen, daß es sich morgen erweisen wird; und als Versicherung gegen das Risiko, daß der Käufer sich auf dem Gebiet der Beschwörung als nicht ausreichend geübt erweisen sollte, möchte ich einen möglichst großen Abstand zwischen ihn und mich bringen.« Sein verärgerter Gesichtsausdruck wurde allmählich von einem Grinsen verdrängt; alle Welt war sich darüber einig, daß die Shebyas zwar Gauner waren, doch zumindest liebenswerte Gauner.

»Also nimm meinen Rat an«, fuhr er fort. »Geh nicht zu Garch in der Erwartung, ihm wertvolle und einzigartige Artifakte zu einem Preis verkaufen zu können, der dir Sicherheit für dein Alter gewährleistet. Außerdem herrscht zur Zeit ein ziemlicher Aufruhr im Schloß. Irgend jemand hat sozusagen Ameisen in der Hose des Thegn losgelassen, wenn du verstehst, was ich meine; er tobt wie ein Verrückter und läßt jeden, der seinen Unwillen erregt, ohne Federlesen einen Kopf kürzer machen. Ein weiterer guter Grund für eine sehr eilige Abreise, der mich, wenn du mir die Kürze unseres Gesprächs nicht verübelst, Sir, veranlaßt, meinen Weg fortzusetzen.«

Nachdem er und seine Begleiter weitergezogen waren, blieb der Wanderer noch eine Weile stehen. Die Luft wurde noch dicker. Man konnte fast ihren Widerstand fühlen, wenn man die Glieder bewegte, wie in gerinnender Milch. Ein Kitz, das sich auf einem Felsen verstiegen hatte, blökte jämmerlich nach seiner Mutter. Eine eisige Kälte breitete sich über das Land, doch auf keiner der Pfützen bildete sich Eis. Der Wanderer runzelte die Stirn und wartete weiter.

Schließlich zeigte sich über dem Turm des Schlosses die Grabesschwärze der anbrechenden Nacht: solide wirkende Flecken am Himmel. Etwa zur gleichen Zeit waren wieder Geräusche auf der Straße zu hören, aus der gleichen Richtung, in die der Shebya und seine Begleiter gezogen waren. Kurz darauf kam eine Gruppe von Reitern in Sicht; sie waren voll bewaffnet und warfen immer wieder ängstliche Blicke in das herabsinkende Dunkel. Einige von ihnen hatten Kienfackeln in den Händen und tasteten nervös nach ihrem Feuerstein und Stahl.

In ihrer Mitte saß Buldebrime, rücklings auf einen schmutzigen Esel gebunden, die Hände auf den Rücken seines talgverschmierten zerfetzten Wamses gefesselt, und stöhnte und schrie ununterbrochen.

Ein Stück hinter dieser Gruppe, nicht in der Lage, das Tempo mitzuhalten, schlug ein Kutscher fluchend auf zwei struppige Gäule ein, die einen Karren zogen, mit Lampen, Kerzen und mehreren Säcken beladen, deren Inhalt nicht zu erkennen war.

An und für sich war der Anblick dieser Prozession eher amüsant. Doch unter den herrschenden Umständen fand der Wanderer ihn in höchstem Maße abstoßend.

Die Dunkelheit breitete sich aus, doch schritt sie nicht fort, sondern setzte, da und dort, an immer weiter von ihrer Quelle entfernteren Orten ein.

6

»Beruhige dich doch!« ermahnte Lady Scail ihren Bruder zum unzähligstenmal.

»Beruhigen?« erwiderte er spöttisch. »Wie kann ich mich beruhigen? Verlassen sie uns nicht, diese Verräter? Sie verlassen *mich*, der ich ihnen in diesem harten, kargen Land zu Wohlstand verholfen habe, so daß sie von den Menschen reicherer Länder beneidet werden!«

Das entsprach der Wahrheit: jede Minute traf die Nachricht ein, daß ein langjähriger Diener, Soldat oder Aufseher sich heimlich davongemacht hätte.

»Ist es nicht außerdem«, fuhr er fort, »die Nacht vor dem vollen Mond? Nähert sich nicht die Mittelstunde dieser Nacht? Muß ich mich nicht bald in die vorgeschriebene Klausur zurückziehen? Und wer kann sagen, wie groß der Verrat ist, den Buldebrime an uns begangen hat? Vielleicht hat er unsere Zeitkerzen absichtlich falsch kalibriert, so daß wir die genaue Stunde nicht wissen!«

Zugegeben, es war in so dunklen Nächten wie diesen unmöglich, astronomische Beobachtungen zu machen.

Trotzdem wiederholte sie ihre Ermahnungen zu Ruhe noch einmal. »Du Narr«, fuhr sie dann fort, »du mußt jetzt auf jeden Fall einen klaren Kopf behalten! Wie viele Zauberer sind nicht schon in ihr Verderben gegangen, nur weil ein Elementar sich diese eine Charakterschwäche zunutze machen konnte?«

Schwitzend, und ein Glas Wein nach dem anderen hinunterstürzend, um sich Mut zu machen, bemühte er sich nach Kräften, ihrem Rat zu folgen, da die Vernunft auf ihrer Seite stand. Doch kam ihn die Selbstbeherrschung hart an. Das Schloß, und nicht nur das, sondern das ganze Land in seiner Umgebung schien zu vibrieren. Die gezackten Klippen von Cleftor Heights pulsierten mit den lautlosen Echos einer düsteren Drohung, als ob eins der in einen rastlosen Stern eingeschlossenen Wesen eine Möglichkeit entdeckt hätte, Terror über einen Lichtstrahl zu transmittieren und den Fels das Präludium einer Symphonie des Unheils vibrieren zu lassen, bevor die Instrumentalisten eintrafen.

Außerdem ist es nicht gut für einen, der die Mächte des Chaos herbeibeschwört, der Vernunft auch nur die geringste Aufmerksamkeit zu schenken.

»Wo ist Roiga?« fragte Garch plötzlich.

»Wo soll sie schon sein? In deinem Zimmer natürlich, um die nötigen Vorbereitungen zu treffen.«

»Und Runch?«

»Sie haben ihn vor einer Weile zum Tor gerufen. Man hat die Soldaten gesichtet, die Buldebrime bringen.«

»Dann gehe ich jetzt in die Folterkammer«, erklärte Garch und leerte seinen Becher. »Ich muß der erste sein, der erfährt, was dieser Verräter angerichtet hat.«

Es gab eine gewisse Routine in diesem Palast, wie beim Haushalt jedes großen Lords, und ihre äußere Form blieb gewahrt, erkannte der Reisende in Schwarz, der am Kreuzungspunkt zweier Korridore stand. Beim Klang dumpfer Trommeln wurde wie jeden Abend das Mahl zur Bankett-Halle getragen: Wildpasteten, die so schwer waren, daß zwei Männer unter der Last taumelten, gebratene Keulen von Ochsen und Schafen; den Dienern folgten Serviermädchen mit Krügen voller Wein und Bier, und Butler mit Servietten aus feinem Leinen über ihren Armen, und Jungen mit Kannen und Schüsseln, damit sich die Dinierenden die Hände in parfümiertem Wasser waschen konnten, und Harfenisten, und Flötenspieler, und ein Zwerg. Dieser letztere torkelte ungeschickt in einer überlangen Robe, die dazu gedacht war, ihn möglichst oft über ihren Saum stolpern zu lassen und die Dinnergäste dadurch zu amüsieren.

Bei einiger Überlegung konnte man jedoch nicht erwarten, daß die Menschen in der Bankett-Halle an diesem Abend viel lachen würden. Selbst die Steine, aus dem das Gebäude errichtet worden war, teilten die unverständliche Beunruhigung der Landschaft, und ungewöhnlich viele Staubkörnchen tanzten im Licht der Fackeln.

Hin und wieder drangen laute Schreie durch den Boden herauf.

Ordentlich und mit routinierter Ruhe legte der in Garchs Diensten stehende Mann, von dem am wenigsten gesprochen wurde – Humblenode, der Folterer –, die verschiedenen Instrumente seines Gewerbes zurecht: hier Peitschen und Fesseln, dort Daumenschrauben; Zangen, Messer und Schlingen an einem anderen Platz; und in der Mitte des gewölbeüberdachten Kellerraums stand ein Holzkohlebecken, bei dem ein kleiner, schmutziger Junge einen Blasebalg betätigte in dem vergeblichen Bemühen, die Flammen so hell auflodern zu lassen, wie es nötig war. Selbst hier, unterhalb des Hofes, wo die Wände unaufhörlich Feuchtigkeit ausschwitzten, machte sich die seltsame Lichtabsorption dieser unheimlichen Nacht bemerkbar.

Allein schon der Anblick von Humblenodes Instrumenten ließ Buldebrime heulend zusammenbrechen, und erst lange nachdem der Thegn in das Verlies getreten war, konnten sie beide ihn dazu bringen, zusammenhängende Sätze zu stammeln.

»Nein, ich habe so eine Kerze nicht gestohlen! Ich bin nicht bewandert in Zauberei!«

»Kitzle ihn mal ein bißchen mit einem rotglühenden Eisen!« schlug Garch vor, und der erfahrene Humblenode legte ein entsprechendes Instrument ins Feuer.

»Habt Erbarmen! Habt Erbarmen!« schrie Buldebrime. »Ich schwöre bei Orgimos und Phorophos, bei Aldegung und Patrapaz und Dencyon . . .«

»Ich dachte, du weißt nichts von Zauberei?« murmelte Garch und gab Humblenodes Knechten einen Wink, den Lampenmacher auf die Streckbank zu spannen.

Doch kurz nachdem das erste glühende Eisen seine Haut berührt hatte, entzog er sich weiteren Anwendungen durch eine tiefe Bewußtlosigkeit, und selbst Humblenodes Künsten gelang es nicht, ihn daraus zu erwecken.

»Untersucht Roiga inzwischen die Lampen und Kerzen, die mit ihm ins Schloß gebracht wurden?« fragte Garch ein wenig spät. Er hatte ihr diese Anweisung gegeben und sich nicht darum gekümmert, daß sie auch ausgeführt wurde – aber Runch und Roiga hatten am meisten zu verlieren, wenn sie nicht taten, was er ihnen auftrug.

»Ich komme gerade von ihr«, sagte ein nervöses Dienstmädchen und versuchte, den schlaffen Körper Buldebrimes auf der Streckbank nicht anzusehen, und auch nicht alles andere, was sich in diesem Raum befand. »Sie läßt Euch versichern, daß sie jede einzelne Lampe und Kerze genau überprüft hat, und daß das – was Ihr sucht, nicht dabei ist.«

Garch richtete sich zu voller Größe auf. »Also hat mich dieser hinterhältige Lampenmacher hereingelegt«, murmelte er. »Kannst du ihn bis Mitternacht wachkriegen?«

»Durch keine der mir bekannten Künste«, sagte Humblenode entschuldigend. Es war dies das erstemal, daß er seinen Herrn enttäuschte, und er zog den Kopf ein, als ob er befürchtete, als Folge davon seine eigenen Behandlungsmethoden kosten zu müssen.

Garch fuhr auf dem Absatz herum und verließ den Raum.

Er traf seine Schwester und Runch mit ihren Dienern, als er das Ende der feuchten, mit Moos und Flechten bewachsenen Treppe erreichte, die aus dem Verlies hinaufführte.

»Hast du Erfolg gehabt?« rief Scail sofort.

»Nein!«

»Und es ist bald Mitternacht«, murmelte Runch.

»Was getan werden muß, wird getan werden«, sagte Garch. »Bereitet mich auf meine einsame Wache vor.«

»Aber heute nacht ist es doch unbedingt nötig, Wolpec zu beschwören und um seinen Beistand für unseren Erfolg zu bitten!« Unter einer dicken Schicht von Rouge und Puder erbleichte das Gesicht Lady Scails.

»Was getan werden muß, wird jetzt getan werden!« sagte Garch scharf. »Ob es euch paßt oder nicht! Morgen bei Tageslicht könnt ihr davonlaufen, falls ihr das vorhaben solltet. Aber jetzt laßt mich in Ruhe – die Zeit ist knapp!«

Ohne einen brüderlichen Kuß, gar nicht von dem anderen zu sprechen, das seinem Tun in der Vergangenheit eine gewisse entscheidende Kraft verliehen hatte, stieß er die beiden zur Seite und ließ sie stehen.

Unter Aufsicht der alten Roiga hatten Dienstboten eine große Anzahl von Gegenständen in das Kabinett gebracht, das sie jetzt vorbereitete. Natürlich war es fensterlos; Luft trat lediglich durch winzige Ritzen herein, und um jede dieser Ritzen standen unverständliche Worte in einer längst vergessenen Schrift. Es gab auch keinerlei Möbel; die Wände waren mit Ziegenfellen, Matten aus Sumpfgras und den zu Zöpfen geflochtenen Haaren ermordeter Mädchen behängt. Im Zentrum des Bodens befand sich ein Spiegel von einer so perfekten Rundung, wie sie ein meisterlicher Handwerker nur herstellen konnte, doch dieser Spiegel wies einen langen Riß auf, und der Wanderer wußte, was für ein Hammer ihn zerschlagen hatte: mit einem Silberkopf und einem Stiel aus dem Teil menschlicher Anatomie, dessen Verlust ein Mann – wenn auch nur für kurze Zeit – sehr bedauert hatte. Der Wanderer wußte, daß Zaubereien dieses Kalibers noch immer durchgeführt wurden, doch in diesem Fall war zumindest eine der unbedingt erforderlichen Vorbedingungen völlig außer acht gelassen worden. Geduld.

Rattenfluch und Wolfshanf, Pulver aus Drachengebein und Meeräschenrogen; kandierte Malven und das Pigment der Purpurschnecke; Vantcheen-Gewürz . . . Ja, all die uralten, unabdingbaren Erfordernisse waren erfüllt. Nur eines fehlte. Das eine, das wichtiger war als alles andere.

Der Reisende in Schwarz begann sehr düstere Betrachtungen anzustellen.

Schließlich erschien Garch, fahl und zitternd, doch entschlossen, die anderen nicht den vollen Umfang seiner Angst erkennen zu lassen, um die Riten durchzuführen, die von ihm als Herr dieses Landes gefordert wurden, das mehr des Guten hervorbrachte, als es naturgemäß möglich war. Der Vorschrift entsprechend hatte er ein blutfarbenes Chasuble angelegt, der Vorschrift entsprechend trug er einen Schuh aus Leder und einen aus Leinen; der Vorschrift entsprechend hatte er die Schärpe umgelegt und trug in seinen Händen Zauberstab und Kugel; und die vorgeschriebenen Symbole waren, obwohl etwas krakelig, mit Henna und Indigo in seine Handflächen geschrieben worden.

Er trat durch die mit Messing beschlagene Eschentür, die hinter ihm mit den traditionellen Zöpfen aus geflochtenen Weidenruten verschlossen wurde: eine in Höhe seines Halses, eine in Höhe seines Herzens, und eine in Höhe seiner Genitalien. Nachdem das getan war, zogen Runch und Roiga und Scail sich zurück. Falls sie sich nicht doch dazu entschlossen, wegzulaufen, sobald der neue Tag graute, war der Prozeß jetzt angelaufen, und sie würden von ihm mitgerissen werden.

Und selbst fortzulaufen mochte nichts nützen.

Was den Reisenden in Schwarz betraf, so blieb ihm keine Wahl. Dies war ein wesentlicher Teil dessen, das ihn band. Von diesem Augenblick an war er gezwungen zu bleiben. Hier ging es nicht um eine harmlose Küchen-Beschwörung, über die man lachen konnte, wenn sie fehlschlug, und die man wahrscheinlich sofort danach vergaß; dies war kein unterhaltsamer Eingriff in den Ablauf natürlicher Ereignisse, wie er manchmal von Zauberern gegen gutes Geld vorgeführt wurde, um die Langeweile zu vertreiben; dies war kein Ritual, das sofortigen Profit zeitigte, wie es bei den Händler-Zauberern vergangener Epochen der Fall gewesen war, die ihre Kunst angewandt hatten, um sich und ihre Städte reich zu machen.

Nein, solche Trivialitäten konnten ignoriert werden. Hier jedoch fand eine Zeremonie statt, die so kompliziert war, so möglichkeitsschwanger und so absolut bar jeder *Wahrscheinlichkeit*, daß allein ihr Name, ganz gleich in welcher Sprache er genannt werden mochte, den Zuhörern einen kalten Schauer über den Rücken jagte. Hier, im Palast eines selbstsüchtigen Herrschers lief ein Wagnis an, wie es nicht mehr unternommen worden war seit der Epoche der Großen Fünf Weber und des berüchtigten Magisters von Alken Cromlech, die urälteste, geheimnisvollste, ehrenvollste Herbeirufung DERER, DIE . . .

Der Reisende in Schwarz hielt entsetzt inne. Fast hätte er den vollen Titel in seinem Kopf zitiert. Und wenn *er* das tat, wären alle – alle – und alles für immer verloren.

Falls sie nicht schon verloren waren – wie er insgeheim befürchtete.

7

Die Lady Scail schlief sehr schlecht in dieser Nacht, und als ihre Zofe sie sanft bei der Schulter berührte, vergrub sie ihr Gesicht ärgerlich wieder in den Kissen.

»Närrin!« schimpfte sie. »Ich habe dir gesagt, du sollst mich bei der Dämmerung wecken. Du sollst es büßen, daß du mich störst, wo es noch völlig dunkel ist!«

In der Tat lag vor den Fenstern noch tiefste Schwärze.

»Aber, Mylady«, flüsterte das verschreckte Mädchen, »nach unseren Zeitkerzen hätte es schon vor einer Stunde hell werden müssen. Doch der Himmel bleibt schwarz wie Pech.«

Lady Scail fuhr sofort auf. Durch die aufgezogenen Vorhänge sah sie, daß das Mädchen recht hatte. Sie sprang vom Bett und stieß einen freudigen Schrei aus.

»Das verspricht uns Erfolg! Endlich! Lauf los, Mädchen, hole Runch und Roiga aus ihren Betten und bitte sie, sofort zu mir zu kommen!«

Ohne wie sonst darauf zu warten, daß ihr ihre Tageskleidung gereicht wurde, warf sie ihr Nachthemd ab und zog ohne Hilfe ein gefältetes Chemise über.

Die auf die gleiche Weise geweckte Roiga zitterte vor Freude und Erwartung. Viele Dekaden lang hatte sie in diesem abgenutzten Körper zubringen müssen, dessen Knie vor Rheumatismus knackten und dessen Augen ihr nur noch verschwommene Bilder der Welt zeigten. Jetzt hämmerte das Herz unter ihrem welken Busen bei der Aussicht, bald wieder Jugend wiedererlangen zu können.

Es war das gleiche bei dem einäugigen Runch; äußerlich wirkte er noch immer als ein kräftiger Mann, der den Luxus, dem sich die anderen ergaben, strikt ablehnte und die harten, disziplinierten Gewohnheiten eines Soldaten angenommen hatte, dem es nichts ausmacht, auf dem Feld zu schlafen und den ganzen Tag durch Schnee und Hagel zu marschieren. Aus diesem Grund hatte er diese Nacht, wie immer, auf einer harten Holzpritsche mit nur einer Decke zugebracht.

Doch während der vergangenen Jahre hatte er öfter und öfter bei den Frauen versagt, die er zu sich rief, bis er schließlich diese Schande nicht länger ertragen wollte und sich daran gewöhnte, allein zu schlafen.

Die Aussicht, daß das wieder in Ordnung kommen könnte . . .!

Diese drei – und vielleicht Garch selbst, doch niemand konnte ahnen, was in dem Geheimkabinett vor sich ging – waren jedoch die einzigen Menschen im ganzen Land, die den Anbruch dieses erstaunlichen und beispiellosen – Tages? – mit Freude begrüßten. Und um diese Stunde hätte es von rechts wegen wirklich ›Tag‹ sein müssen, und überall hätte das Leben sein normales Bild zeigen sollen: spielende Kinder vor den Türen, die größeren mit Schiefertafel und Griffel auf dem Weg in die Schule, die Bauern auf ihren mit Käse und Schinken beladenen Karren auf dem Weg zum Markt, ihre Frauen auf der Suche nach Eiern oder beim Rupfen von Gänsen . . .

Doch überall im Land, vom Deldale bis zu Hermans Wynd, und wieder zurück, von Contrescarp bis zum Ten Leagues Stone, bei Poultry Rock und Brown Hamlet und Legge, bei Yammerdale und Gallowtree und Cahde, bei Swansbroom und Swingthrimble und Slowge, war es bis zu der Stunde dunkel, in der die Sonne im Zenith stehen sollte.

Und als das Licht endlich kam, war es eine falsche Art Licht. Es war das kränkliche, grüne Glühen des Chaos, das alle Farben zu mattem Aschegrau verdüsterte.

Die Berge wirkten jetzt deformiert, wie mutierte Pilze; die Bäume, nur vage sichtbar, standen starr wie Parodien in einem Gemälde, und die wie willkürlich wirkende Verteilung ihrer Äste schien das gesamte Vokabular obszöner Gestik darzustellen, die ein Mensch mit gespreizten Fingern auszudrücken vermag. Roiga und Scail und Runch, die dieses triste Bild vom höchsten Punkt des Turms aus beobachteten, riefen abwechselnd nach dem besten Wein, dem stärksten Met, und den erlesensten Delikatessen, die Keller und Küche bieten konnten, um ihren unmittelbar bevorstehenden Triumpf zu feiern. Die Schwärze der Nacht und des Morgens hatte sich an die Ränder der Cleftor-Domäne zurückgezogen, und jetzt war es, als ob ein Tunnel geöffnet worden wäre, ein senkrechter Tunnel zu den Grenzen des Alls, durch den die Wesen aus dem Jenseits mit einem Triumphzug in ihr altes Reich zurückkehren würden.

Doch die im Dienst des Schlosses stehenden Mädchen starrten und duckten die Köpfe und rieben sich die Ohren, denn sie waren plötzlich halb taub geworden, und alle Menschen hatten einen fauligen Geschmack im Mund, so daß Runch zweimal eins der Mädchen beschuldigte, ihm Essig statt Wein serviert zu haben, und alle hatten das Gefühl, als ob ein schweres Gewicht auf ihren Körpern lastete. Doch die drei von frenetischer Freude erfüllten Räte – wenn auch niemand sonst – waren in der Lage, alle Beschwerden zu ignorieren und tranken einen Toast nach dem anderen auf das Geschick von Garch, ihrem Thegn.

Erst als sie fast betrunken waren, bemerkten sie, daß sich außer den Dienern, die sie herbeordert hatten, noch jemand in dem Turmraum befand.

»Wer ist das?« rief Scail und verschüttete Wein auf ihr Kleid, als sie den Kopf wandte, um über die Schulter zu blicken.

»Oh – oh!« stöhnte Roiga und hätte sich am liebsten verkrochen.

»Erkläre dich!« schrie Runch und zog das Schwert, das er ständig trug.

Festino-82-

»Hier bin ich«, sagte der Wanderer, und sein schwarzer Umhang wischte über den Boden, als er zum *Tap-tap-tap* seines Stabes vortrat. »Steck dein Schwert wieder ein, denn es ist kein Schutz vor dem Unheil, das über euch hereinbrechen wird.«

Runch zögerte, und die Schwertspitze, die auf die Brust des Wanderers gerichtet war, schwankte unsicher hin und her. »Wer . . .?«

»Einer, der viele Namen hat, doch nur eine einzige Natur.«

Sie standen wie gelähmt. Scrail ließ ihren Becher mit Wein zu Boden fallen und wimmerte: »Aber ich glaubte . . .«

»Du glaubtest?« Der Wanderer seufzte. »Ja, ich kann mir vorstellen, daß du meine Existenz für abergläubische Fantasie gehalten hast, und dein Bruder ebenfalls. Sonst hättet ihr euch mit dem zufriedengegeben, was die Natur euch gab und mit harter Arbeit das Beste daraus gemacht. Aber statt dessen . . . Wißt ihr überhaupt, wer jetzt hier Einlaß begehrt?«

Unsicher, doch mit gespielter Tapferkeit, aus Scham über ihren Augenblick der Panik, sagte Roida: »Natürlich. Haben wir uns nicht alle darauf geeinigt, Tuprid herbeizurufen?«

»Tuprid, deren einziges Vergnügen Zerstörung ist, die ich einen Stern ausblasen sah, wie Menschen eine Kerze ausblasen mögen, damit sie sich an den Qualen aller lebenden Kreaturen auf den Planeten dieses Sterns ergötzen konnte, als sie zu ewigem Eis gefroren. Und wen noch?«

»Caschalanva, natürlich!« rief Runch.

»Ihn, der die Hitze Tuprids Kälte vorzieht. Die beiden sind uralte Rivalen. Jeder versucht den anderen beim Hervorrufen von Schmerzen zu übertreffen. Und außerdem?«

»Quorril!« sagte Scail, und ihre Stimme verriet ein wenig Nervösität, die durchaus berechtigt war, auch wenn sie sich mit Verspätung zeigte.

»Dessen Nahrung Seelen sind«, sagte der Wanderer. »Und auch Lry?«

Alle drei nickten.

»Für den«, schloß der Wanderer, »Liebe Haß ist – der Streit und Kriege schafft. und du glaubst, daß dies die einzigen sind, die dein Bruder beschworen hat?«

Ein paar Sekunden lang herrschte Stille. »Es sind alle, die er nach unserem gemeinsamen Beschluß beschwören sollte«, sagte Scail schließlich. »Sie sind es, mit denen wir unseren Handel abgeschlossen haben.«

»Handel!« Der Wanderer lachte trocken.

»Natürlich! Schulden sie uns keinen Zoll dafür, daß wir ihnen die Straße in das Land, in dem sie einst herrschten, geöffnet haben?« Sie sprang auf und starrte ihn herausfordernd an. »Sollten sie sich dafür nicht dankbar zeigen?«

»Ja! Und ist es angesichts eines so großen Dienstes nicht nur eine Kleinigkeit, wenn sie mir meine Manneskraft wiedergeben?« rief Runch.

»Und werden sie mir nicht meine Jugend zurückgeben?« schrie Roiga.

In diesem Augenblick verschob sich die Erde unter ihnen, als ob sich ein riesiges Gewicht auf das Land gesenkt hätte, und das Gespräch mit dem Reisenden in Schwarz war vergessen. Sie liefen zu den Fenstern und starrten hinaus, zur einen Seite, und zur anderen, um einen Blick auf das zu erhaschen, was auf die Erde gekommen war.

»Oh, mein wunderbarer Bruder!« rief Scail. »Wenn ich nur *die Hälfte* seiner Gaben hätte!«

»So, so«, murmelte der Wanderer, und dann noch einmal: »So, *so*! Wie du es wünschst, so soll es sein.«

Keiner von ihnen hörte seine Worte. Und sie hörten auch nicht das Flüstern, das aus den Steinwänden drang, nachdem er gegangen war, und das etwa klang wie: »Warum habe ich nicht früher daran gedacht?«

8

Dies, also, war die Art der Rückkehr der ehemaligen Großen dieser Welt. Und sie entsprach nicht ganz ihren Vorstellungen.

Alleingeblieben in dem von allen Waren entleerten Haus Buldebrimes waren die Lehrlinge verstört und ängstlich herumgeschlichen; dann versuchte der vierzehnjährige Junge, der die Wachspuppe angefertigt hatte, die jüngeren Gefährten zu beruhigen und aufzumuntern, indem er sie wieder hervorholte, und sie begannen zu lachen, als er die Glieder der Puppe über einer Flamme anwärmte, damit er sie deformieren konnte. Das Lachen machte sie mutiger und ließ sie den bisher verdrängten Hunger spüren. Sie aßen, und da ihr Meister nicht da war, um es ihnen zu verbieten, tobten sie im ganzen Haus herum und spielten, bis sie von Müdigkeit übermannt wurden.

Am nächsten Morgen jedoch wurden sie erneut von Angst gepackt, als sich das Dunkel der Nacht nicht heben wollte, und außerdem waren sie hungrig, weil sie am Abend zuvor die Speisekammer restlos ausgeplündert hatten. Für einige von ihnen war es das erstemal gewesen, daß sie sich richtig sattessen konnten, also waren lediglich ein paar Krümel übriggeblieben.

Sie durchsuchten das ganze Haus bei dem schwachen Licht einiger Kerzen, die sie sich gemacht hatten, nachdem Buldebrimes Bestände von Garchs Soldaten beschlagnahmt worden waren, und schließlich gelang es ihnen, das schwere Vorhängeschloß aufzubrechen, das die zum Bodenraum führende Tür versperrte. Gemeinsam mit dem Mädchen mit dem zernarbten Gesicht stieg der Vierzehnjährige die steile Treppe hinauf und starrte verwundert auf die alten Bücher und die mystischen Objekte, die auf dem Tisch lagen.

»Ich wollte, ich wüßte, wozu all diese Dinge gut sind und wie man sie benutzt«, sagte das Mädchen.

Der Reisende in Schwarz, der unbemerkt in einer dunklen Ecke stand, sprach ein paar leise Worte.

In der immer eisiger werdenden Kälte der Hütte bei Rotten Tor lauschten die kleine Nelva und ihre Mutter in quälender Hilflosigkeit auf die krampfartigen Hustenanfälle, die die Kälte bei Yarn auslöste.

»Oh, Mutter«, rief das kleine Mädchen, als es sah, wie das Feuer immer schwächer brannte und keine Wärme verbreitete, »ich wollte, ich wüßte, was der nette Mann in Schwarz getan hat, um die Lampe so hell brennen zu lassen. Dann würde ich dasselbe mit dem Herdfeuer machen, und wir hätten es schön warm!«

Wieder sprach der Reisende in Schwarz unhörbar seine Worte und ging seines Weges.

Von der unglaublichen Dunkelheit in einer sehr schlechten Herberge festgehalten, kratzte der Shebya-Händler seine Flohstiche, als er sich mit dem Wirt stritt und ihm sagte, daß einer, der seinen Gästen so harte Betten und ein so schlechtes Bier anböte, nicht das Recht habe, normale Preise zu verlangen. Schließlich verlor er die Beherrschung und schrie den Mann an.

»Ho! Wenn ich nur wüßte, wie man die Welt von solcher Gier befreien könnte, die einem vor Wut den Magen säuert! Ho! Daß ich nur mit ehrlichen Männern zu tun hätte, wie ich selbst einer bin, die sich beim Handeln an strenge Prinzipien und Kodices halten!«

Er übertrieb zwar ein wenig, trotzdem aber waren alle Menschen überzeugt, daß die Shebyas offen und ehrlich waren, nur etwas gewitzter als andere, was ihnen beim Handeln mit weniger klugen Menschen natürlich einen erheblichen Vorteil brachte.

Leise lachend tippte der Reisende in Schwarz die Spitze seines Stabes dreimal gegen die Wand und sprach ein paar leise Worte.

Er fragte sich, wie es Garch, dem Thegn von Cleftor Heigts, ergehen mochte.

Die Antwort lautete, kurz gesagt: gar nicht gut.

Sie kamen herab, die Mächte, denen er sich ergeben hatte, müde von den langen Beschwörungen, doch zufrieden mit dem Erfolg, da alle ihm versichert hatten: »Wir wollen uns zuerst überzeugen, daß du dein Wort gehalten hast, dann werden auch wir unsere Schuld einlösen.«

Und das war, gemäß der Bücher, in die er sein Vertrauen setzte, die fairste Antwort, die sie jemals irgend jemand gegeben hatten.

Also wartete er mit schweren Lidern und steifen Gliedern diese ganze, nervöse Nacht hindurch auf ihr Erscheinen, und schließlich, zu dem Augenblick – nach den genau vermessenen Zeitkerzen, da die Gestirne nicht sichtbar waren –, an dem der Mond in seine volle Phase eintrat, erhob er sich steifgliederig vom Zentrum des gesprungenen Spiegels, auf dem er die ganze Nacht über gehockt hatte.

Einer der vier kam, und nur der eine, und in einer solchen Rage, daß die Mauern erzitterten und der Turm vibrierte. Und er griff nach Garch – und Garch war nicht mehr.

Weil . . .

Diese Elementarin, Tuprid, die schon Sterne ausgelöscht hatte, hatte als erstes den Ort in ihrer angeblich wiedererlangten Domäne aufgesucht, der einem Stern am nächsten kam, einer Lichtquelle also, und das war der Laden eines Lampenmachers. Und dort hatte sie ein kleines, narbengesichtiges Mädchen gefunden, das sie erwartete, zusammen mit einem Jungen, der ihre Hand umklammert hielt, um ihr Mut zu machen, und sie intonierten gemeinsam Beschwörungsformeln vor einer Kerze, die sie gebracht hatten, und ließen sie trotz wildester Drohungen und Verbote der unheimlichen Besucherin dadurch brennen. Unterhalb des Bodenraums schrien die anderen Kinder, und sie verdoppelte ihre Anstrengungen und dabei zerschmolz sie einen der Schöpfer tiefster Dunkelheit zu formlosem Wachs, das auf ein in Menschenhaut eingebundenes Buch tropfte.

Und in diesem Augenblick sah man wieder Sterne am Himmel.

Der Elementar Caschalanva, der den Geschmack des Feuers dem von Eis vorzog, war in den bitterkalten Tälern bei Rotten Tor herabgekommen, und ein kleines Mädchen, das verzweifelt wünschte, die Scheite auf dem Herd heller brennen zu lassen, fühlte in einem Augenblick der Inspiration genau, was getan werden mußte . . .

In einer Herberge, wo die Gäste von Flöhen gepeinigt wurden, erschien das Wesen Lry, das Streit und Zerwürfnis säte und von der Gier, die in diesem Hause herrschte, unwiderstehlich angezogen wurde, mit der Gewalt eines Sturmwindes und benutzte die Gipfel des Bergrückens als Orgelpfeifen. Da die Gier zu seinen wichtigsten Werkzeugen gehörte, griff es sofort nach ihr – und als sich die Gier einen Augenblick später in Nichts auflöste, wurde es mit ihr ins Nichts gerissen.

Als Quorril von dem Schicksal seiner Gefährten – die weitaus mehr als nur Gefährten waren – erfuhr, kehrte er zurück in der Überzeugung, daß sie betrogen worden seien. Und da Seelen seine tägliche Nahrung waren, packte er Garch mit seiner immateriellen Pranke, deren Schlag die Wand des Geheimkabinetts aufriß und stinkende Dämpfe herausquellen ließ. Der hohe Turm des Schlosses stürzte in sich zusammen, seine Grundmauern verwandelten sich in Sand und Schlamm.

Lady Scail, die sterbend zwischen den Trümmern lag, stieß mit ihrem letzten Atemzug einen Fluch gegen ihn aus, der ihren Bruder getötet hatte, und da sie jetzt – wie sie es sich gewünscht hatte – über Garchs Gaben verfügte, stürzte der zum Himmel auffliegende Quoril herab und gesellte sich zu Lady Scail, Roina und Runch, die für immer unter den Mauertrümmern begraben lagen.

»Wo wir sie ruhen lassen wollen«, sagte der Reisende in Schwarz befriedigt, nachdem er dies alles von der Wiese aus beobachtet hatte, auf der er am Tag zuvor mit dem Shebya gesprochen hatte.

»Und auch Buldebrime und Humblenode«, sagte eine ruhige Stimme neben ihm. Er hatte nicht erwartet, an einem Augenblick wie diesem allein zu sein und wandte sich nicht um. »Und viele, viele andere.«

»Und viele, die weniger Schuld auf sich geladen hatten, Hoheit«, setzte er hinzu. »Doch keiner von ihnen war ganz unschuldig, zumindest waren sie willens, einem Herrn zu dienen, dessen Macht dem Chaos entstammte, wo es jedem auch nur mäßig intelligenten Menschen klar sein mußte, daß keine menschliche Kraft dieses karge Land so reich machen konnte. Außerdem, da sie bereit waren, ihre Kinder Lehrherren zu geben, die sie halb verhungern ließen und prügelten, nur damit sie ein einträgliches Gewerbe erlernten . . .«

Er zuckte die Achseln und umfaßte mit beiden Händen seinen Stab. »Doch das spielt keine Rolle mehr«, schloß er. »Ist nicht alles zu einem sehr ordentlichen Ende geführt worden?«

Es war still; und es war auch dunkel. Doch es war die normale, ehrliche Dunkelheit einer Frühlingsnacht bei Monduntergang, nichts Schlimmeres.

»Zum Ende«, sagte die ruhige Stimme nachdenklich. »Ja, vielleicht ist es zu Ende. Hoffentlich . . . Weißt du, mein Freund, etwas ist sehr seltsam.«

»Sag es mir«, bat der Reisende in Schwarz, der jetzt das Wichtigste, das seine Existenz beherrscht und geführt hatte, bereits kannte. Es gab jedoch Abstufungen von Wichtigkeit, und selbst ein kleines Detail konnte sich als interessant erweisen.

»Von allen Gaben, mit denen ich dich ausgestattet habe«, sagte die Stimme, »hat sich eine als die wirksamste herausgestellt: eine gewisse geistreiche Eleganz. Eine – Ordentlichkeit, ein Sinn für praktische Ökonomie.«

»Ich habe sie gepflegt«, nickte der Wanderer. »Da ich nur eine Natur besitze, mußte ich zwangsweise das Beste aus dem machen, was ich hatte.« Er deutete mit seinem Stab auf die kaum erkennbare Landschaft. »Außerdem, war es nicht diese praktische Denkweise, die den Uralten die Möglichkeiten des Zutritts zu diesem Land beschnitt, das eigentlich karg sein müßte?«

»Ja, so war es.«

»Und war das nicht der vorbestimmte Zweck meines Seins?«

Er bekam keine Antwort. Nach einer Weile sagte der Wanderer: »Entschuldige. Du bist sicher in Trauer um deinen großen Verlust.«

»Ich?« DERJENIGE, DER ihm seinen Auftrag erteilt hatte und gekommen war, um in der Gestalt eines bleichen und außergewöhnlich hageren Mädchens diese letzte Konfrontation zu beobachten, schüttelte die langen Locken zurück. »Verlust der ande-

Festino-82-

ren Naturen, die Teil von mir waren? Nein, ganz und gar nicht. Ist es nicht Ziel und Zweck des Universums, daß alle Dinge schließlich eine einzige Natur haben sollen? Ich weiß, daß dem so ist, denn ich habe es so beschlossen.«

Demgemäß sprach die letzte verbleibende Natur des EINEN mit dem Reisenden in Schwarz, und die Stimme klang resigniert und müde.

»So stehe ich nun hier, mein Freund, um mich mit dir zu verbinden wie zwei Hände, deren Finger sich ineinander verschränken. Was mir bleibt, ist etwas, das du nie besessen hast; was dir bleibt, ist etwas, das ich nie besessen habe. Es ist eine Frage des Ausgleichs. Aber nach all diesen Äonen weißt du das sicher selbst.«

Der Wanderer nickte.

Das bleiche Mädchen seufzte und fuhr fort: »Oh ja, mein Freund, meine Seite ist zu Ende gelesen – zur Vergangenheit geworden wie die unnatürliche Nacht, die man in den Tälern von Cleftor nie wieder erleben wird. Die Ewigkeit ist endlich und endgültig zu Ende gegangen, weil die Mächte des Chaos gezähmt wurden. Und mit was für schwachen Fesseln! Dem Wunsch eines Kindes, seiner Mutter zu helfen; dem Abscheu von Lehrlingen gegenüber ihrem schlechten Meister; der Verärgerung eines umherziehenden Händlers; und der Liebe einer Schwester zu ihrem stupiden Bruder!«

»Dann ist auch meine Zeit zu Ende«, sagte der Wanderer und ignorierte die Aufzählung seiner Tricks, die zum Sieg geführt hatten – was richtig war, da alles, was er besaß, ihre Gaben waren. »Und . . . und es tut mir nicht im geringsten leid. Ich war schon soweit, die Feinde zu vermissen, denen ich mich in früheren Zeitaltern stellen mußte. Du hättest mich durch diese Schwäche zu Fall bringen können.«

»Ja, das hätte ich in der Tat.« Die Antwort war voraussehbar gewesen. Sie *konnte* – alles. Jetzt jedoch handelte es sich nicht um eine Frage des *Könnens*, sondern des *Wollens*, und die Zeit, das Chaos zu wollen, war vorbei.

Wieder herrschte Stille. Dann reckte der Reisende in Schwarz, der nun am Ziel seiner Reise angelangt war, die Arme und gähnte.

»Ich sehne mich nach Ruhe«, sagte er. »Doch etwas würde ich noch gerne wissen: Wer wird nach uns kommen?«

»Laß ihn selbst entscheiden, wer er ist«, sagte das blasse Mädchen und nahm ihn bei der Hand, die nicht den Stab hielt.

Sie wandten sich um und gingen zusammen in die Abwesenheit.